人物传记选编

濠坝崖上

陈世桢（克强） 著

四川文艺出版社

图书在版编目（CIP）数据

濛垭崖上——人物传记选编/陈世桢（克强）著. —成都：四川文艺出版社，2011.5（2021.10重印）

ISBN 978-7-5411-3312-1

Ⅰ．①濛… Ⅱ．①陈… Ⅲ．①传记文学—作品集—中国—当代 Ⅳ．①125

中国版本图书馆 CIP 数据核字（2011）第 244767 号

MengyaaiShang
濛 垭 崖 上
——人物传记选编

陈世桢（克强）　著

责任编辑	朱　兰
责任校对	文　诺
责任印制	龙小龙
封面设计	邹小工/经典记忆
版式设计	张　妮

出版发行	四川文艺出版社
社　　址	成都市槐树街 2 号
网　　址	www.scwys.com
电　　话	028-86259285（发行部）　　028-86259303（编辑部）
传　　真	028-86259306

读者服务	028-86259293
邮购地址	成都市槐树街 2 号四川文艺出版社邮购部　610031

印　　刷	三河市嵩川印刷有限公司
开　　本	700 mm×1000 mm　1/16
印　　张	15.75
字　　数	197 千
版　　次	2011 年 12 月第一版
印　　次	2021 年 10 月第二次印刷
书　　号	ISBN 978-7-5411-3312-1
定　　价	48.00 元

独对横山领元气，默向溪口忆古今

● 陈世江

　　先讲古：元末动乱，天下皆反。湖北孝感陈氏三兄弟陈铜、陈钢、陈铁都加入了红巾军，后随明玉珍转战千里入蜀，在重庆建立了大夏王朝。朱元璋开国后，派汤和灭夏，二世明升投降，大夏旧部则分散安置在四川各地。大夏时已是参将的陈铁（茂先）被安置在綦江桥坝河飞鹅石，成为綦江陈氏本支人的入川老祖。

　　清康熙年间，依式祖（博武）只身来濛垭崖①上创业，开创濛垭一支，把"濛垭崖上"变成了"陈家崖上"。家旺业兴，建私塾，修字库②，延名师课业子弟，并惠及乡里。布衣暖，菜根香，诗书滋味长，过上了封建时代的小康日子了。

　　抗日战争时期生于濛垭的我，在故乡度过了少年时代，初中毕业离开，加入了远方游子的行列。于今老矣，老来多健忘，唯不忘思乡。长夜漫漫，便会神游故里，走遍故乡每一片土地和每一处院落，会忆起生者和逝者，一切清晰如昨。当年在外地工作或读书的兄姐们返乡归来，常游于濛溪的夏坝子、溪木林、飘水塘、洞崖口，欢乐而融洽。小小的我，面对美景亲人，就会情不自禁地吟诵《论语》中那如诗如

---

　　①崖：当地人念 ái。
　　②字库：字库用来集中烧字纸，时人认为字乃先贤所造，不能随意抛撒。

画的句子:"暮春者,春服既成,冠者五六人,童子六七人,浴乎沂,风乎舞雩,咏而归。"当年我和永修、定国都是童子之列。

濛垭陈氏号称"义门",有一个好传统:不分房分,长辈扶持晚辈,兄姐帮助弟妹,让他们离乡读书,出门做事,使之独立成材,家族之间亲密无间。希望这一传统能世代传承!这也是我们民族的优良传统。

记得当年赶回龙场,站在高高的横山上,远望綦河一线,俯视众山拱伏,山脚下的濛垭坝子,在后塝的大黄桷树下安静地躺着。族人耕种的田地和涵养水土的山林一派青绿。故乡如此美丽,突然一下子明白了"仁者爱山,智者乐水"的真谛,那就是人们应该懂得保护植被,涵养水分,天人合一。

多年不回故乡了,没有锦衣,故巢已弃,兄弟姐妹工作于全国各地,面对物非人非的故园,虽然魂牵梦萦,但我们选择不回,永远保留故乡清绿印象,作为灵魂的休憩地。

独对横山领元气,默向溪口忆古今。感谢德高望重的巴渝名师世桢(克强)五哥,辛劳四载,写成《濛垭崖上——人物传记选编》一书,记濛垭陈氏人物,状清末、民国、人民共和国三代鼎革时期的乡村平民生活及社会状况,是一件极有意义的事情。该灭亡的清朝灭亡了,民国除了八年抗日战争都在打内战,最后被赶到台湾去了。人民共和国建立后,一片欣欣向荣,可惜前期运动不断,折腾不已。靠坚持真理,终于迎来了改革开放的新时代,国家日渐繁荣富强,人民生活日趋富裕安康。民为国本,所有的生者和所有的逝者,都期望民族的复兴。

回头望历史,多是大人物大英雄的史诗。它们是历史的骨架,是国家的记忆,而描述平民的传记文学,则是历史的肌肤,时代的切片和国家记忆的细胞。

《濛垭崖上——人物传记选编》以朴素亲切的语言，勾勒出二十多个鲜活的人物。依式（博武）祖怎样创业于濛垭崖上，显士（广超）祖怎样定居于"老房子"，五大房子孙百多年来是怎样生活的，都约略展现在书中了。

瑾瑜由小职员打拼为银行经理兼工商业者，他济贫赈灾，提携弟妹，捐资办学，泽被桑梓，是具有远见的爱国商人及慈善家。夫人常薇是一位贤内助，宽容大度，育子有方，使他俩的子女均为一时俊彦。玉英灵活而又善于管理，长期奋斗在医护岗位，属女强人一类人物。因在政治学习中一次发言而成了"右派"，护校校长当不成了，还影响了下一代。好在二十年后给予平反，得以安度晚年。大儿子小庆冲出"右派子女"的围城，成了大学教授。

虑能是个热情奔放，乐于助人的财会强手，可惜棋错一步，后半生过得不好，令人扼腕！

长期在外工作，新中国成立前夕回乡成了地主分子的陈端更为不幸，走回头路的和一贯不劳而获的"老财"们，都土崩瓦解了。

世华、世生、世秀、永久、永强都是从农村基层干部起来的，他们勤政爱民，政绩良好，为老百姓作出了贡献。世贵从部队团级转业而成县邮电系统的书记，不贪不腐，退休后尚在二线发挥余热。他们比起民国时法官松乔的境遇，那是天壤之别，时代不同了，当官也是两种结果。

世谷致力于编写《陈氏宗谱》，全身心投入，奔波劳累，十年如一日，书成了，他走了，真是鞠躬尽瘁，死而后已。愿世谷安息！

建筑师永刚，劳动致富，可贺！摄影艺术家永刚，成了国家级英模。两个永刚都不错，给家族增添了光彩。

每次"团拜会"福祥（已逝）、兴林等执事不辞辛劳，让族众欢聚一堂，亲密而又团结，谢谢他们了！

　　一个优秀的家族，会以国家为依托，自强不息，努力奋斗。上帝很聪明，他在不同的时代，不同的时期，给有的人开了门又开了窗，给有的人关了门却开了窗，而给有的人既关了门又关了窗。这个"上帝"其实是人。

　　人生不过是从出生走向死亡。不管你是权贵还是草根，谁都逃不掉这个宿命。而生命的过程却是五彩缤纷的，生活滋润了生命，丰富了生命，构成时代的博大场景。但是，一切都会消逝，都会一去不复回，一如逝水，而文字却有一个功能，它能收回逝水，还原生活。

　　《濛垭崖上——人物传记选编》以朴素亲切的语言文字，勾勒出一个个鲜活的人物。这些人物，大都耳熟能详，然而几百年后，它就如同《世说新语》《东京梦华录》《封氏闻见录》一样，以很高的历史价值和文学价值，屹立在文化历史中了。试想一下，如果今天能读到一部清朝之前的乡村平民的传记文学，一窥他们当年的生活及社会状况，该是快活如之？

　　因此《濛垭崖上——人物传记选编》是一部既要传之子孙又要束诸高阁的书，等待它几个世纪之后的再版。谁能长久地保留它，谁就是懂得这本书价值的人，智者和文化守护者，所以，世代收藏此书是濛垭子孙的责任和幸事。

　　"文章寂寞事，甘苦寸心知"。五哥要在九旬华诞之前将此书付梓，蒙他不弃，令我作序。我读了几乎全部的打印稿，与五哥有过多次交流，而我又是他写此书的支持者之一，今天惶恐地写下了我想写的话，离题否？不知道。

　　芭蕉又绿，海棠正红，桃花笑春风，又一个春天来临，昭示着家兴国旺。

最后，赠五哥一联，结束此文：

书成于米，寿比于茶！

[注：米者，八十岁之意；茶者，二十加八十八，一百零八岁矣。前句记实，后句表愿。]

2011 年清明前后于女皇城

目 录
contents

第三章　跟上新时代

尾声

附录

第一章　开拓者

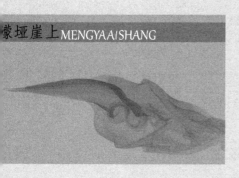

序幕。

背景：康雍乾盛世。

写开山祖博武到濛垭崖上创业，

三、四代人，几十年间，

濛垭陈氏形成一个封建大家族。

陈依式——博武

——创业维艰　守成亦不易

　　綦江县东北方有一条南北走向的山，二三十里长，像横躺着的一头超级肥猪，人们叫它横山。腹部向东，较平缓，多良田，"横山米"闻名全县。西侧为背部，甚为陡峭。著名的"望十坡"，从山脚爬到山上寨门，足有十层坡，你以为爬完了吧，慢着，进了寨门还有几重坡才能到达山顶哩！

　　濛垭崖上坐落在望十坡脚，背靠横山，起伏的岭岗从南北两面包抄，中间这几平方公里的小平坝，靠细水长流的山溪滋润，成了旱涝保收的米粮川。

　　源自偏崖子的山溪流量较大，再接纳猫洞沟青冈林几处小溪，形成"大河沟"，流到平坝西边的"洞崖口"，直落百余米，流入"崖底下"又一小平坝。这远近闻名的洞崖口瀑布，发出"訇訇——潺潺、潺潺——訇訇"的声响，像播鼓，像拨弦，像交响乐，长年不断。飞溅的水花和深潭升起的水沫飘浮在崖口上空，从西面大路沿皂桷嘴垭口进村的人，常感到云雾蒙蒙，加之林木葱茏，岚烟缭绕，看不清垭内平坝的真面目，"濛垭崖上"的称号就这样逐渐形成。

　　康熙中叶。有一天，濛垭坝子来了一个壮年汉子，高高的个子，蓝布长袍，腰间扎一根玄色丝帕，两目炯炯有神。他从洞崖口进村，沿着大河沟往上漫步，走到猫洞沟合流处，在河边一磴大石上坐下来，

慢慢裹上一杆烟，摸出打火石点燃，深深地吧一口，吐出一圈青烟，散开，散开……他甚为惬意，抿嘴笑了。

歇了一会儿，他掬起一捧清亮河水，喝一口：好凉爽呀！这溪河是宝啊！他站起身，沿着山脚小路朝南缓步前行。平坝四周有不少人家，有瓦房，也有草房，田间有人劳作，水田里鹅鸭成群。一条黑狗汪汪汪奔来，这汉子嘴一嘘，招招手，黑狗就摇着尾巴走开了。

好地方呀！名不虚传，洞天福地呀！比喧嚣的县城里清爽多了。那壮汉古铜色的脸庞洋溢着兴奋。他同村民们拉话，这儿站站，那儿坐坐，后来他干脆送上一两银子，在老农李银山家住了下来。

这汉子是谁呀？他就是家住桥河飞鹅石的陈依式——博武。

不出一个月，由李银山做中人，陈依式在这里置下第一份产业："水地坝"三十亩田土；"老房子"破旧房屋一处。他一边把水田出租，一边大兴土木，拆掉老房子，在房基上新盖大府第。李银山为他张罗奔走，村民积极参与，一座雕梁画栋的豪宅，两年工夫就大功告成了。

这时，博老爷可以在濛垭安营扎寨了。他把老家自己名下的不动产全部给三个弟弟，接上妻子和独子陈侣——焕斗，正式迁到濛垭定居。临别时，老母毛老安人流着眼泪，拍着他宽厚的肩膀动情地说："汝存此心，天必佑汝，子孙世世，永发长房！"

焕斗是一个年方弱冠的小伙子，比其父个头更高，更壮实，也很精干。他到濛垭的第二天，就迫不及待地带着新婚妻子刘氏从大朝门外起步，仔细观赏父亲的杰作——濛垭大厦。

大厦系清代民间典型的三重堂结构，坐东向西。从路口正方形石坝起上十五步石阶，为第一重。正中为大朝门，门台约两丈长，五尺宽，八字形，左右各设两张考究的条凳。进入大门是一过厅，正前一道中门，不常开，平时从左右耳门出入。第一重为一般用房，中间为正方形石坝，左右天井中有花坛。擂谷、磨面、编织、养蚕等都在这一重，长工杂工也住这里。

上九步石阶，就是第二重。正中为厅房（大厅），大约有200平方米。中间有四根合抱大的木柱，承载横梁房架；左右为木板壁，又各拥六根巨大木柱。正面三道门，必要时才打开中门，平时也是从耳门进出。

厅房两侧各有两个厢房。右侧的内厢房比较讲究，挂有楹联字画，配有客房，使用率高；外厢房有花园，也有两间客房，门虽设而常关，由于房室充裕，平时难于用上。大厅左侧的内厢房简单平常，重点在外厢房。外厢房两边也有客房，平时做书房用。正中靠墙设一张五米长几案，案前是一张大木榻（又叫平床），中有小茶几，搁果盘茶具，木榻两边设四套檀木靠椅，几案上陈列着动物根雕，鹤、鹰、猴、鹿，栩栩如生。几案上方墙上，是巨幅墨龙，吞云吐雾，若隐若现，正在凌空翻腾。伫立仰望，令人热血涌流，创业兴家之感更加浓烈。步出厢房，股股清香扑鼻而来。在园中排列有序的柱型石磴上尽是各种图案——或渔、或樵、或耕、或读——的陶瓷花钵，内植芍药、牡丹、各种兰菊；地上还有海棠、金竹，色、香、形态，美不胜收！

迈过厅房耳门，又是正方形石坝，两边的天井也铺有石板。九步石阶之上就是第三重正房。马口①宽阔，左右两头前边有空花木质栏杆，两端耳门进内室，正中大门内为"堂屋"。堂屋竖长方形，约40平方米，正面镂空，扇隔后设神龛，神主牌上写着"陈氏堂上历代昭穆考妣神位"。扇隔外正中靠后设长大几案，两边各摆四套楠木靠椅，整个堂屋空阔而肃穆，置身其间，可以净化凡思杂念，催人内省。祖宗看着你哩，能不好自为之?!

---

① 马口：正房凹进部分的宽阔长廊。

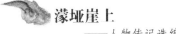
老博自己住南头主室，安排儿子住在北头。"老爹咦，晚辈住厢房就行，北头主室留给婆婆。"焕斗诚心诚意地表态。老博摆摆头，笑着说："婆婆来了跟你同住，她特别爱你这个长孙哩!"焕斗点点头，不再推辞了。

博老爷子见儿子心存谦让，通情达理，心中甚为高兴，同儿子聊起了家常。

"焕川呀，新房子好吗？喜欢吗？"

"太好了，非常喜欢。爹，跟它起个名呀!"

"乡亲们还是叫它'老房子'，不如就叫'濛垭崖上'。"

"这名字太霸道。濛垭坝子周围团转都是这个大名哩！我看就叫'陈家崖上'吧，是陈家人修建的，外姓乡亲准不会有意见。"

"好的，还是儿子高明，'老子偷猪儿偷牛——一辈强一辈'哩!"老博摸摸黑粗粗的胡子开怀大笑。

儿子也笑了。父子俩心有灵犀，协和而又默契，屋子里乐也融融。

老爷子谈兴正浓："儿呀，我只是一个开拓者，前半生在故土飞鹅石，后半生才到濛垭。你才是濛垭陈氏的第一代哩。我已排好二十个字辈——'人士山川秀，钟毓世永兴。治均光祖德，保国正乾坤。'你名'侣'字'焕斗'，侣字有'亻'字偏旁，你就是'人'字辈了。你是独子，愿你多福、多寿、多男，兴旺陈氏光大门庭啊!"

严亲的一席话，使焕斗心里沉甸甸的，同时又感到鼓舞，振奋。他凝视着坐在大圈椅上的老爹：年已半百，两鬓风霜，额头也刻上深深的皱纹。是呀，廉颇老矣，我应当顶着干。

好个焕斗，振臂而起，在老爹的指挥下，全方位出击。以农为本，兼营工商，在濛垭开槽坊、粉坊、油坊；在镇上开馆子、铺子，经营餐饮、布匹。他像一个陀螺，在濛垭、新盛、正自三点两线日夜旋转。他不仅当老板，也亲自动手，烤酒熬糖他都在行。下粉时，他同几位师傅左手端漏瓢，右手捶粉团，二十五根粉丝不断线地流进汤锅里，另一人从锅里捞出……节奏和谐，环环紧扣，简直就是一场互动艺术表演！

他甚至还脱去上衣，只穿件裤子，长辫盘在颈上，捧着吊起的榨油木棒的一端，前冲几步"嗨"！大木棒包上铁皮的那一头往榨油机上使劲一撞，那菜油（或桐油）就淅淅沥沥地流下，而焕斗已挥汗如雨。

他能文能武，逢啥干啥，辛苦倒是辛苦，而回报确也丰厚，从新盛经皂桷嘴进村，从正自过夏坝子回"老房子"，常听到"嘎吱—嘎吱"沉重担子上下闪动的声音，又是十贯百贯的康熙钱由徒工挑回来了。走在前头的焕斗容光焕发，长辫搭在肩上，一手拿帽子，一手扇扇子。

"焕老爷赶场回来了！""回来了。收活路了吧？""快了，又是一挑银子呀！人兴财旺呀！""托乡亲们的福，只是几贯制钱呢。"……濛垭坝子的石板路上响起一串欢快的对话。

说起人兴财旺，倒是那么回事，好个焕老爷，七八年间，接连生了五个儿子，遂了博老太爷的心愿。这五个儿子——明士远超、国士特超、荣士仲超、显士广超、昶士瑞超，后来发展成五大房，焕斗被后嗣尊为"五房始祖"。

光阴荏苒，五个儿子陆陆续续长大了，焕斗如虎添翼，博老爷子退居二线，焕斗成了总司令，指挥"五虎上将"继续奋斗拓展。

他们在"老房子"左右修建了"新房子"和"垣子"，又先后买了松树堡、竹房沟、沙丘等处的田地和房宅，几乎囊括了整个濛垭坝子，还发展到崖底下一带。这时，坝子内陈氏基业总称"濛垭崖上"就名正言顺了，人们口头上仍习惯地叫它"陈家崖上"。

雍正九年，冬月，博老太爷七旬华诞，远近陈氏亲眷及邻里乡亲

纷纷前来祝贺，老房子大摆酒宴。中门大开，厅房、堂屋及内外厢房都派上用场。由于濛垭陈氏声名远播，知县大人也派人送来"义门风范"的贴金匾额。老爷子真诚答谢之后，对儿孙们叮嘱道：

"不是我老头子有多高的德行，也不是你们有多大的能耐，是我们躬逢康雍盛世，国泰民安，我家才得以乘这股东风略有发展，你们可不能骄矜懈怠呀！"

儿孙们都牢记老爷子的告诫，更加勤奋，更加谦虚谨慎，疏财仗义，义门家风，得以代代相传。

乾隆二年，七十六岁的博武老人安详地离开人世。

三年丁忧，焕斗觉得自己老了一头，是呀，三年没有赶场下街，没有在第一线横枪勒马，筋骨都僵硬了。人呀，还是年轻的时候好呀！现已年过半百，五个儿子都已儿女成行，自己该歇歇了。

思谋再三，他决定让儿子们自立门户，独当一面，又互相提携，让博老爷子开创的基业能世代相传。五个儿子都积极响应，一个个摩拳擦掌，决心放开手脚，大干一场。

抓阄儿的结果，四房显士——广超拈到"老房子"主宅。他喜出望外，禁不住眉飞色舞，吟唱起"长风破浪会有时，直挂云帆济沧海"的壮丽诗章。

广超是庠序生员，工数术，善谋划，又风流倜傥，不拘小节，人缘甚好。由他掌管老房子祖业，定能挥洒自如，不负前辈厚望。

这时，在后山培育的柏树林、青冈林，各类竹林，早已郁郁葱葱，桃李柑橘，早已硕果累累；溪河两岸的榉杨木，两年可长几丈高，年年砍、年年栽，配合青冈林，多大一家人也不愁柴火。

堤岸桥头栽黄桷树，固堤，又给路人提供绿荫。猫洞沟到夏坝子一段，黄桷树较多，像一长串华盖。夏坝子东头的那棵黄桷，乃是百年古木，甚为繁茂。尤为稀奇的是，两股黄桷树根顺着石板桥下的木梁伸过去，插入对岸的石缝中，这样一来桥梁就更加牢固了。据说，黄桷根有此特性，所以乡间多处桥头堤岸都栽有黄桷树。

每当金乌西坠，广超常到夏坝子纳凉。触景生情，他在东头黄桷树下塑一尊"桥廊土地"，还别出心裁，给土地爷配一个"送子娘娘"，让她保佑乡亲人丁兴旺。土地祠旁搭一架凉棚，安几条石磴，置一口大缸，平时盛清水，从端阳到中秋，给过路人施凉茶。

他还在天坪上岗岗修了一座学堂：平房，土木结构，方形，中有天井；校门外正对东北方的孔圣人修一座石字库，一丈多高，形状像一支竖插的毛笔。塾师费用由他提供，陈氏子弟免费上学，也欢迎外姓子弟。这学堂，一直延续到民国。

他还准备在洞崖口修一座石拱桥，既方便行人，又观赏风景。石条子都已运到崖口，只等良辰吉日动工。可惜他辞世太早，这儿成了一项烂尾工程！

从博武老到"五虎"，陈氏父子祖孙高瞻远瞩，团结协作，几十年工夫，濛垭崖上成了风物宜人，田连阡陌，人兴财旺，鸡犬相闻的桃花源。到了第四、五代，濛垭陈氏已遍及正自乡南部三个村，并扩展到连封场新盛、回龙、通惠；三房甚至远达三角、隆盛；二房的一支深入黔北的桐梓、遵义……濛垭陈氏成了綦江县东北隅新兴的一大封建家族！

第二章　继承者
——承先启后，瓜瓞绵绵

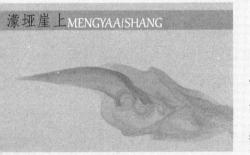

濛垭崖上 *MENGYAAISHANG*

　　民国建立，民族资产阶级有所发展，总体上社会在前进。濛垭陈氏也在顺应这个潮流演变进化。代表人物："毓"、"世"两代，八人。

法官松乔

——当官不与民做主，不如回家种红薯

松乔名毓清，是岐山祖之曾孙钟伟老之次子。身材修长，五官端正，博览群书，熟悉时政，又写得一手好文章，练就一流的好口才。他早就不甘心像乃祖乃翁那样厮守着濛垭的几块田巴儿；他应该像左厢房墙上的墨龙腾空万里。现在好了，宣统皇帝退位，孙中山当了临时大总统。"英雄应与时际会"嘛，此时不出门，更待何时呀？走，上省城去！

他把这想法告诉北头的利时大哥，大哥也跃跃欲试。他还约上城郊的远房兄弟毓甫，兄弟仨结伴上省城，目标是投考新办的法政学堂。在废除科举之后，那儿是最好的晋升之阶。

利时的严尊钟乾老，半百以后就有点儿神经兮兮的了。据说是被坛神缠上了。老房子堂屋左侧扇隔内原有一座坛神，各家各户经常顶礼膜拜。可是不论谁有个三病两痛，请道士"敲傩锣①"时，都说被坛神找上了。二老爷钟烈年轻气盛，用背篼背起坛磴，走到洞崖口，倒出坛磴，厉声骂道："叫你害人，叫你害人，淹死你这狗日的！"扑通一声，坛磴滚下深潭里，竹篾扎的神架被他一把火烧掉。

崖底下有胆小怕事的，从潭中捞出坛磴，装在一个箢篼里，放进

---

① 敲傩锣：即道士做法事。

岩洞，人们就叫它"筮筮坛"。鬼神是欺善怕恶的，筮筮坛把二老爷钟烈奈何不得，就去缠住年过半百的钟乾大老爷，渐渐的，老爷子就有点儿神扯神扯的了。闲来无事，有时就敲个杯碗盆盆，念念有词："噔也哐、噔也哐，山上来了一只狼……噔也哐、噔也哐，我家出了个状元郎……"

这次儿辈要上省城赶考，他为哥儿仨唱了个顺口溜："背起包包上成都（噔），太阳晒得大汗出（哐），其中苦情难得说（噔也哐）。考个洋学堂（噔），讨个官儿做（哐），受苦受累划得着（噔也哐），划——得——着（噔噔，哐哐……）。（打板押'入'声韵）"老爷子手舞足蹈地哈哈哈直笑。利时松乔扶老爷子坐下，待他安静下来，才告辞各家老小远赴成都。

哥儿仨都自幼饱读经传，精通韵律，考场上那一诗一联一论全都不在话下，一挥而就。面试时，松乔毓甫都表现良好，利时大哥视力欠佳，几乎被刷掉，但他的诗文、书法又都强过两弟。主考们稍作商量，兄弟仨同榜高中。

两年毕业，毓甫在綦江县先后担任过教育局长、征收局长、县参议长……一直干到解放。

利时毕业前夕，钟乾老病故，立即赶回奔丧，毕业文凭也是松乔代领的。丁忧期满，已师友生疏，又囿于眼疾，只得弃政从教，那张宝贵的法政学堂毕业文凭只有束诸高阁了！

利时、丁忧期间，松乔已在司法界春风得意，左右逢源。他先后在重庆璧山等府县公检法部门任职，也挂牌当过律师，其中又以在重庆时间较长。留日会计师杨学蠡神通广大，留洋学生，时尚职业，与川渝军、政、工、商的头面人物都有来往。松乔与学蠡互为郎舅①，还

———————————

① 郎舅：各自的妻子为对方的姐或妹。

有市中医师公会主席——新房子的毓镛玉堂大夫是杨的亲舅子；三人彼此依傍，又以学蠡为主轴，人称"巴綦三杰"。

这时松乔年甫四旬，正是身体强健精力充沛的黄金时段，而结发夫人杨氏，已芳华早谢，续弦苏氏亦已仙游。松乔宦途得意时，家庭生活却是令人感伤的，好在儿子瑾瑜已长大成人，沉着稳健，差可自慰。

进入三十年代，松乔先生谋得了一份好差使：出任 L 州地方法院院长。这可是个美差！赴任前，他特地返回濛垭，迎接老母罗老安人同往任所。行经县城，遵母命到舅舅家盘桓数日。这样正好，多年来忙碌仕途，对自家县城倒很生疏，难得这个机会，正好一解乡愁。

綦江县城背负苍山，怀拥绿水，三条石板街通向三座城门。当年石达开率军从贵州入川，直逼綦江南门外，连攻十余日，不克，乃从城外挖隧道，企图炸垮城墙。守城将领见太平军连日偃旗息鼓，不攻不退，心知有诈，就派几个瞎子在城门内耳朵贴地探听动静。良久，隐隐约约听到铁器凿地之声。守将明白了对方挖隧道炸门的意图，急忙征集百姓箱笼，填充沙石，在南门内又砌了两道城门，并将守城铁炮"大将军①"填满火药、角钉、铁镏子；又去东门调来"二将军"，如法炮制，以备适时还击。

"轰隆隆……"接连几声巨响，南门外墙垮塌，太平军蜂拥进攻，被"箱笼门"迎面挡住。又是"轰隆隆……"震天价响，城门两侧的"大将军""二将军"同时射出烈火熔铁向太平军轰去，几百米内的太平军都纷纷倒下，流血、燃烧、哀号，惨不忍睹！

想不到在小小綦江县城竟遭此奇袭，翼王只好率领残部退回黔北。

当年的战场，如今已车水马龙，新修的川黔公路从后街穿墙进城，

---

① 大铁炮的名字。镇守北门的叫"三将军"。

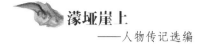
经衙门口，过猪槽街，从南门正中通过，沿着太平军退路进了贵州。七十年了，綦江县呀，当年你的守城退敌是功还是过呀?! 松乔对陪他故地重游的毓甫弟谈到这个话题，毓甫也喟叹不已。蓝天朗朗，白云悠悠。"大将军"还架在那儿，以留住人们的记忆。

返回老表家，松乔才又回到现实中来。吃过晚饭，罗老表摆好烟具，招呼二老表烧一口。从清末到民国，吸鸦片已成有钱人的一种时尚，松乔身在官场，更是一副大鸦片瘾。他掀帘进入歇房，看见烟盘子左边靠着一个少女，正在熟练地操作烟具。"这是我远房表妹龙英姑娘，父母亡故，带着小弟投奔到我家，帮我干点家务。她会打烟，手艺如何，请二老表鉴赏!"罗老表站在床前坦然地介绍，并招呼二老表就位。

姑娘很年轻，大眼睛，大脸庞，看样子还是个大个子，大得匀称，大得好看。二老表贼溜溜地盯着龙姑娘，姑娘起身来，振一振衣裳，拢一拢发辫，朝二老表一笑，闪出门去。

"不错!"喊了一声，接着说，"二老表看我表妹都看出神了，怎么样? 你要真喜欢，我跟你保媒。"

"真的?"

"真的。"

"那就拜托你这个红娘了。"

"我不是红娘，我是乔国佬。"

"对，对，你是长胡子的，是乔国佬，拜托! 拜托!"

"好说，好说，乔老爷遇到乔国佬，该交桃花运了!"

房里满园春色。

几天以后，五乘轿子抬着罗老安人、小女杏儿、小舅龙祥、新夫人和松乔老爷浩浩荡荡走出北门，沿着綦河直奔 L 州。

第一天赶拢江津，驻扎下来。轿夫们商量：明天，换去换来地抬，挑力气大的抬新娘子太太，抬拢赏钱平分。

太太好高大一个人唷，怕有一百五十斤呢！

老爷个头也高，但瘦骨伶仃的，无非一百二十斤。

老太太和小少爷、小姑娘就不用提了，全都不到一百斤。

大家商量好以后，第二天，又鼓起劲头上路。

"懒洋坡呀！"……"慢慢梭呀！"

"天上明晃晃，"……"地下水凼凼。"

"上坡脚杆软哩，"……"下坡打闪闪。"

轿夫们喊起号子，吃力而又展劲地抬着、走着。遇到长坡，二老爷就下轿来走走，"大家都是娘生父母养的嘛。"老爷这样想。"二老爷真是菩萨心肠，我们沾光了！"轿夫们这样念叨。

第二天，住合江。第三天，眼见得快要拢了，出了事情了！在大伙儿卖力冲下一道长坡时，龙英太太轿子的左边那根轿竿突然断了，被摔下轿来，幸好这一面是靠山缓坡，要是断了右边轿竿，人就摔下崖了，好险啊！

轿子都停下歇歇，轿夫们面面相觑。龙英揉着小腿、髀骨，睁大眼睛，有点儿愠怒，又竭力控制着。她也曾要下轿来走走，让轿夫们松松肩。"哪有新娘子走路的？"二老爷又不允。这下子可好，摔下轿来，左腿擦破皮了！

断了竿的轿子不用了，小舅龙祥的轿子让出来，另挑两个壮汉抬新娘太太。傍晚时分，赶到 L 州对岸溪口，法院的人早已备好渡船，接新院长一家过江。

轿夫们自知有闪失，自愿抬太太的那乘轿子不收力钱。院长老爷笑一笑说，人有失脚，马有漏蹄，轿竿断裂不怪你们，你们辛苦了！钱照付，每人还发三元返程伙食费。轿夫们千恩万谢地走了。

　　几天拜客应酬，忙忙碌碌。平静下来以后，松乔大人开始办理公务。第一步在当天晚上开始。二更时分，他来到一号牢房查监。一个面目清秀的年轻汉子靠墙半躺半坐，满脸泪痕，松乔上前询问，得知他有冤情，所涉案子判得过重。

　　这人叫彭海云，是个跳神唱小旦的道士。每当大户人家庆坛或做法事，演"砍红山①"那一折都是由他扮彩旦。他歌声甜美，姿容妩媚，伴着小锣小鼓，扭扭唱唱，唱唱扭扭，颇具挑逗性。西门外姓万的大户，兄弟三家年关前轮流做法事。万大爷家的丫头玉兰每次都随女眷们看彭海云"砍红山"，对彭着了迷，成了小彭的超级粉丝。年关刚过，她就逃出万家，私奔到彭海云大山脚下的茅屋里。这还了得，万大爷派家丁把彭、玉双双逮住，先在家里私设公堂，将小彭吊"鸭子浮水"；脱去玉兰上衣，抽她的藿麻条子，然后将两人送到县法院。县法院见来头不小，将案子上送府院。府院定为"拐带大户丫头"奸夫淫妇，判彭坐牢三年，玉兰坐一年。

　　哪能这样判？男未婚，女未嫁，两相情愿。汉有卓文君，明有李香君，有情有义嘛，何罪之有？松乔大人征得原判同意，释放彭、玉，还叫二人当堂双向跪拜，结为患难夫妻。

　　这件案子在府城传为佳话，万氏弟兄却耿耿于怀。

　　半个月后的一天，松乔大人刚坐堂，有父子三人身背纸钱，手摇招魂幡，来到大堂喊冤。一见陈大人，老者刚跪下就一头晕过去。兄弟俩一个救人，一个边哭边诉："青天大老爷，冤枉呀！我们住在北门

---

　　① 砍红山：彩旦用小刀轻轻在双眉间割一小口，挤出一滴血滴入酒杯内敬神，叫"砍红山"。

外赵家栈房，前天下乡去买牛，回来后发现放在枕头下口袋里的两百大洋不见了！门关得好好的，外人进不去。我们找栈房老板理论，他说，'贵重的东西该交柜上，你们自己放的，我们哪里知道。各人放的各人负责……'天啦，我们倾家荡产了！"呜呜呜又哭起来。

法官大人传唤栈房老板，老板还是那个理："他说两百大洋，哪个看见？我们没拿他的，凭什么冤枉我们？他们诬告！"

怎么办？背黄钱告阴状也好，打官司告阳状也好，陈大人亲自带人查看了现场，抓不住把柄。拿奸要拿双，拿贼要拿赃，要有证据，不能光凭良心啊！

松乔大人尽管明察秋毫，对此也没有辙。他叫栈房老板回去，随后将原告父子请到便厅，叫文案烟茶招待。他自己回到后堂，向龙英夫人说明原委，连声叹息。龙英夫人抿嘴一笑："老爷你就明说吧，为官为民都要疏财仗义，我懂！"说着她取下左手上的金镯，又取出三十个大洋，交给松乔。罗老安人也拔下头上金簪，松乔忙向夫人示意，龙英走上前去笑眯眯地说："老人家糍粑心肠，怜悯穷苦人，菩萨保佑你。我们那点东西够他们生活一年了，您老就别操心了，是吗？"松乔也婉言劝阻，老太太才让媳妇重新把簪子给她插上。

松乔大人把金镯和大洋交给贩牛人，并叮嘱他们今后出门办事务必要小心谨慎。那老汉扑通跪下，哭喊着："恩人呀，你是大慈大悲的活菩萨，我们有救了！"

案子算是结了，松乔老爷心里却沉甸甸的，往后他还想理一理。不敢肯定，也不贸然否定。

最棘手的是几年后经办的一个刑事案件：

城西乡有张姓、李姓两大家族，论财富、论人望，两家差不多。为了抢夺乡长、议员等位置，常常明争暗斗，动不动就恶言相加，甚

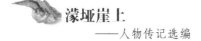

至动武。其他族姓民众，对这两家都尽量避而远之，怕招惹是非。

一个赶场天，张家二老爷喝醉了，跟李家四少爷因言语顶撞打起来了。二老爷毕竟年纪大一些，又醉醺醺的，四少爷一掌扇过来，他一退，掉到阶沿坎下，后脑勺正碰在一块砖头上，血流不止，赶忙送到卫生所急救，然后又转送地区医院。

这还得了！张家人把李四少爷扭送到法院，告他的"故意伤害罪"。法院经过验伤，情况确实严重。李四少爷被关押起来了，看伤者后果如何才能定罪。

李家有钱，还有一个人在当县参议员。该员找到在法院当差的法官的堂弟利银，送他一对金手镯，求他帮忙。利银见财忘义，竟然在转押途中将李四少爷放了，伪称对方挣脱绳索逃跑的。张姓有人当乡长，得知这情况，将利银连同松乔法官一并告到省里。利银跑回老家躲起来了。

松乔法官滥用私人，也有责任，限他三个月内捉拿纵囚逃犯利银。在法与情之间，松乔左右为难，好在张二老爷已经没有生命危险，他对追捕利银这事采取拖延战术，三月无果，被罢官回家。时为民国二十二年。

身逢乱世，遁迹山乡，够风雅了吧，但是老母娇妻，一大帮儿女，还有一副大鸦片瘾，怎么张罗？难呀！

长子瑾瑜，五年前进了银行，工作勤奋，又善理财，已升至主任，小有积蓄。得知严亲赋闲在家，心情抑郁，这时未婚妻已中学毕业，瑾瑜婉谢了女方在府城"文明结婚"的建议，决定回故乡濛垭崖上举行婚礼，借此安慰两辈老人，权当是为年老病多的祖母冲冲喜。

婚礼是在金秋十月举行的。官宦人家，银行主任，邻里乡亲哪个不来捧场呀！婚礼那天，从天坪上、皂桷嘴、夏坝子三条路线来的滑竿牵成线线。特别惹眼的是从县城方面来的轿子，竟有十几乘是重庆远客——瑾瑜夫妇的同学和朋友，他们送的和帮友人带的时尚礼品玻匾，挂满了堂屋、南头及内外厢房的门额。他们的打扮乡下更为少见，有几个女客头发烫得蓬松卷曲，有几位先生竟然穿的西装，惹得乡间亲友张眉落眼，窃窃私语。

申时一刻，花轿准时到了大朝门，乐师吹响了唢呐，大锣发出"得啦、得啦"的脆响，四个迎亲的壮汉接过轿竿，稳稳地抬过三重中门，把花轿抬进堂屋。这时，胸前佩戴红花容光焕发的松乔老爷，上前给松树堡的志先二娘深深一揖："二婶，你儿女成行，好福气，我请你牵新娘下轿!"二娘哈哈一笑，打开轿帘，挽着常薇姑娘跨出花轿。府城归来的中学生鲁玉姑娘及时将花冠彩绸给新娘披戴好，扶到堂屋左侧。瑾瑜仍按乡土礼俗，绸长衫、锻马褂、插花博士帽、乌亮的皮鞋，由世荫弟引到新娘右边。利时大伯铿锵悦耳地喊起"行周堂礼"……马口前天井坝里鞭炮脆响，厅房里锣鼓声大作，孩子们呜嘘呐喊，濛垭崖上的老房子一片欢娱。

婚礼举行了两天，下午邀请亲朋宾客和新人一起照相，然后照各种合相。然后是新盛炎奎、炎辉兄弟团队耍猴戏，老二指挥着一猴一狗演"大舜耕田"；老幺灵巧，表演"钻火圈"；老大司鼓指挥伴奏：一个时辰的演出，精彩而有序。

晚上，堂屋门前马口、厅房被两盏煤气灯照得如同白昼。乡里来的"玩友"在厅房唱起了川戏段子。最可笑的是人称"草帽系系①"的三老表，一把大胡子却唱起了仄声"孙尚香招亲"。他也有点不好意思，闭着眼睛唱，声音也还甜润，像那回事。

快到子夜了，喜庆活动才告一段落。一些人挤着靠着打瞌睡，一些人到厢房打麻将、推牌九，宾朋多了，安顿不完，精力旺盛的玩个

---

① 草帽系系：指络腮胡子。

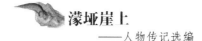
通宵，明日早宴后各人回去补瞌睡。

濛垭崖上百十年来空前盛大的婚礼前后忙了十来天。平静下来了，常薇暂时留在家里，瑾瑜回银行上班去了。

罗老安人喜得孙媳，儿媳龙英又喜获宁馨儿，双喜临门，心情愉快，身体状况大有好转。松乔老年得子，三房人各家都有儿子了，无比欣慰。休整数月后，在子女的鼓励下，只身奔赴府城，经杨学蠡大力运作，在市法院当了一名推事。夫人留在濛垭，侍奉罗老安人，抚养儿子。一时间，松乔一家又柳暗花明。

干了一年光景，松乔体质每况愈下，只好告病回乡。在卢沟桥炮声响起之际，年甫五十有二的法官松乔便憾然辞世。

噩耗传出，族人震惊。本乡一位绰号"猴子"的中医不无感慨地说："濛垭崖上的山垮了！"

不，"猴子"只说对了一半。松乔走了，弟兄子侄们会纷纷跟上，望十坡依然巍峨壮美。

杏坛棠棣（上）

棠棣之华，萼不韡韡。桃李满门，虽累无悔

长兄毓雄——利时

松乔早逝，最难过是北头的利时大哥。他们从小一屋两头坐，还是法政学堂的同学。松乔丧礼致祭时，利时自读祭文，叙述昆仲及同学情谊，伤心处不禁捶胸顿足，亲人们无不为之动容。

利时系钟乾老的长子，年未弱冠就娶亲了。妻子为皂桷嘴李氏，识文断字，姿容娇美，生了儿子世冕、女儿世璃，几年后不幸病逝。钟乾老爹甚为痛惜，认为李氏乃长媳，又生有长孙世冕，礼应优待，特命埋在秀蔼祖墓的耳墓。利时本人更是悲痛不已，长时间食不甘味、寝不安枕，每到中元节和李氏忌日，都要带着一双儿女到她坟前悼念。

又几经寒暑，钟乾老认为自己年事已高，精神不济，急于给长子续弦，给幼子完婚。主持家务的二儿子志先将兄弟俩的婚礼安排在同一天。三十岁的大哥和十六岁的小弟在 1913 年的麦收时节，同时披红挂彩，喜作新郎。

这一天，宾客特别多。钟乾老夫妇只乐哈哈地坐在堂屋马口的大圈椅上接受祝贺。志先总管后勤，侄儿仿皋及女婿济康、建卿负责接待。幺儿媳张府路近，巳时三刻花轿就到了，随即行拜堂礼，一帮帮

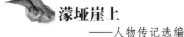

年轻媳妇、姑娘、小伙子拥进洞房，吃瓜子，剥花生，嘻哈打笑地欢闹。

未时过半，筵席摆过两轮了，长媳苏氏的花轿从 40 里外的龙岗到达濛垭。又是一番礼仪，利时大爷在前牵着彩绸，新娘由伴娘挽着，步入洞房。刚刚坐定，利时迫不及待地揭开盖头，一睃新妇，顿时喜形于色：妙呀，不亚前妻！

一个家庭，兄弟俩同一天迎娶，这一别出心裁的双喜临门，乡亲们都啧啧称赞：真是书香门第，娶媳妇都有新招数！

利时妻子苏氏，一年后喜获宁馨儿，可惜不到半岁就抽风夭亡。苏氏悲痛欲绝，从此神情忧伤，茶饭不思，绵绵数月，年纪轻轻就香消玉殒！是苏氏命薄，还是利时命途多舛？他又一次遭受丧妻之痛。这时兄弟仨已分家。他在青冈林给苏氏单修一座坟墓，坟头横额上，他亲题"长已矣"三字，寄托着他的哀思。看来利时的是多情种子。

连遭不幸，利时郁郁寡欢，已患上眼疾。南头的松乔弟动员他到省城考法政学堂，也有让他改变一下环境振作士气的用意。谁知毕业前夕，钟乾老病逝；随即慈亲逝世；不出三年，才华出众的长子冕遭土匪绑票，救回后因健康严重损坏又英年早逝。这一连串的变故，特别是爱子的夭折，那种伤恸，真叫人痛不欲生。他在给大城读书的用宏小弟去信时写道："子夏哭子而丧明，兄今日也将步其后尘矣！呜呼，痛哉！"

用宏见恩兄手书，亦泪如泉涌，急忙告假回乡，慰问兄长，悼念爱侄。谈到伤心处，兄弟俩相拥而泣，竟至号啕大哭。

屡遭劫难，利时再也无心仕途，于是接受了表兄苟人爵校长邀请，到位于新盛乡的北区区立第一小学任教，这一干就是十几年。

北区小学校址李家垮，坐落在场北五里处，是一座大庄院。背靠几百米的石龙山，林木葱茏，尤其多楠竹。前面是一垸田畴，小溪环绕，流水淙淙。溪上有一座石拱桥，南端架一凉亭，亭内设有茶缸，赶场天还有人在这儿卖瓜子、花生、水煮麻花哩！平日课外，学校师生常有来这儿坐一坐的。

每逢秋末，远方白鹭成群飞来，晚上栖息在校园后面的大片楠竹林里，白天就飞到前面这片冬水田，或伫立田间，或低头觅鱼，一有异常响动就立即腾空而起，嘎嘎鸣叫，等到无险可惧，又回到田坝，有的停歇树枝，有的飞回田里，有的甚至英雄般挺立在田坎上。

一次，少年霞飞轻轻从田埂背面摸过去，一把捉住一只孤鹭的脚杆，它急忙低下头来啄霞飞的手，霞飞用弹枪把打它的长喙，硬是把它捉到桥头小亭上。一些人主张煨来吃，一些人主张放了，利时老师由于眼疾已开始信佛，不许伤生，霞飞只好恋恋不舍地让它飞走。

北区小学不但环境优美，师资也很棒。利时老师教高年级国文，缪辅仁老师教英语（上世纪二三十年代著名小学高年级有英语课），年轻教师苟骧良教数学。尤其是利时老师，家学渊源，自幼熟读经史，除《易经》外，大都能倒背如流。他除了选授课文外，又另选《论语》《孟子》《古文观止》及《东莱博议》的篇章教授学生。当时綦江县还没有中学，一些不愿虚度光阴的青年，有的甚至已经娶妻生子，也都不远百里慕名来到李家垮，如皂桷嘴的李云仿、正自乡的张荐吾，稍后的缪阳秋等，他们都并非寒士，也不稀罕这张小学文凭，只是想学点东西，来找这遐迩闻名的陈夫子。

利时老师虽名噪一时，但历尽劫波，已恬淡自若，平易谦和，尤其喜欢接近学生。每当薄暮黄昏，他常迈出校园，踏着青石板路，到小桥凉亭坐坐。这时他的得意门生李云仿等或二三人、或五六人，必然随行。他们谈古论今，谈诗词歌赋，谈四川军阀混战的时局，有时也谈同学中的生活趣事，反正亲如一家，无话不说。

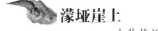

漾垭崖上
——人物传记选编

有一次霞飞贸然提出一个问题："齐宣王对孟子说：'寡人有疾，寡人好色。'说这话时，他一点也不觉得难为情。老师你说'好色'对吗？"

话音刚落，李云仿瞪了他一眼，霞飞吓得舌头一伸，脸都红了。

老师微微一笑："莫怪他，这是一个有趣的话题。"停顿少许，有意启发弟子们："云仿，你已娶妻生子，你好色吗？"

云仿一下子脸红到脖子，喃喃地说："我以为正式夫妻应该互相敬爱，这不叫好色。"

"你爱妻子，也算'好色'。"老师接着阐析道，"我们不能一般地否定'好色'。告子曰，'食、色，性也。'女色不是妖魔，正当的男女相爱，如同吃饭一样，是人的本性。"

"啊，啊。"学生们连连点头。

"要是搞不正当的男女关系，孔子及其弟子都是坚决反对的。"老师停了停，又问欧阳，"你记得《子见南子》的故事吗？孔子见了卫灵公夫人，子路很不高兴。老夫子连忙发誓：'我如果做了不应该做的事，上天都会惩罚我。'"

"是的，"聪明的霞飞抢着说，"他接连说了几个'天厌之，天厌之'哩。"

"可是现在，乌七八糟的事多多了，你们可要牢记古圣先贤的教诲啊！"

老师正站起身来，张荐吾拿着一幅刚画的人物素描给老师看：长眉、笑脸、斜挂草帽、手摇羽扇，正是他心中的孔夫子——利时老师。同学们都欢喜地拍起巴掌。

利时老师在北区小学这个和谐优雅的环境里一直教了十多年，学生遍及綦江东北部的几个区，其中不少栋梁之材。由于成绩突出，四川省主席特奖励学校一块上书"育英功懋"的金字巨匾。学校为此也对老师们论功行赏。

可是，由于邻近几个区先后都办起了小学，县城办起了中学堂，北区小学的生源逐渐减少，教师也流失了一些。学校规模小了，只好搬到场上由三圣宫改建的新校址，校名也改为"新盛小学"。

学校增多，军阀混战摊派也多，县上拨款也就少了。新盛小学靠苟校长经营的织布厂资助，有时甚至不能按月发薪水。校长仍苦苦撑持，还无偿供应仅剩的几位老师膳食。但学校人气已失，学生不到百名，处在风雨飘摇之中。利时老师已年过半百，眼疾加剧，只好举家回到濛垭崖上北头内厢房老屋。不教学生了，后半生就教好自己的孩子吧。

利时的第二位续弦夫人庞氏，比利时小十五岁，同样识文断字，人才亦秀丽可人，在李家塝生了女儿世莹之后，又生了一个儿子。利时好生喜欢，特起名"世杭"，意为大树，其皮厚，不易腐，不会像他世冕哥那样脆弱。世杭天资聪颖，诸子百家，过目成诵。他在新盛上完小学，老爹就是不让他进城上中学，不放心。对女儿就放得开，二女儿世莹回到濛垭就进了县城中学。

在家里，老父对世杭什么都可以将就，只坚持一条：必须诵读诗书。他也认真地教诲。除每月初一十五放假一天外，全部按课目学习，雷打不动。父子俩配合默契，持之以恒，几年工夫，世杭的学习成绩就大有长进，超过了侪辈。

1940年初冬，志先二爷久病不愈，才五旬就离开了他经营半生的濛垭崖上。一场庄严隆重的"堂奠"仪式在松树堡举行。主持人为利时老，还有竹房沟的锡凡，曾家塝的自明，远归不久的用宏么弟。

仪式开始，主持人各就各位。利时在堂屋发号施令，锡凡在马口

传令，自明在下厅鼓乐旁应令。

利时拉长声音，像吟唱地发令："孝子就……位！"

锡凡传令："执事者引孝子就位！"三个儿子身着粗麻布孝衣，头包白布孝帕，腰束麻带，脚套芒鞋，手拿裹着纸花的孝棒，来到灵枢前跪下。

利时："击……鼓！"

锡凡传令："击……鼓！"下厅乐队鼓声响起，约半分钟。

自明回应："鼓……至。"

锡凡传令："鸣……金！"乐队敲大锣，约10秒钟。

自明回应："金……至。"

利时："孝子匍匐灵前，三跪九叩。"

锡凡进堂屋，呼叫："一叩首，二叩首，三叩首。兴（站起来）！跪！四叩首，五叩首，六叩首。兴！跪！七叩首，八叩首，九叩首！"

利时："匍匐，读祭文！击……鼓！"

锡凡回到马口，传令："击……鼓！"鼓声响起。

自明："鼓……至。"然后又是鸣金、金至。

用宏站在灵枢右前侧动情地读祭文：

"惟中华民国二十九年十月十五日，不孝男世荫、世繁、世安致祭于显考陈公志先大人之灵前曰：呜呼，痛哉，公何西归之速也！……"

堂屋传出女眷哀痛的哭声，音量有所控制，贯彻终场。在动情的叙述和由衷的赞颂之后，用宏朗声呼喊：

"公走矣！魂归天府矣！儿辈将秉承遗志，光大门楣，公可以含笑九泉矣！呜呼，哀哉！伏维尚飨！"

利时："祭奠礼成，引孝子入帏。奏雅……乐！"

锡凡："奏雅……乐！"唢呐吹响哀乐。随即又传呼："大……奏……乐！鸣炮！礼成！"

鼓乐齐鸣，鞭炮震响，堂屋女眷哭声大作。

"堂奠"衍生于《礼记》，是一种儒家文化。这次是濛垭继松乔、罗老安人相继逝世之后第三次隆重的堂奠仪式，民国之后就无人举办了。

二叔丧事，世杭耍了五天，十月二十又继续他的学习。

世杭已经十三岁了，有时爱同母亲及叔伯们打麻将。利时老让他玩牌，自己站在桌子角角口授经传：

父口诵："大学之道，在明明德……"

子边摸牌边复诵："大学之道，在明明德……"

打了四圈，搬庄以后，父亲仍耐心地站在牌桌前。

父诵："郑伯克段于鄢……"

子："红中碰起！"出牌后接着复诵，"郑伯克段于鄢……"

……

就是这种执着与宽容结合的方式，加上坚持不懈的晨读，几年间，世杭硬是通读了除《易经》以外的四书、五经、《古文观止》等古籍，并且从老爸那里学得一手行书。

1939 年，夫人又生了一个老幺儿。利时老好生高兴，誉为老蚌生珠。起名"和鸣"，取"凤凰于飞和鸣锵锵"之意。又二年，堂侄世品都上高中了，世杭十九岁了还猫在家里。已经在船舶公司当会计的胞侄虑能动员利时老：

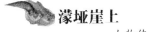

"大伯：你以前扣住世杬，因为只有他一个儿子，现在有和鸣了，就让世杬出门吧，到重庆进商职校。"

"读了商职校，能进公司或者银行吗，就像你和瑾瑜那样？"老头欣赏这两个侄儿。

"能呀，年轻人好找工作。"

"一年得花多少钱呀？"

"花销和找工作，我们外头的兄弟姐妹都会帮助的，大伯尽管放心！"

虑能不是在吹牛。这时濛垭子弟在大城的，除了"毓"字辈的玉堂大夫，"世"字辈的还有瑾瑜、虑能、鲁玉、玉英等十来位。他们都信守"义门"遗风，亲如一家，互相关心，互相支持。世莹初中毕业，玉英搭把力，就进了宏仁护士学校。

世杬终于出门了，虑能叫他投考立信会计学校成人班，成人班可收"同等学历"。世杬自学过世莹姐的初中数学教材，数学考了60分，而那篇用浅近文言写的作文，加上漂亮的毛笔字书写，语文教师竟给他评了满分：一举高中！

一年后，世杬毕业了，顺利进入市粮食公司，后来进入福美银行。有能力，又肯干，很受欢迎。

1947年的中秋节到了，加之节后五天就是松树堡志先二婶六旬寿诞，世杬和在渝工作上学的兄弟姐妹都相约请假回乡，在县城上中学的明远、世瑢也都回来了。

八岁的和鸣随父读经传，在背完《孟子见梁惠王》后，拿起铁环就往外跑，刚到厅房，就看见世杬头戴草帽，手提一条大鲤鱼回来了。他窜上前去夺过大鱼一溜烟又跑回来，大声喊道："二哥回来了！买了好大一条鲤鱼呀！"听到喊声，母亲和姐妹们都迎上前，一会儿，在禅房诵经的利时老也到小堂屋来了。

"我们姊妹①一大帮昨天乘汽车回到县城，全都住在南州旅馆去拜访祥灿二哥，今天一大早，又浩浩荡荡迈开大步往家奔，这会儿全都拢屋了吧，说来也是，还是故乡本土才吸引人哩！"世杭兴奋地说到这儿，特地上前给父母鞠躬问好，并送上红包。

中饭过后，大家在一起谈家常。两点刚过，白云观僧人慕名来请利时老师写匾。于是兄弟姐妹一齐动手，磨墨、发笔、铺棉纸……那棉纸有八仙桌大小，共四张，写四个字。利时老的视力几近全失，他用手摸清纸张大小方位，接过世杭蘸好浓墨的如椽大笔，悬腕用力写了第一个字"月"，接着又写了"满"、"禅"、"房"三个字，字字圆润有力。利时老问也擅书法的儿子："杭，如何？"儿子答曰："甚妙！"家人和禅师都热烈鼓掌。待墨迹干了，僧人谨持墨宝拜谢而去。

佳节的团圆晚餐，早已议定由明远掌勺，璃姐协助，她俩午饭后就已动手操办了。僧人走后才刚过未时，世杭提议陪母亲打麻将，和鸣抢着说："好的，我来一个！"世杭说："你行吗，小鬼？别和花马牛啊！"于是兄弟俩加上世瑢陪母亲玩起麻将，其乐融融。

用宏老师暑假才从合川回来，担任思齐小学校长，今天下午也回家了。晚餐前，利时老叫世彦将烧好的鱼给幺爷端一盘去，幺娘也将一盒月饼叫世彦捎回。别小看这一盘一盒，"惟孝，友于兄弟"，何况兄弟俩还有师生情分。

晚饭后，整栋老房子的六家人都到马口前的天井坝赏月来了，世杭特地上前给幺爷幺娘一鞠躬，并同世品等兄弟仨热烈握手。

濛垭在外工作和上学的兄弟姐妹们，在中秋后第五日参加了松树堡志先二婶的六旬寿庆后，相继回到各自岗位。

---

① 姊读 zǐ，当地习惯，姊妹包括男女，如全为女姓，称姐妹。

利时老的眼睛失明了。二女儿世莹当了护士，结了婚；小的三个女儿都上了中学。他又如法炮制，口授么儿子和鸣国学经典。和鸣聪颖不亚其兄，解放那年才十岁，就已诵读过若干经史子集，行文能力已超过一般中学生。是家学渊源，还是遗传基因？看来都有影响。后来和鸣成为一个颇受欢迎的作家；世杭的女儿永湖还当上一个省会城市的党委办公室主任及出版社社长，成了濛垭子孙光荣的一员。

四女儿世瑢，重庆刚解放就进了"革大"，入了团，后来发展得很好。

五十年代初，年过古稀的瞽叟——利时老师，在老伴和残疾女儿世璃的照料中，口念"阿弥陀佛、阿弥陀佛……"无疾而终。

杏坛棠棣（下）

小弟毓麒——用宏

利时老师姊妹八个，其中兄弟三人。二弟志先是理财好手。用宏是姊妹中的老幺，子侄们都喊他"幺爷"或"幺爸"。从小跟大哥求学，熟读国学经典，直到十八岁。

用宏从小喜欢夜读，白天晃晃悠悠，有时到大河沟钓鱼，有时到洞崖口洗澡，或者背起鸟枪到青冈林打斑鸠、打野兔。晚饭后，肯定要到父母房里坐坐，同老人摆摆龙门阵。大概起更了，才慢梭梭往厢房走，在下书房坐下来，或者作文，或者写诗，有时兴起，就摇头摆脑地明声朗读："子程子曰：《大学》孔氏之遗书，而初学入德之门也……"半夜以后，才回房睡觉，而早晨则迟迟不起。

有一次，新婚妻子——才十七岁的张氏怀着好奇的心态来到书房，看看这位"夜不收"的读书郎。正说着贴心话，大哥老师查课来了。听到脚步声，新妇慌了神，连忙躲到丈夫椅子背后，用宏也有些儿失态。大哥感到"有情况"，稍作指点就回房去了，新妇这才从椅子背后站起来。那时的已婚妇女是要避老人公、大伯子的。大哥这回查课，可把新过门的弟媳吓惨了，多不好意思呀！

大哥的儿子陈冕，只比用宏小四岁，他从小喜欢他这个幺爷，常

和他一起玩。幺爷娶亲了，陈冕也挺喜欢幺娘。幺爸在家时，他常到他们的歇房去，柴米油盐，天南地北，《女儿经》《随身宝》……一阵神聊，又特别爱和幺娘猜谜语：

"'五兄弟，一同耍，个个脑壳顶一片瓦'。幺娘，这是什么呀?"世冕向幺娘挑战。

"手掌。这太简单了，我出一个，'白兔追黄兔，黄兔跳下井，白兔坎上等。'它们在干啥呀?"

世冕直搔头，猜不到。用宏笑一笑，启发道："你从颜色上想两样日常饮食用具，从跳和等上思谋它们在干啥子。"

"啊，啊，我猜着了！母亲叫我做过这事——打酒。酒葫芦下酒坛子打酒了，锡酒壶在坛子口等。这个谜真好，我记住了。"

一天晚饭后，陈冕又到幺爷歇房来了。幺爷正坐在牙床前碾火药，准备装好枪明天上山打斑鸠，打竹鸡，打野兔。在一阵神侃中，世冕裹好一杆叶子烟，点燃了，叭两口，递给幺爷，"轰——"火药被撒落的烟灰点燃了！刹那间，幺爷前胸着了火，头上丝帕着了火，火苗直冲房顶的瓦片，满室浓烟。幺娘、陈冕远一点，也着了火，小一些，很快就扑熄了。用宏奔出房门，站在楼梯口扑火，陈冕忙喊："扯下丝帕！扯下丝帕！"幺娘拿起茶盅淋他的脑壳，一手扯下丝帕，用宏右边耳朵上方的头皮烧伤了巴掌大一块。

好危险呀！从这以后，利时不让陈冕去幺爷歇房了。可幺爷上山打野物时陈冕还是跟着，爷儿俩好着哩，少年叔侄当兄弟嘛！

十八岁那年，舅舅家老表封炳来约用宏一起到重庆进新学堂。这时，钟乾老夫妇已先后逝世，兄弟仨已分了家，用宏就辞别年轻的妻子同老表一道去府城上学。几年间，先后在治平中学、华英中学读书。那是新学，以国文为主，还有数学、英语、格致、音乐、体育等学科，比在家念"诗云、子曰"有趣。用宏学得很认真，他的强项当然是国文。一次命题作文叫写一篇人物传记，用宏一下子想到一个人——郭忠阳，好，就写他。

邻近的新盛乡有一个壮实农民郭忠阳，父子几个都会使枪弄棒，尤其爱打猎。一次，他们在擦耳崖一带的密林里追出一头豹子，忠阳连扣扳机，不起火。原来是大儿子前天打山时使用过，忘了又装上火药、镏子。这可糟了，豹子一纵身，向忠阳扑来，忠阳躲闪不及，被抓住双肩。他就势顶住豹子下巴，双手紧紧揪住豹子后颈毛皮，滚在一起。豹子一时咬不着忠阳。三个儿子奋勇向前，抢起锄头、枪托、大刀，往豹子要害处砸、打、砍……半袋烟工夫，那豹子硬是被他们打死了，而忠阳浑身上下都被抓得血肉模糊。儿子和乡亲们找来两乘滑竿，一乘抬死豹，一乘抬忠阳，到县衙报功，给忠阳治伤。后来郭忠阳被授予"武秀才"功名，奖励50两银子。

用宏精雕细刻，字斟句酌，写成一篇《武秀才郭忠阳》的千字文。老师赞不绝口，没改动一个字，并且在课堂上诵读。从这篇文章，可见用宏已得到其兄真传，功力已非同一般。

用宏读新学的第二个寒冬，陈冕被土匪绑架了。罗家塆的毓枚，年甫二十三即不幸早逝。膝下只有两个女儿，夫人杨氏就抱亲房松树堡志先二哥的长子陈端为继子。土匪本意是绑陈端的，占绝嗣的娃最金贵，出得起钱。当夜陈冕、世繁正在婶娘家玩，土匪见到三个男娃睡在一张床上，以为大的一个娃就是陈端，拉起就走。过了石梁岗，才发现拉的是陈冕，搞错了，打算回去另拉。陈冕却说："算了吧，现在倒回去，陈端已经藏起来了。"土匪无奈，只好给他蒙上眼睛，带到横山底部的岩洞里，然后放出口风，叫利时大老爷交两百两银子赎人。

用宏寒假回家，正碰上这事。他立即挑选濛垭各家佃户、长工，组成搜山队，背起抬杆枪、猎枪，带上恶犬，从箅箅坛岩洞起迤逦向

南逐一搜索。一阵枪声过后又打锣呼喊："棒老二①听着：放了陈冕，不再追究；若不放人，枪打着你活该，抓住你们送政府法办！"几天中，边打枪，边喊话，从濛垭到牛腿寺到浸水垭，横山东侧的岩穴密林搜了个遍。绑老二们被吓惨了，一个个先后蹓走，扔下陈冕各自逃命去了。

陈冕察觉土匪已经逃逸，就慢慢走出岩洞，大声呼喊："喂！喂——！是幺爷吗？是张海山吗？我在这里！"搜山队闻声赶来，给他解开绳索，扯下蒙眼布。用宏跨步上前，抱着虚弱不堪的侄儿，热泪涌流。

"老幺不错！老幺不错！陈冕平安归来，得感谢我的好兄弟！"利时连声赞叹，紧紧拉住幺兄弟的手。青年时期的用宏，确有一番风采哩！

读读停停，花了六年工夫，用宏终于获得一张四年制中学文凭。这时他已经有了两个女儿，两个儿子，向"而立"之年靠近了。"立"什么呀？就效法大哥，教书。他收拾一下外厢房，办起了蒙馆。当时乡里还没有小学，学龄儿童甚多，一下子就来了十几个人。从此，用宏开始了他的教学生涯。

教了两三年，娃娃太小，水平太差，教起没劲。妻兄张珉石邀请他到张家寨子任教。那里也是私塾，但学生多，四五十人，从七八岁到二三十岁。已有两个老师，只能教诗云、子曰。想请他去教点儿新东西，一年给十二石黄谷薪俸，伙食包干。他去了，还带上大女儿玉英。一口气干了三年。那里大的一批学生中，后来有三人进了黄埔军校，其中一人还成了革命者。

利时松乔的同学——远房兄弟毓甫，这时任綦江县教育局局长，

---

① 棒老二：绑客，即土匪。

介绍用宏到县城"中学堂"任课，先教小学部高年级，有机会时教中学。中学部才办，只收男生，陈端、世奎在那里念中一班。小学部已经办了二十多年，是全县小学的王牌。良禽择木而栖，用宏慨然应聘。只身先去教了一年。第二年，举家迁到县城。这时幺儿子世璞已经三岁，拖娃带崽七口之家，包袱够重的了。

用宏的教学水平是够格的，教学也认真负责。他教小学部第二十三班，即高小五年级。那时学生年龄参差不齐，比如他家世品，才七岁就读第二十五班，初小三年级，年纪多么小呀！而高小班里，二十岁以上的学生不少，有的大少爷是闲在家里无聊才到新学堂来镀金的。他们的国文大都有点根底，二十三班那个姓杨的大龄学生写的一篇追悼同学的文章——"时惟二月，序属仲春，百花灼灼而争荣，万物欣欣以迎新……因而悲同学张君之谢世也"——就拿给二十五班世品他们当做课外教材讲授。用宏老师要教这个档次的学生，总还要略胜一筹才行啊！还要给这类学生改文章，看来也只有一字不改了。而他当年居然站得住，学生反应还好。

当年教官学，待遇颇丰。每当发工资时，校工用筲箕端起封好的银元及散装的铜壳子，从中街到后街，直送到陈老师家。那时民风纯朴，用筲箕端钱通街走，不担心有人偷抢。用宏老师还在女小兼教两班历史，也有一分薪俸，两处加起来，比他利时大哥在区立小学的收入多得多。

用宏在县城教书这几年，继先来的陈端、世奎之后，虑能、伯涵、世厚先后进了中二班、中四班；女校还有世楫、世筠、世敏、世荃等姐妹，濛垭儿女十多人都离开封建家庭进了新学堂。用宏起了引路作用。

在如此大好形势下，用宏逐渐滋长了自满情绪，自律不严，染上了鸦片瘾，教学也有所懈怠，误了大好年华！

1932 年，两个女儿高小毕业。玉英经玉堂伯帮忙进了重庆宏仁护士学校，从此置身医卫和护士教育，取得了巨大成就。由于"中学堂"当时尚不招女生，世珑只得留家自修，并辅导两个弟弟世耀、世品。兄弟俩下学期就该升入高小了。

这年竞考，女校获得第一名，男校的校长被撤换了。一朝天子一朝臣。新校长与用宏老师素昧平生，又听说他已有些暮气，就不再聘他。毓甫局长对此也不便插手。太可惜了，多么好的岗位！这时，北区小学已不再红火，校长老表来电话邀请，他只好将就，搬家到新盛，同利时大哥分任高年级国文课，人称大陈老师、二陈老师，同苟骥良一起成了新盛小学的顶梁柱。

如此者两年，学校已开不出薪水。大哥年岁大了，回老家了。用宏又一次搬家到正自场上塆，同妻舅张锡侯一起办私塾。县城"中学堂"的三年辉煌，成了一生最美好的回忆。

教了两年私塾，抗日战争打响，物价上涨，烟瘾为患，两处田产还剩下水地坝一处；长子世耀才十五岁就到大城当水手：用宏陷入窘境。这时，又是"义门"效应，堂侄瑾瑜介绍他到资阳教育局当科员，先决条件是必须戒掉烟瘾。长女玉英接他到宏仁医院戒烟，住院半月，基本上算是戒了，于是到了千里之外的资阳县。

县长是瑾瑜妻弟——常硕的同学，对用宏比较客气，接见时鼓励有加。用宏第一次在政府部门工作，有一种新鲜感，决心振作起来，好好干。他居然买了镜子梳子，留上时兴发式，上班时衣服也穿得抻展干净，当然更不睡懒觉了。虽然偶尔下烟馆，但有所控制，身体也比教私塾时好些了。

1938 年，已经在外上职中的二女儿世珑前去看他，高兴地说："父！你长好了，白白胖胖的。你心情愉快吗？烟戒脱了吗？钱够用吗？"她一口气提了三个问题。

"都还好。就是想家，想你娘，想家乡的亲人……"用宏说不下去了，女儿来看他，掀动了他对故土的赤子之心。

留女儿耍了两天，吃了著名小吃，送女儿一支钢笔，还买了一副铙钹，还同女儿照了相。他在相片后面题了诗：

赠爱妻崇一

报国应扬千里鞭，百般家务在君肩。
栖身常赁三间屋，糊口徒存十亩田。
能使四邻来有酒，莫教二子冷无棉。
我虽异地伤沦落，也幸人称内助贤。

用宏哽咽着关照女儿："相片交给你娘，诗读给她听，铙钹交给你驼子三哥，秋收晒谷子时，晚上歇凉好在水地坝岗岗打锣鼓，那真是濛垭崖上最动人的一绝呀！"

一晃三年，用宏在资阳当过督学，也到中学代过课，但还是个老科员，升迁无望，也挣不了钱，空留发妻及小的两个儿子长年倚门遥望，两地相思，徒增惆怅。1940年春节，濛垭子弟在外头工作的十数人相约回乡团聚，玉英几次电报催请老爸告别资阳回归故里，元宵节前，用宏终于回到朝思暮想的濛垭崖上。

这时，用宏已年过四旬，世品进了县中，世璞上城区小学，家里就只剩老两口，倒也安静，经过三年阔别，再也不愿分离了。

二哥辞世，用宏颇为感伤，加以闲居无聊，三、六、九就去赶石梁岗，基本上戒脱的鸦片瘾又死灰复燃。用宏正在为开支增大担忧，时任綦江征收局局长的毓甫来函邀请他去当"钱粮师爷"（出纳），认为他忠实可靠。用宏犹豫不决，没回话。几天后，毓甫又派专人来，

信中还说："师爷虽职位卑微，然较之赋闲守陋，自有上下床之别……"用宏心动了，去同大哥商量，利时积极支持，于是用宏进了县征收局。同事们都叫他"陈师爷"，不叫陈老师。

谁知当上这个师爷，就种下祸根了！他自来不善理财，收支凭良心，没有明细账目；又没有专门的钱柜，只是一只关锁不严的旧皮箱。他大大咧咧惯了，啥事图撇脱，吃饭呀，上厕所呀，常不关门，也不锁好箱子，假如熟悉情况的人随便拿他的钱，他也浑然不觉。又公私不分，自己用钱——包括抽鸦片的开销，也从那箱子里取，没有个数算。

天啦，有这么糊涂的钱粮师爷！有这么杂乱无章的征收局！有这么从不检查监管的官僚局长！一年下来，陈师爷亏失公款达十来万！！

是挪用吗？是贪污吗？是盗窃吗？都是，又都不确切。

时为1942年深秋，十九岁的世品远在遵义念高中，因转学未成回到家中复习，发现了问题，大吃一惊。世品在问清情况后，恳切地向老父进言：祸根来自吸鸦片，事已至此，只有主动向局长如实交代，请求准予辞职，回家戒烟；同时立下字据，缺少的公款，分期归还，两年内还清，请现任商会主席的世辉二哥作保。

父亲方寸已乱，一筹莫展，横卧在床上，眼里噙着泪水。儿子也就势躺到床上，靠着老爸的臂膀，给他拭眼泪。嘀嗒，嘀嗒……几案上的座钟有节奏地响着，用宏的心却急促地跳动，良久，他侧过身来，半拥着儿子。

"蛮①！我出了大娄子，你不责怪我，还帮我出主意，难为你了！这些年，我对不起你呀！"

世品的眼泪也夺眶而出："责怪有什么用，纰漏已出，一家人得一

_____

① 蛮：用宏对儿女的爱称。

起出主意，共渡难关呀！"

又是一阵沉默。父亲在认真思量，儿子在等待着。

"对，就这么办，我这就辞职回家，下死心戒掉鸦片瘾！"父亲接受了儿子的建议。

儿子笑了，父亲拥着儿子，儿子捧着老爸胖胖的面庞，十九年来，父子俩第一次如此亲热地偎在一起。

原来世品出生时，世耀才一岁半，正出麻疹，母亲一个人照顾不过来，世品刚满月，就托付给垣子的农民陈八爷夫妇喂养，五岁了，该发蒙了，才回到家里。这时的世品，瘦得像猴儿，一头癞疮，委实不招人喜欢。后来癞疮好了，读书很有天分，但老爸仍不爱他，动不动就说："你这陈八爷的娃儿，各人回去！"十多年来，用宏对儿子确有偏心，这回出事了，儿子如此灵醒，如此体谅，老爸既感动，又十分欣慰。从此以后，父子俩成了最亲爱最相知的父与子！

毓甫局长同商会主席世辉联手，多方周旋协调，终于没有启动司法程序，同意用宏引咎辞职，两年内还清欠款。用宏于当年初冬回家，世品用炽热的爱心与周到的侍奉，运用药酒递减法，历时三个月，硬是帮助老爸彻底戒掉了十几年的鸦片烟瘾。用宏时年四十有五，从此走上了坦途。

1943 年，世品进了国立中学，世璞由玉英供给上初中，用宏老师带着妻子第二次出远门到合川女中任教。家拆了，世品、世璞寒暑假都住在松树堡志先二伯家，所收田租全部用来还账，如此者两年，硬是准时还清了欠款。

用宏到合川女中任教，是女儿玉英的挚友袁女士介绍的。女中的女校长程对用宏较好，给用宏安排了一间窗明几净的寝室，面对花园，

桂、兰、梅、竹错落有致，置身其间，恍若回到濛垭老房子的外厢房。女中住校教师都在小伙食堂用餐，崇一夫人多年来未曾这样清闲利落，把全部身心都交给了丈夫，人到中年了，两口儿比年轻情侣还甜蜜恩爱。

1944年元旦，新婚的女儿玉英带着夫婿来到合川，用宏夫妇应邀去合川县城相见。女婿肖克礼是东北流亡学生，现任一私家银行经理。第一次拜见泰山泰水，肖克礼彬彬有礼亲亲热热地问候起居，设宴招待，还特地雇两乘滑竿送岳父母回学校。用宏夫妇喜得乘龙快婿，心头好生高兴。

1944年暑假，程校长调任渠县中学，邀用宏同去，用宏觉得越走越远，婉言辞谢了。新来的校长不了解用宏，没有表态。新学年已经开学了，用宏无人理睬。这就是旧社会教育界的"六腊之战"，老实人往往要败下阵来的。怎么办？拆家才一年，重债在身，无家可还！怎么办？

用宏焦急地待在那儿，开学两周了，还是程校长打电话给新来的校长着力推荐，那校长才发了聘书。这情景，对照新中国成立后教师的"铁饭碗"，区别何啻霄壤！用宏记取这个教训，下学年未雨绸缪，1945年刚放暑假，他就接到合川二中的聘书。正好这时抗战胜利，世品奉姐命来接母亲回乡。他一人轻装上阵，八月底到了大河坝合川二中。

用宏在合川二中工作顺利，一晃就是两年，世品又去接他回归故里，担任当地私立思齐小学校长。凭着他重新焕发的能量，凭着学校雄厚的资金与高素质的教师队伍，两年间，用宏硬是把思齐小学办成了县里响当当的名校，为当地一批优秀人才的成长打下了坚实的基础。

利时之于用宏，既是兄长，又是老师，兄弟间一向非常关爱。此前聚少离多，这次归来，又可经常见面了。弟弟周末回家，一定要去看望兄长；家里推豆花，一定要给大哥端一碗去。大哥家打牙祭，也不忘叫孩子去请幺爷。二老手足深情，令晚辈们十分感动。

新中国成立以后，用宏校长已年过半百，难以适应各式中心工作，县文教科调他到三角乡当村小教师。虽属大材小用，但是，一个旧社会过来的老知识分子，未遭淘汰，人民政府还爱护有加，自当兢兢业业，教好劳动人民的孩子。

那时的村小教师，周末下午都要到中心小学集中学习。用宏第一次参加这一活动时，穿的是蓝布长袍，大家都好奇地看这位老先生。一位胖胖的女教师笑容可掬地走到他面前，热情地招呼：

"你是陈老师吧？还记得我吗？"

老师感到眼熟，一时又想不起来。

"我是唐萍呀，合川女中二班的学生，你教过我两年语文哩！"

"啊——啊，我想起了，你的语文是班上学得最好的——你哪个到綦江来了？"

……

原来五十一年春季，专署文教科组织合川六十多名教师来綦江支教，唐萍是其中小组长之一。从那天师生相见以后，唐萍对老师多方关照，像女儿一样，还特地到濛垭崖上拜望了陈师母。用宏已年过半百，有唐萍细心照顾，生活上方便不少，心情更加愉快。

用宏老师功底扎实，博闻强识，父老乡亲、村乡干部凡有认不得讲不明的字都来请教这位陈老夫子。他也有求必应，有问必答，人人称之为"活字典"。1955年，群众选他当了县人民代表，县里任命他为政协常委。开两会时，老夫子坐在主席台上有时竟打起瞌睡，响起微微的呼噜声。主持人笑一笑，示意不要管他，让他眯一会儿。

用宏老师1957年退休，退休后仍然当人民代表，政协常委，直到1960年因病去世。一个月后，县政协派三名常委专程赴用宏老师家吊

唁其亲属。这时大陈老师已作古四年了。杏坛双璧先后走完了他们光荣的人生旅程。

全科太医陈玉堂

——救死扶伤，为老百姓造福

濛垭崖上新房子西头，住的是岐山祖的曾孙钟喆——清溪四老爷。老汉育有一女二子。女儿柳姑，姿容端丽，性情和顺，还在天坪上岗岗的学堂读过几年书，十七岁嫁给巴县的杨学蠡，琴瑟和谐，乡人赞之为"杨柳配"。

大儿子毓镛，字玉堂，聪明勤勉。受隔壁外科医生升之大哥的影响，一心想随他学医，既可造福乡梓，说不定还可中兴衰落的家庭。才十四五岁的他，每当有患者来找东头的陈太医时，他就蹓过去，静静地一旁观看，有时还帮着递剪子、刀子等手术需要的东西。升之到病员家出诊时，他也跟着去，成了升之没拜师的徒弟。两年间，他就把大哥师傅的本事学过手了。

一天，一个中年农妇上门求医，她左边眉尖长着一个红肿的脓疮，鼻梁和半边脸都肿了，不断地呻吟。升之叫玉堂治疗，自己一旁压阵。好个玉堂小伙，先扶农妇站好，叫她闭上眼睛，接过一杯凉水，对准脓疮一喷，说时迟，那时快，右手的手术刀直插脓疮，农妇一踉跄，她男人从后稳住。玉堂丢刀直挤脓疮粪毒，用钳子夹出饭豆大一粒"粪头"（脓血结子），随即又喷一口凉水，朗声道："好了!"升之在伤口上贴一张蜘蛛膜，擦干伤口周围的凉水，也朗声道："好了!"

整个过程不到 10 分钟，是一次协调的合作! 一堂考试! 一首乐

章！老师笑了，徒弟也笑了。

从此兄弟俩开始合作行医，四里三乡，不管跌打损伤，脓疮蛇毒，找上门来的，无不手到病除。既做到救死扶伤，也增加了家庭收入，这是一种双赢！

玉堂不满足于只搞外科，又到四子树仲芝五哥那里学内科和眼科。仲芝是五房昶士祖后代。兄弟四人：老五、老六①住崖底下四子树，老七、老八（即农民陈八爷）住崖上垣子。四子树的两家稳住了祖业，垣子的两家后来一贫如洗。关键是老五行医；老六有儿子在县城做小生意，农村的儿子又自己种田。

仲芝太医的名气比升之大，病员更多，病情更要紧，因而也更受尊重。他特别喜欢玉堂的上进心和学习劲头，悉心传授，几年工夫，玉堂成了内科、外科、眼科的通才。仲芝无比欣慰地说："我有你这样一位老弟门徒，死而无憾了！"

尽管后来濛垭陈氏先后当太医的还有碧如、发祥、国民、选才等，但都不及玉堂大夫。

三十岁那年，玉堂告别老父及发妻杨氏海珍和三个儿女，应姐夫杨学蠹之邀到了重庆。迎接他的是柳姐亲切的笑容和姐夫殷勤的关照，眼前展现一片阳光灿烂的新天地。

在大城市当太医，要有行医执照，还要参加医师公会。玉堂这位"山寨"医生在农村吃得开，到大城来就还得翻这两道门槛。怎么办呢？他束手无策。柳姐笑着对他说："不要着急，有你杨大哥（姐夫）哩！星期天他要请客，你陪一陪，问题就解决了。"

---

① 子女排序，无固定章法。有时儿女合排，有时分别排；有的是同一父亲的子女排，有的是亲叔伯的孩子拉通了排。这儿的老五，其实是几兄弟中的老大。

两天以后的星期日，学蠡在都邮街一家酒楼订了一座席，入座的只六个人：主人杨学蠡夫妇，陪客松乔和玉堂，尊贵的客人是著名教会医院的眼科主任贾智爽医师和夫人。除玉堂新从乡下来还带点儿泥土芳香，他们——包括松乔，都已经是"老重庆"——知识界的精英了。

贾医生很欣赏玉堂这位朴实中透着灵性的年轻同行，乐意扶他一把。于是第二天，玉堂就被送到宏仁医院贾医生科室当了见习医生，在外科、内科和中医眼科之后再学西医眼科。多么难得的机会呀！玉堂全身心投入，孜孜不倦，焚膏继晷地学习、实践，加上贾大夫熟练的示范和精辟的指点，一年工夫，无论药理还是医技玉堂都已融会贯通。

在告别智爽大夫时，玉堂要行叩拜礼，正式拜他为师。智爽阻止不及，也一同跪下，挽着玉堂的手动情地说："学蠡是我留日的同学，情同手足，让你我结拜为兄弟吧！从现在起，我是你哥，你是我的骨肉兄弟。你只身在外，除姐夫家外，这儿也是你的家。"

别看玉堂一条一米七五的汉子，紧紧握着恩师兼义兄的手，感动得泪如泉涌。

玉堂顺利地办好执业证书，在关庙街一家药房当上了坐堂医生。学蠡给他在报纸上登了开业广告，来看病的人一天天增多，起航就遇到顺风，玉堂倍感振奋。他在十八梯刘家院租了间房子住下来，在"永远长"豆花馆吃包饭，全部心思用在医务上。

小院刘家有个十七八岁的三姑娘，秀色可餐，活泼伶俐，见陈太医只身一人，常主动帮他洗衣服，碾药，晾眼药丸子。她家老娘及兄弟对他也都热情有礼貌。渐渐地他同她们熟悉起来，成了好邻居。

一天，三姑娘把折叠好的衣服送到玉堂门口，玉堂招呼她进来坐

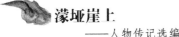

一坐。"嘿嘿,"姑娘一笑,"你这个人呀,人家的名字你还不知道哩,谁进屋坐!"

"啊,对不起,你的芳名叫啥呀?"

"不给你说,"姑娘跑开了,没几步,转过身来一字一顿地,"刘——自——璧,来自璧山的姑娘。嘿嘿,不要忘了!"姑娘已跑到自家门口。

玉堂正值三十出头的壮年,虽然有妻室儿女,毕竟只身在外,总觉得差点儿什么。是脉理不顺,还是情欲饥渴?看病时专心致志,一回到小院,心田就泛起涟漪。这是啥毛病,丢了魂哪?

一天,刘家擦皮鞋为业的小儿子刘四过来对玉堂说:"陈太医,姐姐叫你晌午只吃一碗抄手,消夜我家请你吃豆花。"往回走了几步又返身招呼,"一定来啊!"他天真地做了一个鬼脸。

今天的门诊好累,心绪集中不起来,好容易挨到五点,玉堂就下班了。一进小院,刘四已在天井坝等着,拉住他就往家里请。五十多岁的刘大娘忙迎到门口。拉黄包车的老大,在朝天门担力的老二都回来了。三姑娘在厨房门口眼波一瞬,一闪就不见影了,厨房正忙着哩!

姑娘没上席,玉堂正纳闷,刘大娘递过一杯酒,慢慢地坦诚地说:"陈太医,我们劳动人家的女人心直口快,不会弯儿转拐。我看你有点儿喜欢我女儿,就许给你吧,怎么样?"

"嗳——嗳。"玉堂一时语塞。本在意料之中,如此直截了当却又有点儿意外。他端起酒杯一饮而尽,也坦诚地说:"谢谢大娘美意。我有糟糠之妻,一儿两女,都在綦江农村。三姑娘容得下那几娘母吗?"

"我们从旁打听过。"刘大娘郑重其事地说,"杨海珍在先,她是王宝钏,我女儿愿当代战公主,定能相安无事。"

天啊,常言福无双降,玉堂的好事却一串串地来!他站起身给大娘一鞠躬:"感谢大娘,我五天之内回话。等我好消息!"

玉堂当晚就去蠡园向柳姐汇报。柳姐说："她母女俩来过，探探情况，听听我的意见。"

"啊，她们来过，真是有心人呀！"

"是的，姑娘早就盯上你了。"

"杨大哥肯定不会同意的。"

"你不能跟他比。他同我二十年来，情投意合，恩恩爱爱，如胶似漆。我没有生育，几次劝他纳妾，他都不肯，宁愿抱养义子。你同海珍呢？父母之命罢了。今后只要你不断然抛弃她，就对得起她和几个儿女了。"柳姑停了一下，玉堂忙递过水烟袋，点上纸媒。柳姐叭了几口，又慢条斯理地说：

"老弟呀，刚才那些话，是从感情角度说的；若从伦理上讲，十多年来，海珍同二弟利银一样侍奉我们老爹，去年老人家过世，她认真操办丧事，披麻戴孝，你杨大哥也称赞她是个好媳妇，我们可不能忘恩负义呀！"

"那，那这边就推了！"

"也不，我一讲《大登殿》，自璧姑娘就乐意当代战公主，真是个重感情的女子！"

"是的，是的！"

"你明天就回去一趟，对海珍一五一十地说明：她先到陈家，两边的孩子都喊她'母'；自璧后来，孩子们都喊'娘娘'。分居两地，姐妹相称，你常回去走走，也可互相往来——就这么办吧！"

好个杨海珍，农家女宽容大度，坦然接受了刘自璧。玉堂由衷地感谢，亲亲热热地耍了三天，带上幼子世勋，回到重庆。

玉堂同自璧生活在一起了。他一方面遵照柳姐的要求维持着家庭的和睦，同时满腔热情地放开手脚，在医道上冲刺。

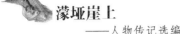
他在米花街租个门面做诊所，眼科为主，兼搞中医及跌打损伤，招了徒弟，配制眼科丸药，扎针，拔火罐。小小诊所，师徒二三人，却门类众多。登门求医的多为一般市民，收费公平，疗效好，一时名声大噪。加上杨学蠡、贾智爽的帮助，三十多岁的玉堂竟选上了市中医师公会主席。抗日战争爆发，国府迁渝，还被选为全国中医师公会常务理事，与国民政府会计师杨学蠡，著名律师陈松乔，构成"巴蜀三杰"。玉堂大夫攀上一生成就的巅峰。

有了名气，就有了财气。玉堂在十八梯买了房子，将小舅子收为徒弟，在璧山农村给岳母娘置了份产业，一切都安排得妥妥当当。智爽医师很喜欢玉堂的儿子世勋，常带他到公园看猴子，到临江门河边钓鱼，送他小礼品，后来干脆收他作干儿子。兰交弟兄成了干亲家，玉堂、学蠡他们的"铁三角"扩大为"铁四角"。

轰轰！轰！轰！轰轰……随着几十声、几百声、几千声冲天巨响，日本侵略者的炸弹对战时陪都连日轮番轰炸，都邮街、关庙街、会仙桥、米花街等中心区域成了火海！成千上万手无寸铁的平民百姓倒在血泊中！历史将永远记住日本侵略者这一战争罪行！

几乎是一夜之间，杨学蠡的财产——上都邮街的蠡园，保险柜里的外汇，存款单据，财务账目——全部灰飞烟灭。自身还在钻防空洞时跌伤，住进了宏仁医院。尽管朋友们热情资助，百般劝慰，也难以改变那颓败的趋势，杨学蠡终因忧愤成疾，不到一月，竟倏然长逝。又半月，那相依为命如影随形的夫人柳姑亦悠然而去！

玉堂的诊所和住宅也无一幸免。不得已，他把自璧母子安顿到璧山外婆家，自己带着长子世勋远赴西康雅安，另起炉灶。贾智爽大夫也应聘去川北就任某实验医院院长，还带上他的学生玉英姑娘去担任该院护理部主任……山城市民有点儿办法的，都慌忙四处逃散，躲避那万恶的空袭。

雅安远在四川盆地西部边缘，背靠康藏高原，是茶马古道北线的起点，城虽不大，商贸颇为繁盛。两年前，鲁玉夫婿杨坤相调任雅安福美银行经理，鲁玉作一般行员，尽管只是金融界一个小头头，人际关系也还有一点基础，加以雅安偏远，未曾遭过空袭，玉堂到雅安，是一明智的选择。不出十天，在坤相的襄助下，玉堂的诊所就挂牌开张了。

世芸妹来了！表弟余蓬仙来了！一年后世楫、玉英也来雅开一间西医诊所。世楫风采动人，玉英应对得体，"姐妹诊所"成了边城一个引人注意的亮点。这一来，可忙坏了坤相夫妇，得各方周旋，唯恐亲人们受到委屈。

不到半年，世楫去成都，飞香港转上海法租界，与相爱几年的张应祥君完婚；玉英亦奉召回重庆宏仁医院就任护校主任，然后被派往北平协和医院进修：坤相、鲁玉这才松了口气。陈氏义气传家，亲人来了，不容鲁玉不管，她要管，坤相也得跟上哩！

老爷子玉堂倒是不需坤、鲁特别操心，他已站稳脚跟，业务还不错，还不时给自璧母子汇点儿钱去。儿子世勋，十七八岁了，已初中毕业，不安心跟老爸学徒，常闹情绪。那天，他看见爸爸又给娘娘汇钱，他火了，几年来积淀的妒火被一张小小的汇款单引燃了。他拉长了脸叽叽咕咕地念叨："我要上高中，不许，说没得钱，给娘娘汇款就有钱了！"

"你咕嚷啥？"玉堂白了儿子一眼，"大人的事你少管！"

"你就是偏心！你为啥从不给我母寄钱？"

"你懂啥！她一个人掌握一股田产，比我宽裕。"

"你骗人。你就是偏心，喜新厌旧——陈世美！"

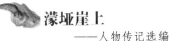
"你说啥?"玉堂听儿子竟然说什么"陈世美",气惨了,给儿子劈脸一巴掌。世勋鼓起牛眼睛瞪着老爸,委屈的眼泪泉水一般涌出。他没再说话,回到睡觉处收拾一下,背个挎包走到门口,哽咽着说:

"爸,你心中只有璧山那一家人,你就靠他们吧!我到成都找干爹去,再不拖累你了!"世勋哭出声来,"你、你就当没有我这个儿子……"咣当一声,门一关,走了!玉堂大夫颓然倒在凉椅上。

尽管白璧已生了两个儿子,一个女儿,玉堂还是很爱世勋的,长子嘛!而且世勋小时候特巴老爸。抗战初起时,曾让他回到母亲处,在乡下上小学。大轰炸时他担心爸爸,步行百多里,赶回大城看望老爸,找到老爸时,又饥又困,喊了一声"爸爸"就倒在地上了……

"而今,他长大了,我安排不当,伤了他的心了!他——走——了!"老汉自言自语,也热泪涌流。

贾智爽只有三个女儿,没有儿子,见世勋来了,甚是高兴。世勋安顿下来之后,贾智爽马上送他上会计短训班。他打电话告诉玉堂:"老弟呀,你有三个儿子,世勋就给我了吧!我不还你了。"

还说什么呢,孩子到那边,比跟着我强。玉堂也就放心了。

玉堂一人留在雅安,继续行医,直到1942年春太平洋战争爆发,日本侵略者没有余力轰炸川渝了,玉堂才从水路坐船,经乐山、宜宾回到重庆,再转璧山与自璧母子团聚。这时,二儿子世磐已经十岁,三儿子世玕八岁,都上小学了。

自璧与玉堂久别重逢,重新过起甜蜜蜜的夫妻生活,居然又怀上第四个孩子!"多子多福",玉堂满心高兴。他一边积极准备眼科中药丸散,一边到大城探视。多方筹划后,又在米花街租到当街二楼一间斗室。帘内架一小床睡觉,帘外设医案椅凳。外墙横挂一幅布幔,他亲自题写"陈玉堂医师诊所"几个大字。还在晚报上登了一条广告:

"医师陈玉堂，儒医世袭，经验三十年。眼科为主，兼善内科、外伤科、小儿科……"筹备就绪，在当年阳光灿烂的五月就择吉开张了。

相隔不到四年，许多老病友又闻讯找上门来。玉堂大夫确还有些本事，又热情细心，收费公平，群众反映良好。重新开业以来，情况还不错。至于那些什么公会委员呀就不去理它了，争的人多呢，知难而退吧？

快过年了，玉堂在潘家沟租了住房，两个儿子留在璧山舅舅家上学，自璧带上六岁的女儿世颖和刚满月的女儿世燕来到大城，玉堂又恢复了四年前小康人家的幸福生活。

抗战胜利了，重庆的情况一下子变得纷繁复杂：大量的"下江人"随国府东下；一些有门路的当上了接收大员或其帮办，北上平津，南下闽粤；最肥的美差是挺进东北去大肆"劫收"，掠夺胜利果实……重庆这座战时陪都，几个月下来几乎人去楼空。市场萎缩了，人口锐减，有钱人也少了，陈太医的诊所也门前冷落车马稀。时局直接影响着一个自由职业者的生活状况。

不久，全面内战爆发了，国统区物价飞涨，民不聊生，一般老百姓大病少看，小病不看，苟延残喘，人人自危。山城社会迅速两极分化，得势的大发国难财，灯红酒绿；普通老百姓在物价上涨中生活艰难，紧衣缩食。有钱人瞧不起陈太医这种"山寨"医生；穷苦人又看不起病。玉堂诊所成了"被遗忘的角落"，只有卷旗收散。他再三求人，才找到一家药店当一个只收脉理钱的坐堂太医，一家人的生活从小康落入困境。

这时，玉堂写信找过儿子世勋，没有回信。那孩子别扭，从雅安出走之后就没见过老爸，也没有回老家看望生母，看来还在怪老爸哩！大城的宗亲子侄们，各有家室，景况也差不多，肖克礼回东北了，玉英那时回到綦江老家。在校大学生世品倒是常来潘家沟走动。他从内

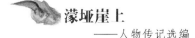

心赞赏这位勤学苦练白手起家终于有所成就的大伯。由于敬长爱幼的互动，他们成了忘年交。至于贾智爽，后来进入仕途，还在某省当了卫生厅长。玉堂不愿去攀附高枝，"君子固穷"，就守住这终身从事的三尺医案吧。

由于贫困焦虑，才三十九岁的自璧夫人竟一病不起。玉堂把爱妻葬于璧山南郊。山城解放前夕，玉堂曾把自璧所生的四个孩子送回濛垭老家，投靠杨氏母亲。由于多年疏于联系，杨氏已淡薄忘情，孩子们感受不到家庭温暖，又先后返回重庆，困守潘家沟陋室。

山城解放后，玉堂仍勉力支撑，坚守医案，直到1953年二儿子世磐师范毕业当了中学教师，才正式告别四十年救死扶伤的岗位，到世磐处安度晚年。这时玉堂大夫已年近花甲，奋斗一生，辛苦一生，做了多少好事，给多少人带来健康和光明，也该好好休息休息了。

玉堂大夫于1963年病逝，葬于中梁山中段之阳，享年六十八岁。

"世"字辈的领头雁——瑾瑜

——群雁飞翔，头雁领航，南来北往，不迷方向

法官松乔的大哥毓昭，英年早逝。妻钟氏膝下只有两个女儿，按常规应从亲房中过继一个儿子。二房三房各自都只有一个儿子，于是钟氏选抱二弟松乔的儿子世怀。从此世怀喊钟氏"母亲"，改口喊松乔"叔父"。

世怀字瑾瑜，聪明懂事，钟母甚为疼爱。节衣缩食送瑾瑜到大城上学，松乔也大力资助。瑾瑜意识到一子挑两房肩上的重担，读书非常用功，初中毕业又考进商职校，学财会。这时瑾瑜年方弱冠，身高一米七五，英姿勃发，又儒雅谦和。

当时濛垭陈氏"世"字辈在重庆读书和工作的，有鲁玉、虑能等七八个，全都叫他"七哥"，都很喜欢他。瑾瑜明白自己的言语行动对弟弟妹妹们有一定的影响，因此自律很严，力图在各方面都起表率作用。

每逢星期日，他们大都拥向都邮街柳姑家。瑾瑜、鲁玉的母亲都姓杨，他们喊学蠡"二舅"；虑能、玉英等则喊"姑爷"。这一群侄儿女每周必来，柳姑特别高兴，每次都事先关照厨房办好菜肴，给他们打牙祭。杨家的子侄们周日来玩的也多。两姓青年兄妹相称，相见多了，有的还谈起了恋爱，坤相和鲁玉的结合就从这儿起步的。都邮街"蠡园"给这群年轻人留下美好的记忆。

上世纪二十年代后期，在中国大地上，革命与反革命的斗争异常激烈。一个正派青年，很容易接受进步思想，瑾瑜也不例外。1927年3月31日，他不顾可能发生的危险，毅然和同学们一起参加打枪坝抗议英美帝国主义和蒋介石独裁的群众集会。主持人刚上台演说，反动军警就向其开枪，并向集会群众枪击刀砍，重点针对学生模样的青年男女。瑾瑜当天穿的长衫，在混乱中疏散到城墙边，利用一根废弃的棕缆垂墙而下。由于几人攀一股绳，太重，未及地面，缆绳断了，都程度不同地受了点伤。

为了防备搜查，瑾瑜躲到柳姑家，形势缓和了才回到学校。这时同寝室的四人中小张已先回来了。他俩都忌讳打枪坝的事，各自坐上案头，打开书本……学校在上课，人数是稀稀落落的，校方一时难于掌握学生的情况。

当天晚上，瑾瑜难以入眠，万千思绪在脑海翻腾，耳边反复响起亲人们的声音：

"——儿呀，你一向老成持重，可不能有什么闪失哟，两家人只有你一个儿子哩！"这是叔父在关照。叔父才四十出头，先后已亡故两位夫人，留下五个女儿和他这一个儿子，瑾瑜成了宝贝疙瘩。

"——世怀呀，你是城里'世'字辈姊妹的大哥，整齐的雁阵靠头雁引领，你可要稳当行事啊！"这是柳姑在叮咛，几多信任，几多关切呀！

瑾瑜只是一个具有正义感的青年，并不是一个参加组织的革命者。思虑再三，他接受了亲人们的劝告：稳当行事。好吧，我进的商职校，就终身做一个爱国商人，让齐家、报国两不误吧！

他依然关心时势，更加努力学习。一年后，他职高毕业，顺利考进了福美银行。

瑾瑜的母亲钟氏，娘家在县城。侄女钟五姐给瑾瑜介绍一个对象，芳名常薇。大户人家，县城高小毕业，尚待字闺中。瑾瑜接到表姐来信后，放暑假的第二天，就同鲁玉一道去县城表姐家相亲。常薇姑娘端庄俊秀，温文尔雅，瑾瑜十分满意。鲁玉更是同她坐一条板凳，拉着她的手，好像久别重逢的姐妹。常薇心里也赞赏瑾瑜，不时抬眼睃他。已高中毕业的二弟常硕也同瑾瑜热情攀谈。钟五姐见到这个情况，就把话挑明，请双方正式表态。瑾瑜朗声应道："鄙人十分满意！"常薇也羞涩地点头，随即蒙住脸庞逃进内室。鲁玉嬉笑着追了进去，一会儿又把常薇拉出来，大家都热情鼓掌。

常薇接受瑾瑜诚恳的要求，下学期开学，考进了县中。瑾瑜热情而恳切地说："我等你三年，你初中毕业后我发大花轿来娶你！"果然，1933 年 10 月，常薇坐了八个钟头的花轿，由常硕送亲，在濛垭崖上同瑾瑜举行了中西结合的隆重婚礼。

第二年春天，鲁玉同杨坤相的恋情已瓜熟蒂落，喜结连理。他们同瑾瑜夫妇同住在 W·K 街北巷一小院内。一正两横，中间一个天井，居住面积大约 120 平方米。男先生都在福美银行，女先生①分别在两所小学教书，小院人家，日子过得甜甜蜜蜜，滋滋润润。

鲁玉是二女师毕业，一副能干的样子，同常薇的温良慈淑形成鲜明的对比。但是，你别看她表面风风火火，内心却很重亲情。自己的父母过世早，他同妹妹世楫多亏松树堡二伯家抚养，现在是报恩的时候了。她同夫婿特地去濛垭回门，然后接二老到 W·K 街住了半年，老人怀念故土，再三要求回乡，才托虑能弟送回。

---

① 女先生：当时职业妇女喜欢人家叫"先生"，不让喊太太。

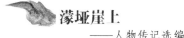
　　常薇第二个女儿出生时，瑾瑜已调往上海分行。她一个人拖上两个娃，不能再上课了，只好带着孩子暂时回到濛垭。钟氏婆母热情欢迎，细心照顾孙女，相处甚为融洽。

　　瑾瑜调到上海工作时，世楫正在南京中央助产学校上学。沪宁之间有铁路连接，拉近了距离。兄妹俩都远离家乡，在这里就虽远也近了。瑾瑜一向是关爱宗族的，尤其是他认为有出息的弟妹们。世楫正是他认为最优秀的，因此，一个月两个月，瑾瑜总要利用星期日，来回都坐夜班车去南京看世楫——他最关心的三妹。

　　世楫是最优秀的吗？是的。

　　1930年，她在綦邑女小读书时，不管月考，半期考，还是期终考试，她总是第一。班上同学羡慕死了，也嫉妒死了，大家联成一气，考试时纷纷翻书、传递答案。老师为了同男小竞争，也装瞎作聋。这样一来，全班成绩有所提高，世楫仍是第一。世筠乃世楫的堂姐，同她坐一方，因此没人传答案给她，考试成绩很差。后来她同冰洁换了座位，冰洁很高兴，以为傍上了状元。殊不知考试时世楫蒙住卷子，也不理她，只一心自个答题。世筠有了外援，成绩上升了，而冰洁成了背榜生。

　　世楫女小毕业时，綦江中学堂尚未招女生，她顺利地考进巴县女中，成绩仍名列前茅。初中毕业后，到南京考上金陵女子高中，读了一年，家庭经济实在支撑不起了，不得已，考入全公费的中央助产学校。

　　世楫不但读书得行，人也漂亮，娇小玲珑，能歌善舞，写得一手好字，还擅长丹青，连踢毽子也左右脚正反面都来，右脚正面能踢上千个……真是通才，神了！

福美银行上海分行有个张应祥先生，是长寿人，与瑾瑜同为四川老乡，且年龄相近，很快他们就成了朋友。应祥没去过南京，仰慕首都名胜，当瑾瑜去南京探妹时，张自请作陪，瑾瑜不好意思拒绝，就一起去了。在南京只有一天，应祥也自然同兄妹俩一起，游览、吃小吃、随意摆谈。应祥称世楫"miss 陈"，世楫叫他"mr 张"，彼此都有一个良好的印象。

放寒假了。世楫不再孤零零地留在学校了，而是径直去上海找七哥。瑾瑜把她安顿在银行招待所。平日，她自个儿学习，星期六晚瑾瑜就带她看电影，第二天就满上海观光，多数情况也少不了应祥一道。

农历新年到了，银行放假三天。应祥邀兄妹俩去杭州玩，瑾瑜同意了。他们住在湖滨一家旅馆，第二天早上冒雪游西湖。先是缓步苏堤、白堤，绕湖一圈。那雪纷纷扬扬，正下得起劲，飘到瑾瑜的礼帽上，落到世楫的秀发上，还飞到应祥的眉上。于是他们弃岸上船，荡舟湖中。雪渐渐停了，他们又兴致勃勃地登上湖心亭，坐览湖光山色，美不胜收！

在西湖各景点，他们照了许多相：三人都有独照，有兄妹俩合照，同事俩合照，三人合照最多。应祥几次试图同世楫合影，世楫看看七哥的眼神就歉然地回避了。

当晚，世楫一人躺在女客房，禁不住心潮涌动：张应祥真招人喜欢，他那绅士派头；他那修长匀称的身段；五官端正，明眸皓齿，特别是前额上方那乌亮的"桃尖"，衬托着那竖枣形脸庞更加好看。濛垭的哥哥弟弟们谁能及他？一个个都是老土！当然七哥不和他比，七哥是事业型人才，仁厚宽宏的谦谦君子。

男客房里，两个男人都久久不能入睡。应祥对世楫可谓一见钟情。他没见到过这么可爱的女子，他一见到她就有些儿情不自禁。她太可爱了！像黛玉那样楚楚动人，像飞燕那样掌上可舞，像文姬那样多才，

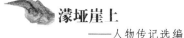

像李清照那样多情重义。但愿她能接受我，那我就是世界上最幸福的人了！

瑾瑜早已觉察应祥的动向，也看出三妹对张有好感。是支持还是反对？他一时还拿不定主意。应祥一表人才，喜欢读书，工作干得不错，同事关系也还好，但是……"但是"什么？说不清楚，人家三妹却是最优秀的啊！何况应祥结过婚，前妻两年前辞世，老家还有一个儿子——等一等看吧，反正三妹还在上学。

杭州一行的开销，多数是应祥买单。返回前，应祥还送世楫一支"派克"金笔，祝她期期拿第一名。他还想给她买一块金表，被瑾瑜阻止了。三个人高高兴兴地回到上海，开学时，世楫满怀憧憬地回到学校。

世楫看得出七哥的态度，但她不能拒绝应祥那炽烈的感情。她用那支派克回复应祥的每一封来信，但不让他单独来南京，并示意他要像对她一样尊重她挚爱的七哥。

兄妹，同事，意中人，三个年轻人维系着一种真诚、热烈而又微妙的关系。

七七事变时，世楫正好毕业，回到故乡濛垭崖上，住松树堡二伯家。二伯知道世楫自幼身体单薄，连续苦读十二年，太累了，该休整一下了。二伯建议她找著名中医张锡侯看看，服几服中药补补身子，她同意了。

从松树堡到上塆的傍山小路上，一乘滑竿缓缓地行进着。世楫坐在滑竿上，撑一把漂亮的花伞；二伯家十三岁的世行八妹戴一顶草帽走在后面。蓝蓝的天，白白的云，绿绿的树，清清的泉水，构成了一道平日罕见的风景！

这时，用宏幺爸刚远去资阳不久，幺娘和世品、世璞两个小弟还住在上垮，同太医锡侯舅舅一屋两头住。世楫来看病，姐妹俩就住在幺娘家。

张太医确有本事，十天连服五服药，就有明显效果：世楫气色好了，不那么累了，下午还能同世行、世品踢毽子。太医叫她回去休息，二十天后再来。这算一个疗程，最多五个疗程就可痊愈。

世楫回到松树堡。闲来无事，又拿起画笔。她阅读面广，又善于摹仿，于是借题作画："芭蕉零落雪初消，庭院风光正寂寥。忽见一枝横瘦影，得知月已上梅梢。"她画的那芭蕉叶破柄残，那梅遒劲有力，那月皓若玉盘，那字么，一笔笔铁画银钩，刚劲而又妩媚。诗画协调无误、浑然一体。

疗养期间，张应祥的情书，每周一封，准时必到，对世楫不啻一服上佳辅剂。十四岁的世品奉命准时到场上邮柜查取信件。已阅读过许多古典小说的世品对现实中的"凤求凰"颇感兴趣，乐于当这最后一栈的绿衣使者。

一天，世品给磨好墨，世行在书案上铺好宣纸。不打格子，也不折行，世楫手提悬笔给应祥在宣纸上写情书，也是给弟弟妹妹展示书法：

"……在家的日子，我同八妹常坐在黄桷树的丫杈上摘苞，在小河边钓鱼儿，在田角网蝌蚪，有时就靠在桥下石板滩上看《红楼梦》。溪水潺湲，泠泠作响，叮咚，玎珰，一声声似梦，一声声似空……"

呀，这样的情书！让人看到了形象，听到了声音，领略到情愫，神了！世品小弟不禁咂舌赞叹。

锡侯太医确是医坛高手，五个疗程下来，世楫恢复了健康，第二年春天，应邀到川北一实验医院当助产士。虽然贾智爽是那儿院长，玉英做护理主任，毕竟医院太小，干起没劲儿。一年后，就同玉英到

雅安，自己创业，开"姐妹医所"。殊不知条件更差！当年进助产校就并非本意，如今工作环境又是这般光景，真叫人失望。这时张应祥仍一个劲来信苦追，并劝她转业进银行。她心动了：我已经二十四岁，不小了，这样的工作岗位，这样的生活环境，还弯酸什么？七哥他们对我希望值过高，我承担不起。算了吧，女大当嫁，何况应祥那么一往情深！

她同应祥联系好以后，给瑾瑜七哥去了一封长信，就告别鲁玉姐，按应祥提供的路线，从成都飞香港，再转飞上海。当两人相拥在虹桥机场候机室时，都禁不住热泪盈眶。应祥托起他心中的神女荡了一圈才轻轻放下，一同走向银行接客的轿车。

从此，他俩开始了长达近半个世纪恩恩爱爱儿女成行的幸福生活。

世楫飞沪完婚时，瑾瑜早已不在东海之滨，而在云贵高原的遵义。1937年，世楫毕业返乡不久，松乔病故，瑾瑜即赶回故乡料理叔父丧事。丧事办得隆重张扬，地市级法官嘛，濛垭陈氏八代人中第一位。县乡两级官员有人来，老家飞鹅石那边有人来，四邻族众乡亲更是络绎不绝。连续三日，才基本结束。

常薇及孩子暂时仍留在濛垭，瑾瑜返回上海，待安排妥帖，再让常薇母女去。

殊不知风烛残年的罗老安人，经不起老年丧子的巨大悲痛，健康状况迅速恶化，在儿子病故几个月后便凄然辞世。

瑾瑜再次治丧，丧事仍较隆重。事后就留在总行工作，不去上海了，妻儿这才回到身边。

瑾瑜的幺叔毓蘅上世纪二十年代就去世了，留下女儿世璧、世璜及儿子世奎。世奎1933年初中毕业，是綦江中学第一届毕业生，毕业后开始当小学教师。横山的周育武拿着毓蘅借他两百两银子的字据找世奎还债。这么一笔巨款，刚开始教小学的世奎怎么还得起呀！于是周育武向衙门起诉。父债子还，法官判世奎分期偿还。可怜世奎每月节省下来的那点薪水，只够付当月利息。幸好法官判定利息只从诉讼开始计算，否则更不得了。

瑾瑜知道这笔债，全是赌博、抽鸦片等吃喝玩乐的糊涂债，他让奎弟就这样拖下去，过几年再说。拖了五年，抗战已一年多，蒋政权的法币严重贬值，瑾瑜搭一把力，轻而易举地把债还清了。世奎有如卸下一副枷锁，一扫脸上的愁容。这下好了，今后该有所作为了。

这时，瑾瑜已回总行工作，老总颇为信任。他瞅准机会将世奎荐入福美银行。世奎从练习生做起，然后做行员、办事处会计，六七年后，就当上陕南某支行会计主任。1944年冬，世奎回乡探亲，路过永川，特停留一宿，找到在国立十六中读高三的世品弟，约他下馆子。世品带上好友袁光同去，在"吃吃看"餐馆大打一顿牙祭。没想到这个袁光，后来竟成了瑾瑜、世奎的妹夫！

世奎能如此出息，多亏七哥在前面引领。

大约在1940年，瑾瑜被总行派往贵州遵义筹建办事处，并担任主任。他依靠在当地势力很大的四川同乡会，拜访市政有关部门，很快在丁字口黄金地段购得房基，半年工夫，建成一座美轮美奂的大楼，比邻近的三家国有银行还漂亮。

"四川福美银行遵义办事处"开业那天，在全城最好的酒家大宴宾客：请了专署、县政府，请了几家国有银行，请了有关职权单位，请了四川同乡会，并通过同绘请了陆军大学、浙江大学的川籍将军、教授，请了医院院长，请了县城师范、中学及小学校长，请了所有致贺的商家，还请了剧院、电影院的院长。这位三十四岁的银行主任，举

止儒雅，出手不凡，公关手法高明得体，全面周到。从此福美的业务活动如鱼得水，员工及家属就医、上学都有了无障碍通道，至于看戏看电影嘛，先招呼一声，保证是甲座。

福行顶楼是活动室，有乒乓台、茶座、棋盘等文体设备。二楼和三楼是单身宿舍及少数客房，凡带家属的都在外租房住。这时瑾瑜的第三个娃——儿子大龙已经两岁，两个女儿分别上小学、幼儿园。他们在老城西门沟租了一座小院，有七八间房。常薇已是慈淑贤惠的"陈太太"，管理三个孩子及男女佣工，够她忙的。

瑾瑜每天早饭后到新城上班。走进主任办公室，先将那根时尚手杖靠在墙角，然后挂上礼帽（夏天为考克帽），有时还要脱下丝绸长衫，然后才坐在转椅上开始一天的工作。中午，在银行吃午饭（正式员工由银行免费提供伙食），在二楼自己那间单身宿舍午休。下午下班后回家吃晚饭。他像钟表那样守时，像纺织女工那样有条不紊，既严肃又风度翩翩。

星期天，除有时要值班之外，他就把自己交给夫人和孩子：全家到公园，到洗马滩河边，或者爬幕府山览绿，或者到体育场看打垒球、篮球……夫妻俩结婚七八年了，还如胶似漆，从来没有红过脸，抬过杠。瑾瑜特别喜爱大龙这个胖嘟嘟的儿子，常抱他坐在腿上，有时尿尿了，打湿了老爸裤子，他呵呵直笑，还咬儿子的脸蛋儿表示"惩罚"。永健、永康两个女儿也聪明伶俐，有时拉着姑姑、叔叔问："我乖不乖，我乖不乖？"听到说都乖！就满意地乐了。

瑾瑜夫妇有时也去"黔新京剧院"看京戏。剧院陶安院长是个落拓文人，工老生，擅书法。逢年过节，陶安院长送陈主任手书楹联一副，瑾瑜就回赠他一个红包。浙大一个姓韩的男学生，工青衣、花旦，常来戏院票戏，《御杯亭》《玉堂春》《窦娥冤》都是他的拿手戏。每当韩先生专场，票房立即走俏。尽管出场费较高，剧院仍有双倍收入。若是《三娘教子》《乌龙院》等戏由陶院长饰男 1 号时，剧场就要爆满、加座儿，剧院盈利更丰。每逢这种场次，陶院长总是事前相邀，然后院长夫人殷勤地将瑾瑜夫妇送上甲座，而瑾瑜总是慷慨地以红包回赠。

战时遵义的文化活动甚为活跃，除京戏之外，浙大、军大的篮球对阵，堪称上乘。浙大还公演《茶花女》。县中则轮番推出精心排练的话剧《雷雨》《原野》及《生死恋》，使繁漪、四凤的扮演者成了古城家喻户晓的明星。瑾瑜不抽烟，不打牌，却是各种文化活动的常客。他常说："当年我家庭担子重，不容我上大学，读书不多。文化修养也是一个爱国商人必备的条件呀！"

基于这样的认识，当四川同乡会主办的西蜀小学邀请他担任校董时，他慨然允诺。捐资是免不了的，他还介绍浙大师院的高才生——綦江人戴正宇到"西蜀"兼课，以加强教师队伍。有了福行陈主任加盟，西蜀小学的名气飙升。

在西门沟期间，瑾瑜的三个妹妹智、荃、杏去了，亲房的侄女湘去了，老房子北头的堂弟品也去了！他（她）们自嘲地说："我们像吃大户的！"偌大一家子，女主人常薇总是微笑着，料理得各得其所，亲切和睦。

世品到遵义读书，颇具喜剧色彩。他初中才读两年就跳考私立志成中学的高中，居然录取了。这时隔壁与他同龄的世杏到遵义去了，他也想去。他没想人家是同父异母的亲兄妹，而自己与七哥已脱五服。哎，别管那么多，自己十八岁了，还没出过远门，遵义府城和仁义的七哥对他太具诱惑力了，他勇敢而又小心地给七哥去一封信，表达他的愿望。没想到七哥很快就回信了，表扬他的信写得好，"文字俱佳，

入情入理"，欢迎他去遵义上高中，并声言提供食住。多好的七哥啊，真是义薄云天的柴大官人！

南州旅馆的世辉二哥给世品找好"黄鱼"货车，翻越九盘子、花椒坪、娄山关顺利到达遵义福美银行。七哥亲热地拉住这位满身尘土，还散出柴油味的堂弟的双手，连说："到了就好！到了就好！路不好走哩。"

遵义县中是福行客户。曹校长见到世品，第一印象很好，慨然说："你已在四川考上高中，就不用再考了，在我校读高一吧！"世品就在遵义上学了。先住在七哥在银行二楼的单身寝室，在银行吃饭。这儿离学校不远，从丁字口到老城，步行一刻钟可到。高中学生了，再不穿那个讨厌的童子军服了，着军装了！当他一身草绿色军服，头戴军帽（无帽徽），腰束皮带，脚扎绑腿，肩挎书包，昂头挺胸走在大街上的时候，一种自豪感油然而生：我是一个高中学生了，多荣光啊！

其后，世品搬到西门沟去，同九岁的世珏弟一间房，邻室住几位姐姐。世品成了西门沟瑾瑜大家庭的一员。贤惠的七嫂跟着孩子叫世品"五爸"，关爱有加，没说过一句重话。黔北比綦江冷，入冬，泡菜坛外盘都结上薄冰。瑾瑜将他的高档毛呢大衣给世品穿，当纷纷扬扬的雪花落在上学路上的世品身上时，他身心都感到温暖！

濛垭新房子的显文三爷死了，二十一岁的少良成了孤儿，也只身到遵义投奔七哥。少良曾在上塆用宏幺伯处读过几年私塾，平时也尝自学，虽无正式学历，文化水平赶得上一个初中学生。瑾瑜安排他在自己办的"前丰银耳行"学生意，供食住，还给一定酬金。少良聪明灵便，巴心巴肠，很快成了内行。在前丰干了三年，攒了一点钱，回濛垭同表妹结婚成家，就没再来。可惜！不该恋家，新中国成立后成了地主。

家乡一个十五岁的少年张佑，同瑾瑜有点儿转角亲，他听说世品老表到遵义了，也就贸然闯来了，还说是五老表约他来上学的。世品断然否认，他却一点也不尴尬。瑾瑜看在亲戚的分上，接纳了他，让他上了初中，在前丰银耳行食住，两年后才回去。

　　一大家子人，有这么多额外开销，钱从何处来？当时的私家银行，只要你管理的单位能正常运转，银行赢利丰厚，大小头头借鸡下蛋、搞点儿外水，老总都是默许的。瑾瑜搭靠"前丰行"经营桐油、建材等，自然也就行得通了。

　　从家乡陆陆续续来的人，并不都是"食客"，有些是来效力的。

　　常薇的老乡钟良，当了行警，枪法好，最为忠实可靠。

　　姑爷介绍来的农家子弟连棋，当了行警，成了钟良的得力助手。

　　堂妹夫李宾，曾经在民生公司干过，来得正好，让他当"前丰银耳行"的经理。

　　堂弟世厚，綦中四班毕业，挂职前丰，实际为瑾瑜经营。其后他留在遵义了，成了"遵义人"，儿女八九个，成了濛垭陈氏第四房中挺进黔北的一支。

　　他们和她们，像一只只大雁，跟着头雁瑾瑜在黔北的蓝天上飞翔。

　　世楫离开雅安远嫁上海不久，玉英也离雅重返宏仁医院。1941年1月被保送到北平协和医院进修。完成学业返回时，已发生珍珠港事件，不可能飞香港转飞重庆了，只好先坐船到上海，再取道陆路回重庆。玉英通过封锁线时被洗劫一空，进入浙西金华时，已一文不名了。只好住进简易客栈，给几千里之外的七哥发电报求援。大约十来天，汇款到了，玉英就坐火车经南昌、长沙到达桂林。钱用光了，又发电报给七哥，钱又准时到了，又坐火车经柳州到达贵州独山，再转汽车到贵阳。贵阳福美支行的经理得知这位风尘仆仆的女士乃是陈瑾瑜的

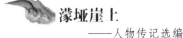

二妹，其后的事就义不容辞地由他来安排了。

两天后的星期日，玉英顺利到达遵义西门沟。见到敬爱的七哥七嫂，禁不住又哭又笑，满屋姐妹兄弟侄儿女皆大欢喜，世品弟那格外高兴劲就不用说了。

玉英开心地在遵义玩了七八天，才又起程返渝。临行，瑾瑜又给她路费，并郑重地告诉她：两次汇款都不用偿还，但愿她好好工作，为濛垭儿女争光！常薇微笑着站在一旁，轻轻抚摩着玉英的右手。瑜哥常嫂，"仁义＋贤惠"，多么完美的一对呀！

岐山老的玄孙毓观——斐然，家道中落，养了一大帮儿女，越来越穷。住在正自场场口，房屋破旧。斐然的连二杆（胫骨）皮肉病变，常年流黄水，没钱医，在家里走动也困难，可怜分分的！他在家门口摆的摊子，卖纸烟、洋火、麻糖杆、甘蔗杆，或者桃子、李子、梨、橘柑、广柑这些"小打油"，赚不到几个钱。主要靠妻子赶场天卖煮麻花。妻子很能干，天亮就起来炸麻花，汤锅里放一块肥肉，让汤里有油。小孩子多半吃中碗，五绞麻花。大人们来了，常常先打个单碗（一两烧酒），再要大碗（十绞）麻花下酒。麻花是菜油炸的，汤里又有油，还有葱花，吃得他们美滋滋的，直抹嘴巴。场散了，麻花汤里的肥肉就烩来打牙祭，五六个人可以饱餐一顿。斐然一家六口就这样紧巴巴地过日子！

渐渐地，女儿出嫁了；三个儿子都在乡中心校读书；老大老二已同年毕业了。怎么办？"唉，能到县城读简易师范就好了！"斐然常常这么叹息。

瑾瑜虽远在遵义，每年年初都要回总行述职，其间总要挤两三天时间回濛垭探母、上坟。这时族众乡亲经常有人登门求助。这一年，斐然由儿子搀扶，爬坡上坎，艰难地到了濛垭，找到瑾瑜："老贤侄呀，大叔我太窝囊，越搞越穷，你就提携一下吧！"瑾瑜问明情况，当即批两张谷条子：

"凭票发黄谷两石。刘海青照！陈瑾瑜　民国三十一年正月初九。"

持票人只需将谷条卖给米贩子，米贩子付你钱，然后他就持谷条去佃客家挑谷子播成米上市。乡绅们都是这样卖粮换钱的。读简师是公费，四石黄谷够两个儿子读两年简师的开销了。其后，幺儿子也走的这条路，兄弟仨都当了公办校小学老师，老二世谷学得最好，后来成了濛垭族谱的主编，为家族作出重大贡献。

瑾瑜的谷条，不仅打给宗亲，他认为有培养前途的贫困子弟，也慷慨资助。就不必一一列举了。

日本投降了！反法西斯战争取得完全胜利！

四川福美银行把握住这大好时机，增加投入，增设机构，发展壮大。一向老成谙练的陈瑾瑜，升任万县支行经理。

万县是水码头，川东北物资集散中心，进出四川的门户，市面比遵义繁荣。这时瑾瑜已在银行业摔打了十几年，年方三十八九，精力旺盛。如今抗战胜利，国力上升，一派欣欣向荣，决心终身做一个爱国商人的瑾瑜，觉得是大展宏图的时候了！他用几个月的时间理顺了银行的业务，让银行有序有利地运行。他主动支持、配合各商家顺势发展，加速扩大物资集散，商品流通，促进万县市场进一步繁荣。福行的业务也蒸蒸日上。

场面铺开了，环境熟悉了，瑾瑜同当地富商李某联手，组办一家"天成公司"。陈兼董事长，李任老总，正式注册，挂牌，设门面。天成不建厂房，不固定商品，只看市场，唯利好是图。诸如桐油、皮张、猪鬃、木材、白酒、纺织品等等，天成都做。由于奉公守法，善于经营，天成公司声名鹊起，生意兴隆。一年后，天成还在重庆小江南岸

设了分公司,由瑾瑜妹夫杨云伟任经理。瑾瑜也被万县商会选为副会长,成为小有名气的工商业家。

瑾瑜的儿子大龙,在遵义时已因病夭亡,瑾瑜伤心至极。好在已有了二龙、三龙,还有四个女儿——永健、永康、永枢、永廉。这时夫人已年过四十,决定不再生孩子了。夫妻俩统率六个孩子,亲密和睦。孩子们读书都很用功,行为中规中矩,常薇在这方面付出很大的辛劳。

在万县,瑾瑜照样是陈氏姊妹的领头雁,而且还是疏财仗义的"小孟尝"。

他凭借在福行多年积累的人气,又先后把堂弟世杭、堂妹夫张渭介绍进福行。后来他们都干得很好。

妹夫李宾从遵义随同来了,成了天成公司的干才。

钟良从遵义随同来了,仍然当行警,升了"官",四个行警由他当班长。多年来,瑾瑜待他情同手足,孩子们都亲切地叫他"钟叔叔"。

佃户刘海青也来了,先在瑾瑜家干杂活,后来进天成公司,从此成了万县人。

瑾瑜富了,有钱了。内战爆发后,国统区物价飞涨,得给钱找个搁处。瑾瑜决定在家乡购置田产,从 1946 年起,每年回乡探亲祭祖,他都买田置地。

他的谷条子批得更多了!

本村红庙有个"保国民校",设备简陋,只一个老教师,二十来个学生,垮兮垮兮的。他捐钱做了三十套书桌,条凳,还出钱加聘一个女教员。学校顿时兴旺起来,流散到邻村上学的孩子都回来了。

买田,这个头他可没带好。一时间,濛垭子弟虑能、世荃、世莹都跟着在家乡置业。1948 年秋,玉英从东北归来,不察时局,也在邻乡置一份田产。首饰都卖了，还差三分之一的钱，瑾瑜发扬当年两汇路费的高风，给玉英补足差额，同样声言不用归还。

他向钟氏母亲慎重声明：他继承的那份产业，全部归世智妹（钟氏亲生），理由是自己已买田置业，而世智尚未婚嫁……果然，其后世智带着田产招亲，顺利地与苏达喜结连理。

世奎虽已担任支行会计，家庭经济状况已大有好转，但由于底子薄，一时还不能买田置地。瑾瑜一直惦着这事。1948年春，瑾瑜购买上埼一股20石租田产，立契约时，买方名字竟然写"陈世奎"，在场人都莫明其妙。当瑾瑜叫佃户向新主人世奎夫妇正式"投佃"时，全场爆发热烈的掌声。"陈瑾瑜仗义"、"陈氏义门"的美名不胫而走！

曾经在遵义上过一年高中的世品，因胞姐玉英已回重庆工作而离遵赴渝转学，进了永川国立十六中。瑾瑜一向认为世品是个可造之材，虽然人离开了，仍保持着通信联系。大龙夭亡时，瑾瑜把哭子之痛通过绿衣使者向世品尽情倾诉。世品学习紧张，不能前往探望，亦饱含热泪衷情，给兄长去信，百般安慰。兄弟俩年龄相差十七岁，却心灵相通。

1946年春季，世品考上私立正阳学院夜大，却没有找到白天的工作，一个学期后，因经济困难休学。他已二十三岁，不好意思再向七哥求助，而是去邻村私立禹静小学教书。翌年正月，濛垭子弟多人回家探亲，虑能对瑾瑜说：

"七哥，陈氏兄弟，世品是第一个上大学的，如今辍学了，可惜呀！你和我共同扶他一把，供他到大学毕业吧！"

"哎呀！"瑾瑜颇为惊讶，"我不了解这个情况。就由我一人供给吧！"

"我也应该尽一份责任，还是共同负担吧！"虑能坦诚地说。

于是兄弟俩议定：万县距离远，七哥负担学费、住宿费等学校收费，开学时一次付清；五哥（虑能）负担穿、吃及零花，随时支付。

解决了经济问题，世品转到全日制第二学期，从此正儿八经无忧无虑地读书。最后一学期，重庆已经解放，两位兄长仍照常供给，直到1950年7月正式毕业。

后来世品算是成材了。他常讲："我有两个恩人——七哥、五哥。不是这两个老哥子，我不可能有今天！"他挚爱这两个哥，两个哥的儿女也都说："五爸（称世品）比亲叔叔还亲！"

瑾瑜这只领头雁又一次提携世品，由此还衍生出一桩善举，成了兄弟俩人生中精彩的一笔。

私立禹静小学，是用胡禹、夏静夫妇五十石租的遗产办的。教师人数少，生源不足，师生水平都不及四邻几个中心校。世品在那里教了一学期，见到了它的困难，又看到瑾瑜在红庙捐资助学的热情，于是他灵机一动，从中穿针引线，偕同跟禹静校密切相关的权威人士夏先生（夏静之父）前往万县会见瑾瑜，促成了联合办学改组禹静校为"思齐小学"这一创举。夏先生同瑾瑜分任正副董事长。原属学校的50石田产为不动产，余下的一切开支为动产，由瑾瑜提供一大笔资金。选胡远、虑能为财务董事，分管田产与活动经费。选聘远在合川二中的用宏老担任校长。从1947年秋季开始，思齐小学以待遇优厚、师资优质、设备优良、学生优秀的新姿矗立在綦江东北隅，有如二十年前新盛李家堡的北区区立第一小学，为连封几个乡镇培养出一批干才。

五十二年后，思齐（含禹静）老校友聚会。他们中有中小学教师，有国家干部，有拥有一定财富的中小型民企老板，有辛勤耕作的农民……他们对当年有求必应，源源提供办学资金的陈副董事长仍不胜怀念感激。

瑾瑜同夏先生——也可说陈氏同胡府——合办思齐小学，是瑾瑜新中国成立前全部善行义举中受益面最广，社会效应最大的一项，濛垭子弟也对此感到自豪！

新中国建立，银行实行国有化，福美银行转入人民银行，绝大多数员工都成了"人行"工作人员。随即人行设立了"福美银行清理处"，安排福行部分高层或年龄偏大的人员清理福行几十年来的账务。这些人集中在南济门一栋小洋楼上班，工资由人行发，但不是人行正式员工。瑾瑜当时四十三岁，被编入其中，长达十几年之久，年近六旬时，一次性"买断"后离开。

解放初，瑾瑜人已来重庆，户口还在万县。万县属川东行署管辖。民主改革时，濛垭农协会派民兵武装到万县找瑾瑜，扑了空；又到黄桷垭川东行署要人。行署有关工作同志研究：陈瑾瑜先后四次在家乡买田，总共才 120 石田租，而他在天成公司担任董事长，拥有的产业远比田产多。因此，他首先是工商业者，其次才是地主。而土改政策对"工商业兼地主"是要保护的。于是行署工作人员耐心地对农协民兵讲明政策，明确交代："陈在田产方面的剥削账，你们算清楚，我们负责叫他全部赔退，人不能带走。"就这样，瑾瑜有惊无险地过了土改这一关。

"智者千虑，必有一失"。瑾瑜一生谨慎，买田置地却是一次决策失误。别说土改吓人，编入"清理处"和四妹高考落榜，都与这"兼地主"有关系。

世楫和应祥早在抗战胜利前夕即已回到重庆。应祥仍在福行，已是中层骨干，世楫先后生了六个孩子，加上长寿老家来的大儿子、公公、婆母、弟弟、妹妹，一大家子人，由她当"后勤部长"及"协调主任"，够她操劳的。虽然佣工仍叫她"陈先生"，可我们的"陈先生"

已不可能干公务、画梅竹芭蕉了！好在应祥也善理财，在临江门附近买了一套两层楼十二间房的小院，这个近二十号人的大家庭才安定地住下来。

新中国成立前那几年，瑾瑜从万县来渝或回乡，总要去世楫家看看。新中国成立后，应祥、世楫及时在市百货站找到工作，成了国营部门的工作人员。瑾瑜寂寞无聊，去得更勤。世楫仍像沪宁时候的三妹那样，对七哥亲热而又尊敬；应祥也对这位同事加亲戚敬爱有加。瑾瑜退休以后，为了孩子上学，除有时回万县陪陪老伴常薇外，较多时间也就住在世楫家。一张桌子吃饭，俨然一家人，世楫夫妇敬爱如常，孩子们对七舅也非常巴贴，这对年岁已老又处境艰难的瑾瑜是莫大的安慰。

新中国成立以后，私营经济逐渐淡出，瑾瑜自"买断"以后，虽有商业才智，也就无事可做了。他把重心摆在培养儿女上。在清理处期间，他按十八级领工资。本来不吸烟，这时更戒了酒，每月开支只10元钱，而将余下的六十多元全部汇回万县，供孩子们上学。小学教师出身的常薇担起孟母的担子，细致而严格地督导子女。孩子们个个争气，努力学习，大约十年工夫，三个女儿两个儿子先后考进大学。四妹最小，恰逢1964年高中毕业，这时"阶级斗争"又已上升为纲，才没有考上。由于一贯表现好，安排了工作，后来有了一个专家级的丈夫和一个研究生儿子。

瑾瑜本着当好领头雁，做一个爱国商人，齐家报国两不误的理念，以银行为平台，以助人、培养人为手段，践行半生：银行工作成效卓著；提携和带动的弟弟妹妹及乡亲邻里不可胜数；捐资办学的社会效应更难以计量。一生勤奋，活得充实而又平稳。尤其夫妻俩都活到改革开放的新时代，目睹全民奋起民族复兴的新图景，更为欣慰。瑾瑜病故时八十一岁，常薇病故时九十二岁，"种德多寿"，俱获高龄。夫妻俩合葬于巴南区南郊一片风景如画的松林中。

瑾瑜安葬那天，子、女、媳、婿及其他亲属多人在场。落圹时，一群大雁列阵成行缓缓地从天空飞过，嘎嘎鸣叫。人们都抬头向它欢呼，目送它们飞向远方——远方！

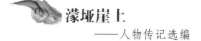

他从"陈记客栈"起步

——学力根深方蒂固，功名水到自渠成

毓川第四代孙世辉字祥灿，姐弟三人。大姐明月，三弟世煌，世辉排行老二。这老二自幼聪明灵透，模样儿俊美，最受父母宠爱及孩子们——特别是女娃儿的欢迎。

为了让儿子上新学堂，在祥灿十三岁时全家就搬到县城北门外。兄弟俩都进了城关小学，父湘恒先生和夫人刘氏则带着大女儿开个豆花馆补贴家用，每月乡下佃户擂谷子送米到县城来。整个家庭运转得不错。

祥灿小学毕业时綦江还没有中学，只好同父母一起经营小生意。他在乡下进过私塾，读过古文，实际水平不比中学生差。他一参加进来，就提出扩大经营项目。于是他们又租了两间相连的铺面，开了栈房，取名"陈记客栈"。干脆由才十七岁的祥灿当掌柜，父母——主要是能干的母亲——在幕后支持。

客栈开张那天，店面挂上灯笼，放了鞭炮，街坊邻里都来祝贺。祥灿满面笑容，端茶敬烟，应对得体。街正①张爷爷点头称赞道："还是文化人有本事呀！你看祥灿这小伙，才十七八岁，干起事来就像模像样的，是块好料哩！"

---

① 街正：相当于居委会主任。

青年世辉，一出手就赢得了"文化人"称号，成了北外一条街的一个人物。

客栈有大小客房七八间，床位三十来张。食宿合计，也可分别计算，灵活方便，收费公平，服务周到。正中那间铺面兼营餐馆，主打菜豆花之外，还卖面食、炒菜及常用烟酒。生意越做越红火。

北门口一个叫林芳的姑娘，城关女校毕业，大家闺秀，父亲曾在贵州当过县长。林芳姿容秀丽，温文尔雅。毕业那年，她和祥灿分获男女校第一名，虽未同窗，却彼此慕名。一天，暖和的太阳透过纱窗，照进林芳的房。姑娘芳心荡漾，放下正在编织的毛线，随便拿起案头一本书——《儿女英雄传》，翻了两页，看不进去。出去走走吧！是的，走一走，多么明媚的春光啊！

林芳信步走出北门，东瞧瞧，西看看，走着走着，不觉走到陈记客栈。这时祥灿正坐在店堂门口，见到近前的姑娘竟是心中仰慕的林芳，忙起身招呼，请她进店坐坐。林芳其实也心仪祥灿，眼下不期而遇，也就大方地落座。

他俩聊了一会儿，祥灿邀请客人进他的书房。林芳欣然从命。书房在右后那间吊脚楼，面临春水绿如苔的綦河。临江眺望：舟人摆渡，鹅鸭嬉游。窗下浅水处，则游鱼可数，一有响动，即倏地而去；丢下炒米、面屑，又倏地返回。这浅水游鱼成了祥灿休憩时的朋友。

"喂，林芳，别为鱼群陶醉，还是鉴赏一下'灿辉书屋'吧，我等着你的点评哩！"祥灿舞蹈式的环绕半圈，扬起右手。

"啊，这边书案、书架、算盘；这边衣橱、衣架；这边硬板卧床。精彩！如此井然有序，如此一尘不染，可见主人的生活多么规范，又多么风雅。难得！难得！"林芳由衷地赞赏，并从手袋里摸出偶然带上的《儿女英雄传》，笑嘻嘻地说：

"这本书送你。望你每天不只是看账簿，还看点文学，积累知识，向儒商进军。"

祥灿双手接过，也从书架中抽出一本《陶朱公》回赠林芳："他是我的偶像，望你也喜欢他！"

"啊，范大夫！我喜欢他。他同西施最终走到一起，是多么浪漫啊！"

两人相视而笑，热烈握手。

从那以后，林芳十天半月常来客栈坐坐，而祥灿都挪动工作陪她。母亲也十分殷勤，少不了亲手弄点可口的小吃招待姑娘。父亲、姐姐和弟弟全都把她当亲人对待。她虽然生长在大户人家，父兄常年在外，家中只有母女二人，甚是寂寞。自从那天邂逅祥灿，盘桓半日，心里留下甜甜的记忆，总也不能忘却。真个是"一日不见，如隔三秋"。巴不得相见更勤，甚至……甚至长相厮守。但，这又哪里能够！这样一来，一向孤芳自赏的林芳姑娘，竟至忧思成疾，日渐消瘦。

母亲发现女儿有心事，再三询问，得知原委，忙发信请老爷回家。老爷回来了，夫人详细讲了缘由，并且说：

"我已经多方了解陈家情况，并约近邻徐太太一道，佯装食客，仔细观察了陈祥灿。小伙子俊秀挺拔，聪明能干。客房七八间、员工四五人的客栈兼餐馆，经营得井井有条，红红火火，别说在北门外，就在全城也算第一流……"

老头不停地摸着下巴上的胡子，长长地叹息一声："夫人啊，'士农工商'，商居末流。'耕读为本'，不提商贸。你我书香门第，官宦人家，开栈房的陈祥灿配不上呀！"

"老爷，陈祥灿出身濛垭望族，自幼熟读经史，又上过新学堂。城关小学毕业相当于一个秀才，人家是北外居民公认的'文化人'哩！"

"文化人又咋个！典当祖业经商，弃祖宗遗泽于不顾。如此行事，大不可取。此事断然不可，不要讲了！"老头子火了，愤然夺门而出。夫人很少见丈夫如此失态，不禁掩面而泣，里屋女儿出来，投入母亲怀里，也失声痛哭。

近邻徐太太奉命传话给陈家："终止往来，好自为之！"

好个陈祥灿，思考了三天，书面写下如下几句，托徐太太回复："做官何足奇，发财有何难。至少挣两项头衔，发万贯家私，与君较量，且看后笑是何人！"

这时的祥灿，才刚过二十岁。

大约一年后，林芳被迫嫁给一个连长，随夫开赴成都方向去了。这事给青年陈祥灿留下一条深深的烙印。

几个月后，新嫁西山赵家坪的明月大姐介绍她的小姑赵华碧给祥灿："二弟呀，我家公爹是绅粮，我丈夫是保长，我妹子也读过蒙馆。他们就是瞧得起你。他林家有啥了不起，过了期的官啦！"

祥灿正是憋了一股气，没多加考虑，也没同华碧交往，就答应了这门亲事。在林芳远嫁后不到一年，二十二岁的祥灿就同赵华碧办了婚事。

华碧比祥灿大两岁，是个贤淑的妻子，孝顺的媳妇。全家人都欢迎，祥灿也长长地舒了一口气。第二年，华碧就生了一个胖嘟嘟的女儿，起名玲玲。一家人都喜笑颜开，生意也更红火了。

这时三弟世煌已从"中学堂"毕业。二十岁的大小伙子，正是协助二哥大展宏图的一把好手。刚安下心来，干了不到半年，就患痨病去世。太可惜了！母亲刘夫人悲痛欲绝，几次扑向棺材不让抬走，后来硬是坐上滑竿同女儿亲自送老三回故土埋葬。老爹湘恒，一味木讷寡言，只一个劲儿地流泪，也送到渡口才被儿媳劝回。

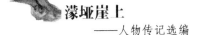
好个世辉，深切体会到：世煌走了，千斤重担如今就搁在他的肩上。他不但要养活父母妻儿，还要振兴家业，光大门庭。他尽快地调整好心绪，抑制悲哀，振奋精神，投身到餐旅事业中。

三十年代中期，川黔公路开工了，已是县商会委员的祥灿看到其中商机。于是在中街税家巷子租了上中下三重房屋、两块天井连接一气的老住宅，斥巨资修成三十多间大小客房、八十多个床位的大宾馆，起名"南州旅馆"。全家在公路通车前夕从北门外搬家到"南旅"。这算是"从糠箅跳到米箅"了！

还未开业，公路队就成了南旅第一批房客。

1937 年 8 月 8 日，宾馆正式开张，上午 10 时举行揭牌仪式。当县商会主席挑开大门上方两幅红绸露出"南州旅馆"赭红金匾的时候，鼓乐齐鸣，鞭炮轰响，摄像师及时摄下这宝贵的镜头。主人安排镇长、商会主席、公路队队长及全部嘉宾集体照相，自己阖家三代及其至亲也照一张集体相，随即盛宴招待。南旅开张志喜这个阵势，算得上盛况空前。

南州旅馆正式开始运转了。老太太管钱，赵华碧管账，祥灿当老板，又叫经理。

旅馆把住宿和伙食捆绑在一起，不再兼营餐馆。由于区位优势，卧具舒适，膳食丰美，服务周到，清洁卫生一流，房客交口称赞。有人在此包房举行新式婚礼，有的房客长期包房做生意，公路队甚至把机关也设在这儿。老板还使出绝招，每天派茶房在车站、渡口等地招引来客，还有不少因口碑相传慕名而来的。开业以来，床位入住率月月保持 80% 以上，居全城旅栈业首位，一年下来，就收回了开业成本，赎回了典当田产。眼见得第二年就将财源滚滚，"万贯家私"的目标指日可待了。

南州旅馆红红火火，也成了濛垭陈氏的免费招待所。乡下人来，背几个南瓜，或半篮子鸡蛋，就可在这儿吃住几天。在城里上学的、工作的，也把这儿当中转站。幺爷要吃官司了，祥灿为他公关缓解；有宗亲收到汇款了，哪怕只5元、10元，也来找南旅盖章做铺保。事无巨细，有求必应，祥灿一家把"义门"风范发挥得淋漓尽致。

天有不测风云。好端端的人家，灾难又凭空而降：已经上小学二年级的玲玲，出天花，急性感染，发高烧死亡。赵华碧受不了这晴天霹雳，一下子就晕了过去，好不容易才抢救过来。明月大姐闻讯赶来，百般劝慰，并接过了账务。

爷爷婆婆也悲伤不已。祥灿也蒙了，头昏脑乱，一百个想不通：为什么六年间一家人失去两条活生生的生命？真是祸不单行啊！

父母和妻子开始向鬼神求助：到庙宇烧香，请道士驱邪，算八字、求签、问卦，甚至请阴阳先生查祖坟风水……

为了安抚老人和妻子，上述迷信活动祥灿都不干预。关键是赵华碧像掉了魂一样，病病恹恹，恍恍惚惚，有时泪流满面，有时痛哭失声，好端端的一个人竟成了病秧子！

祥灿多方求医，中医西医都找过，还请姐夫——华碧的哥哥华金送妹妹到府城大医院就诊。那里专家的意思是：痛失爱女，哀伤过度。亲人多多关怀，会逐渐好转，用不着住院。兄妹俩很快就回来了。

一天，明月走进华碧卧室，寒暄了一会儿，诚恳地对华碧说："妹子，你今年才三十二岁，还可再生个娃呀！先前有玲玲，不在意，小产了两次。从现在起，你就在这方面多留意，打起精神来，找医生也找这方面的，只要生个娃就好了！"

华碧从内心感谢姐姐，决心振作起来。但玲玲的影子实在抹不掉，随时都可能浮现，有时正在做爱，突然想到玲玲，就兴味索然，以致

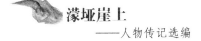

半途而废。

夫妻做爱，意在寻欢。无欢可寻，做爱也就是多余的了。华碧这状态，使祥灿受到伤害，一个壮年男子，性生活缺失是啥滋味啊？严格说来，祥灿与华碧本不是爱情的结合。他尊重她，感谢她，努力尽到责任和义务，但并不爱她。这下子可好，连最起码的维系也出了问题！

祥灿事业上是成功的，夫妻生活是倒运的。

商会主席已年过古稀，力不从心了，请求另选接班人。根据他的提议及各行业磋商，推荐年富力强又善于组织协调的陈祥灿担任。名字报上去，一周就批下来了，好快！当年十月，三十二岁的陈祥灿就出任县商会主席。

谁说"福无双降"？第二年春，城关镇长出缺。全城十五个段有九个段推选陈祥灿当镇长，和上头想到的一个样，又是报上去就批准了。

接连来到的好消息，冲散了南旅丧失孩子的晦气，湘恒公两老喜笑颜开，赵华碧也有了笑容。只是祥灿更忙了，再也不能全面管理旅馆事务，干脆就请赵华金当副经理，华碧管钱，明月管账。老板还是祥灿，华金由他发工资，每月向他汇报工作。两位老人家就退居二线享清福了。

夫妻生活不正常之后，半年前祥灿已同华碧分床而卧了。大端阳那天，一家人在沱湾看划龙船归来，都很高兴。当晚，一轮圆月从东山升起，渐渐地，照进了华碧的窗，照上了华碧的床，街上静悄悄的，偶尔听见有汽车开过。多么恬静的夜晚呀，华碧甚至听到小床上祥灿均匀的呼吸。睡得好香呀，没想到今天是大端阳佳节，人家在等你团圆哩！背时猴儿，这一年多，亏待你了，过来吧，今夜让我还债……

华碧坐到小床边，拔下头上的艾叶搔祥灿的鼻孔，祥灿似醒非醒，翻转身又睡了。她嘿嘿地笑笑，又搔他的颈窝，祥灿翻过身来又睡着了。雄黄酒就这么大劲头呀！华碧急了，她使力抱起祥灿半个身子往大床上拖……祥灿醒了，睡到大床上，翻身拥着华碧……没一会儿，祥灿坐起身来。怎么了？停歇一年多，他那儿也起了变化，也半途而废了！华碧又把他拉进被窝，一把搂着他，百般挑逗，就是不来事。天啦，我的人咋这样了？

多个夜晚，多次连拉带拖，祥灿就是不来电。华碧起了疑心，他约同华金哥，明月姐盘问祥灿贴身茶房小石，原来是这么回事：

"半年前某天，老板意外地收到林芳姑娘从川西发来的信，说她的同父异母妹妹——林燕来綦江投亲，林家老两口已死，儿子不承认她这个妍居所生的妹妹，举目无亲，流落綦江，拜托老朋友关照。老板让我带路，在南门口一间民房找到了林燕，姐妹俩长得太相像了，都是那么漂亮。她能看书报，还会唱小曲，唱的小曲蛮好听的。亲娘最近死了，才来到綦江。她的出现，激活了老板十多年前的旧情，没多久，他们就好上了。老板总是下班后才去，10点以前回家；有时一大早去，上班时匆匆离开。酽糯得很哩！"

小石一口气说得个清楚明白，乖乖地站在那里。据他说，老太太和姑姑也全然不知道。

华碧气惨了，到南门口大吵大闹，还打了林燕。

祥灿火了，提出跟华碧离婚。

这话激怒了华金。他挪挪袖子指着妹夫的鼻子骂道："龟儿陈祥灿，别以为你当个鸡巴镇长就抖起来了。老子当了十几年保长，也没干过你这种混账事。你还有理了？你要离婚，老子动员我赵家坪一族人跟你斗，不把你龟儿掀翻转算是你舅子……"

"哈哈哈哈……副经理，你同经理彼此都是舅子哩！"旅馆看热闹

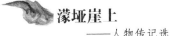

的人哄堂大笑。华金也笑了。

双方平静下来后，反复磋商，做了如下安排：

不离婚，华碧是正儿八经南州旅馆的老板娘。林燕仍住南门外，祥灿可以住在那里。华碧抱养一个儿子，姓陈，祥灿是他爹。二天林燕生了孩子，不受歧视。

一场风波，就这样喜剧般地收场了。

公事，家事，商事，政事。祥灿太累了！他向上头打报告，辞去镇长。县里批了，为了犒劳，补选他为参议员。相对而言，商会主席、议员，比镇长担子轻一些，年不及四旬的祥灿，健康情况已开始逆转了！

不容易啊！谈不上家学渊源，也没有任何背景，全凭一己聪明才智，摔打奋斗二十余年，硬是挣得三项头衔，中等财富！

1949 年 8 月，陈祥灿病故，年仅四十一岁。

几个月后，綦江解放了。南州旅馆由人民政府接管，家属领到一定数额的安家费。湘恒老两口各人回濛垭老家。赵华碧携八岁义子回赵家坪，义子陈继，上小学时改姓赵。

林燕又一次举目无亲，怀着几个月身孕回贵州去了。

又一财会强手

——三思而后行，虑后而能得

"世"字辈另一位会计强手是松树堡的虑能。他先后在李家埫北区小学、綦江中学、重庆商职校毕业，二十一岁就考入船舶公司。

虑能名世安，少年英俊，一双大眼睛炯炯有神，双手能同时打算盘，字也写得好。公司很欣赏他，安排他在某协理办公室，当做秘书使用。同龄人羡慕，他却以为用非所学，心头并不乐意。

这时，比他大九岁的瑾瑜七哥，在福美银行已崭露头角，博得族人称赞。他虽然也喜欢七哥，却暗中同他较劲，心里想，我三十岁时，一定要追上他！

在船舶公司大约干了三年，有关人士都称赞他聪明能干，给加了两次薪水，从练习生升为办事员。可他还是下决心跳槽到蚕丝公司，为的是那边答应他当驻厂会计。

在郊区的蚕丝一厂，规模较大，为公司系列丝厂之首。虑能在那里先干一般会计，一年后即被提升为会计主任，成了正副厂长之后的三号人物。时年仅二十五岁，算得上少年得志了。

丝一厂建立有国民党的区分部，虑能当了主任会计，就被吸纳为一厂"区分部委员"。踌躇满志的虑能，不经意间戴上了这样一个紧箍帽，尽管他离开一厂后就再没跟这事沾过边，却严重地误了他的后半生。同一生无党无派的瑾瑜比较起来，聪明有余，沉稳不足。这是他

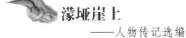
俩的特点，也是他俩的区别。

相同的是，兄弟俩都秉承义门风范，一生乐于助人，即使身处逆境也不改初衷。因此，亲人们也始终认同和尊重他俩。

虑能少年时，曾由媒妁之言与本乡望族一位姑娘订婚。姑娘读过私塾，落落大方，在乡下可算一流。可是未上过新学，不具备三十年代时尚女学生的风度、气质，也缺乏在大城市独立谋生的本事。虑能进了船舶公司，春风得意，自视甚高，于是不顾父母的劝阻，硬是退了这门亲事。

当时，虑能也常在周末去蠡园柳姑家玩，与杨姓一姑娘——九妹比较合得来，常一起逛公园，看电影，有点谈恋爱的样子。九妹也会打算盘，活泼灵敏，也在一家私企工作。他俩接近是很正常的事。

不料有一天，杨姓一个表哥半开玩笑地说："陈虑能老是把九妹缠倒……"他也许只是随便说说，殊不知虑能听了后就炸了："什么！我缠倒她？未必只有你杨家才有姑娘？"他一甩手抽身就走了。尽管后来九妹再三解释，他也不回头，也不再去蠡园了，本来还算合适的一对，就这样吹了！你说他倔不倔？

这一折腾，虑能两年没要朋友，他非要找一个比九妹强的。真傲！人家只是随便说说，他就这么较真。

年过二十五，机会来了！丝三厂过来一个女工班长，自己一边缫丝，一边还要带十来个纱妹，很能干的。据说是向三厂借来带一带，做个示范，几个月后就又回去。

这姑娘很快吸引了虑能的眼球：一米五八的身材，修长匀称，鹅蛋脸，白白净净，胖嘟嘟的；眉毛太浅，给画成月牙形，同那不大不小却很明亮的眼睛正相配。一双小辫，分搭前肩后背，乌亮亮的，随便一甩，就可让它前后位置互换，真玄乎！有时姑娘就咬着小辫的发尖甜甜地笑，露出大而白的牙齿，衬着不厚不薄的红唇，再老实的男人也都禁不住要看她一眼。

年轻的陈会计却不是看一眼的问题，只要姑娘从会计科门口走过，他就贼溜溜地目送。

一天，陈会计等在厂门口，见到姑娘快出厂门了，就迎上打招呼："你叫孙启贤吧？回家了，我送你一程。"姑娘还无所谓，虑能心跳加快脸也刷的红了。启贤大大方方地跟他搭话，似乎心头已早有准备。他俩过了小溪，走过中街，又过一条小溪，爬个小坡，就是三厂宿舍了。

从这天起，不管天晴落雨，虑能总是等在厂门口送启贤，差不多全厂人都晓得了。"正好。"虑能心想，"光明正大的，我才不怕你传播哩！全厂人都知道了，我的终身大事也就定妥了。"

启贤不但外表可人，心地也极为善良，在家是孝女，在厂是女工们的头儿，动不动就要"维护工人的福利"，男女工人都蛮喜欢她哩！

启贤才二十二岁，高中肄业，三年前考进丝厂。老家在附近嘉陵江畔孙家湾，七十多岁的爷爷住在那里，他拥有八十石田产，日常生活由已在孙家服务多年的女佣——玉梅照料。老爷子有三个儿子：老五、老八都在运输部门工作，住在城里；老二（实为长子）已年过五旬，同妻子及两女（含启贤）一儿挤在蚕丝三厂的两间宿舍。孙老太爷按每人每年三石谷拨给儿孙们，因此启贤家虽不宽裕，也还勉强过得去。

中秋节那天，启贤把虑能带到家里。虑能照启贤安排，月饼糖果之外，还给二老各送一段衣料，给二弟启仁、幺妹启惠各一支自来水钢笔和一个书包。虑能还出其不意地当着大家给启贤戴上一枚金戒指。

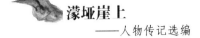
二老对这位年轻、帅气、能干、懂事的陈会计甚为满意，虑能同启贤的关系就基本上确定下来，只等春节带回濛垭老家让母亲点头了。

1942年春节，一同回老家的还有在航运站工作的大哥世荫及年轻美貌的大嫂周玉。兄弟妯娌四人坐四乘滑竿从上贵州的"通大路"回家。那时大城到綦江虽然已通公路，那木炭车咕隆隆、咕隆隆慢慢爬行且经常路上抛锚的罪是受够了的，不如坐滑竿舒服。他们大清早出发，起脚就是黄桷垭那根陡坡，坐轿的人向后仰，像要被倒出来似的，启贤是第一次坐这玩意儿，怕得直叫。虑能闻声下得轿来，让自己的滑竿空着，只身走到启贤轿侧，像哄孩子似的："不怕，不怕，我护着你哩！"启贤不叫嚷了，轿夫却觉得挡脚挡眼的，很不方便，于是和空轿交替着抬，长坡爬完了，才各就各位。

这样的抬轿、坐轿，真算得稀奇少见，只有热恋中的人，才能灵光闪现，出此奇招儿！

傍晚，他们到达跳石场，住进客栈。虑能走了许多路，还兴致勃勃，想跟启贤同住，大哥不许。八个轿夫一大间，兄弟俩一间，妯娌俩一间。他老赖在启贤那间，21点了，才被大嫂轰走："馋猫呀，各人出去！"大嫂笑着关了门。别看虑能心猿意马，上床后不到五分钟，就呼呼入睡——他太累了！

第二天午时过，他们就平安到达濛垭松树堡。志先二婶（二老爷一年多前已去世）见到启贤，眼都笑成了豌豆荚，付足工钱之后，还大碗酒、大块肉招待八位轿夫。轿夫们心满意足地走了。

当晚，母亲就听周玉的安排，"能——贤"俩住在一起了。有趣的是，第二天三嫂子刘世芬给送开水蛋去时，虑能开的门，启贤还睡在床上，还穿着天蓝色旗袍，红毛线披肩，装成一宿和衣而卧的样子。

三嫂指着虑能弟的鼻尖说："小伙子，你就这么老实呀，哄哪个哟！"笑哈哈地下楼去了。

濛垭有个老规矩，出门的人回来，家家都要请客，只请相关的大人，不请小孩。娃儿们羡慕死了，都发愤读书，争取二天出门工作，回家时也吃这种"团团宴"。世荫、虑能两对到老房子拜见大伯、幺爷那天，利时大伯听说虑能媳妇是大城市的人，很想看个究竟。奈何视力已严重弱化，他睁大眼睛，扳动眼睑，口中喃喃地："让我看看，让我看看！"可惜怎么也看不清楚。"唉！"他叹息一声，遗憾地坐下了。

"大伯，别着急！你耳朵好哇，让启贤唱段京戏给你听，目见耳闻，一样的。"虑能在一旁凑趣。

"好哇！"娃儿大人都围拢来了，虑能体贴地给启贤递过茶盅，启贤抿一口，微微一笑：

"苏三离了洪洞县，将身来到大街前，未曾开言心好惨，过路君子听我言……"

"唱得好呀！"歌声停，掌声起，连用宏幺爷也啧啧称赞。利时大伯家春风送暖，春意盎然。

当晚，周玉向丈夫咕哝："孙启贤出尽了风头，好风光呀！"

"别吃醋！"世荫摸摸她的面庞，温柔地说，"你模样儿不比她差，文化差一点，慢慢学嘛！"心疼地一把把她搂在怀里……

四五天以后，该回大城上班了。母亲硬要虑能两口儿双双在堂屋神龛前叩头，因为他俩已经"同房"，只差办喜酒了。

当年仲夏，他俩在丝厂结婚了。婚宴规模不大，厂里领导，平日接触较多的同事、工友、孙家亲眷和濛垭在渝姊妹都来了，风尘仆仆从北平经上海、桂林、遵义返回宏仁医院的玉英二妹也赶来参加。由世杭弟、世行妹当傧相，启仁小弟、启惠小妹作纱童，气氛热烈而

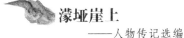
欢娱。

新房设在三厂启贤宿舍，启贤虽然已经正式留在一厂了，家仍在那儿。

看来一切都顺畅如意，两口儿沉浸在幸福中。

但是，天有不测风云，意料不到的事常常飘然而至。政府选中嘉陵江畔孙家湾一带十里平川，要在这儿建兵工厂，片区内所有老百姓都得限期拆迁，田地房屋由政府收购。

孙爷爷在这儿生活了七十多年，如今要他搬迁，祖宗坟茔也将夷为平地，他怎么受得了？具体执行一开始，他就一命呜呼了！

从长远看，启贤一家多亏这一拆迁，新中国成立后成了城市贫民。

就当时说，父、母、弟、妹此后都由启贤负担，自然也就落在虑能身上，一家六口，这担子沉呀！

正当山重水复，忽然柳暗花明。1943 年春，虑能被调进主城总公司任会计股长，工资加了两级。

进城不久，通过朋友帮忙，启贤也进了主城粮储所。一时没家庭宿舍，公司给虑能一个单间，作为两口儿暂时栖身之所，家仍在三厂。

虑能业务熟练，勤奋敬业，公司领导比较器重。对他来说，这里已经是最好的岗位了，因此心满意足，为人处事再不像从前那样傲慢不羁，比较随意谦和了。能傲吗？这儿强手如林，单是另室办公的两位会计主任，他就自愧不如，上头还有协理、襄理等大行家哩！

环境是可以改变人的。"快三十岁的人了，该'懂事'了。冲啥？我算老几？虚心使人进步，还是广交朋友，多结善缘吧！"他不时这样告诫自己。

调到总部不到半年，亲人们都觉得他变了：去了傲气，保留了豪气；去了小气，保留了义气——更招人喜欢了。

他在公司也干得不错，会计股团结和睦，人人兢兢业业，获得一致好评。

经他努力，1946年初夏，多年在轮船上当会计的大哥世荫进了蚕丝公司，就分派到会计股，上头够照顾的了。

公司给他兄弟两家在南岸分了家庭宿舍。大哥来了，随即大嫂也拖娃带崽从老家搬来了，虑能嫌每天赶轮渡过江麻烦，在附近盐井巷租了一套两室一厨的房子安下家来，开始了两年浪漫温馨的"盐井巷生活"。

世行八妹结婚了，夫妇都在粮储所，也搬来一起住。

大学生世品三天两头来这里。

有时大嫂过江来玩，晚上懒得回去，也同大哥挤在这里。

乡下亲戚进城，也找来这里。

住不下怎么办？铺凉板，一张不行，就两张，三张床面挤在一间不到20平方米的地屋。这么多人要吃东西呀，女佣忙不赢，就能者上前，争着干，街上端一点，灶上弄一点，三三两两地吃。打麻将的，打长牌的，下象棋的，照打照下，呜嘘呐喊，融合着亲情友情从门户窗口溢出，邻居和经过巷道的路人也为之动容：好兴旺，好笑和的一家人呀！

演《孟丽君》的连台戏了，就天天去看，世品就是买票能手。

放美国彩色电影《出水芙蓉》了，又兄弟姐妹一大帮人去看。

启贤的同事有时也来这儿。

来者不定都在这儿吃饭，更不定在这儿住，只是来吹吹牛，打打牌，放松放松。来者都是亲朋好友——公务员、财会、学生、乡下人，从不违规，不谈国事，也都不关心国家大事。因此，尽管人来人往，

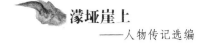

始终相安无事。

多么温馨，又多么浪漫啊！那个盐井巷小院着实令人怀念！

大约1948年底，粮储所在下半城购置了一栋宿舍楼，旧名"渝江客栈"，有百来号房间。启贤及世行夫妇各分得一份，这才离开盐井巷搬到那里，至于虑能在南岸的宿舍，母亲来到大哥家后，就同大哥的宿舍合二为一了，虑能偶尔也去住一宿。

启贤的父亲不小心触电死了，才五十多岁，可惜！夫人瞿氏带着一儿一女仍住在那里。启仁、启惠都已上中学了，一切开销仍由启贤夫妇承担。

启贤第一胎生的女儿，是在三厂的家生的，取名"哲君"，由外婆带，不到一岁就夭折了。接着又生了两个儿子永祥、永其，都是回松树堡生的，由婆婆照看，请奶妈。后来婆婆进城来了，两个孙娃也一同来到南岸，同周玉伯母一起，费用由虑能支付。启贤在"渝江"分到宿舍了，才把孩子领回来，婆婆留在世荫处，外婆母仁仍在三厂。

虑能在公司一直处得很好，如鱼得水，左右逢源。这样一来，除主打业务之外，在不违纪的前提下搞一点"副业"，也是可行的了。

可贵的是，不管经济状况如何，他都决不抠门儿，而是十分仗义。

从世品上大学第二学期开始，虑能就与瑾瑜七哥共同供给他全部开销，直到1950年大学毕业。

1947年秋季起，虑能不辞辛劳，无偿担任了家乡民办思齐小学的财务董事。

八妹夫袁珣得了重病，越来越严重，骨瘦如柴，渝江宿舍的同事们都以为没救了，八妹伤心地连病人死后烧的香烛纸钱都准备好了。虑能本着至亲亲情，只要有一线希望，就要做十倍的努力。他们请了一个细心的老头专门照顾患者，遍请著名中医上门诊治。历时几个月，终于让袁珣在阎罗殿门口止住了脚步，医师又准确地下了几剂猛药，硬是把患者从死神那儿拉了回来，病情慢慢稳住，然后又慢慢好转。

历时一年有余，虑能慷慨地付出几百银元，使嫡亲妹妹的夫婿转危为安。当时已是山城解放前夕，健康基本恢复之后，1950年袁珣重新工作，进了人民银行。

八妹夫妇常说：多亏这么仗义的兄长，是虑能五哥保住了他们这个家完好无缺。

南京解放以后，蚕丝公司开始减员，会计股年龄相对较大，业务能力较低的世荫大哥被列入第一批。大嫂仗恃家乡有田租，衣食无忧，就愤然决定全家回濛垭崖上。虑能劝他们不走，仍住在南岸以观望形势，或另找工作。公司并未下逐客令，收房子。奈何大哥家一向是"灶神菩萨主事"①，周玉要走，大哥也就答应走，"渝江"的宿舍太挤，老太婆也只好一同回去。

虑能大力帮忙，请棒棒挑上大包小包，沿河走到海棠溪，再买好车票，送母亲、兄嫂及三个孩子上路。

真不该回去！由于一向不关心国家大事，全都缺乏政治眼光，从暂时裁减的职员到回头当绅粮，是倒退！而倒退是要背时的！！

1949年11月底，重庆解放了！劳动人民、青年学生、一般市民，都欢天喜地的，他们放鞭炮，扭秧歌，打腰鼓，跳街头舞，"解放区的天是明朗的天……"等红色歌曲响彻山城！

国民党的残渣余孽吓得发抖，四处躲藏。

有一些人，如中产阶级的一些人，一时却不知何去何从，有的溜

---

① "灶神菩萨主事"：夫人当家。

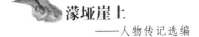
了，有的转入小企，有的转行当了职校教师，有的窝在家里……

解放十来天，军代表进驻蚕丝公司，要求员工填表。其中有"政治面目"一项，虑能这才猛然想起在丝一厂被吸纳为"区分部委员"一事，心里紧张，就也溜了。

不久，粮储所改名为"粮食公司"，员工统一调配。八妹世行到了双溪沟粮站，启贤到了牛角沱粮站。虑能一时没辙，只能待在家里。

启贤的弟弟启仁，高中肄业，1951年春季参军。由于系城市贫民，成分好，编入空军地勤，开赴西北。其后入党，升迁，直到空军上校。

幺妹启惠，考入公安校。毕业后在公安局工作。党员，同公安系统的一个南下干部结婚，日子过得很滋润。

外婆孙老太，只身一人，只能跟长女孙启贤过。老太太是贫民兼军属，资格硬札。粮食公司给孙启贤分宿舍：夫妻俩及三个孩子分两间，老太太分一间。先在巷道内做饭，后来在巷道外靠墙搭个草棚做"厨房"，总体上比在"渝江"时宽敞一些。

启贤是一粒心地坦诚的"氧原子"，在牛角沱地区各粮站调来调去，人缘都很好，工作也干得不错。她对虑能这背时的老公不嫌不弃，在丝一厂的情况她很清楚，不埋怨他，更不歧视他，夫妻关系一如既往。

难得哩，名副其实的"启贤"！

虑能不能就熊在家里坐吃山空呀！于是邀约堂妹夫杨云伟到川东北达县、渠县、宣汉等地做串串生意，易地购销，小本经营。后来世奎也来加入。大约两年，生活糊得走，还小有盈余。

到了1954年，对私改造，不能继续搞串串了，虑能只好又回到牛角沱。贤惠的启贤，为他谋得给全宿舍楼上楼下几十家职工办公共食堂，当伙食团长的差事。这位二十多岁就青云得志，三十过头就在蚕丝公司左右逢源的会计股长，而今成了火头军，算得上大丈夫不拘小节，能上能下了！

杨云伟比他看得远，山城解放不久，天成公司收缩，他预感到私企不会久长，就在南岸二公里南山脚购得一块荒地，约 200 平方米，一瓦一石，一草一木，逐渐建起了一座简易住房，妻儿就先搬了过去。他们在达州散伙之后，自然他就回到那里，顺利上了户口，从此以体力劳动为生，后半生平安无事。

世奎的情况可不妙。他在陕南临解放时离开福美银行回老家，以致错过了就地转入人民银行的机会，待兄弟仨在达州干不下去了各自回家时，他在大城却无家可归。先在杨家坪租个棚户，下野力，从河边挑炭柴到集市上卖，勉强糊口。到了 1954 年全市整顿户口，他就被反复动员回到濛垭崖上的地主家庭了。这时，他本人并不是地主分子。

虑能若留在蚕丝公司不溜，并交代清楚问题，再经过"三反、五反"的严格审察，当时才三十四岁，涉世不深，又有较强的业务能力，至少是可以降职留用的。可惜他看不清形势，虑而不周，自动离开干了近十年的上好单位，后半生颠沛流离，备尝艰苦，就缘于走错了这一步！

街道开始"肃反"了，他这个"区分部委员"刚好上线，被送进劳教所。而他留在蚕丝公司的同事，有比他年长，历史也有问题的，却平安无事，至多控制使用。他心里也许后悔，家人抱怨他时，他仍诡辩："不走，不走的话，'三反、五反'就活不出来了！"这个人就是这么倔，死不认输。

在劳教所他是认罪的，有的是力气，劳动表现好，毕竟只是个"身份"问题，罪恶不大，劳教了一年就放回来了。

1958 年，肃反深入，虑能又被送到长寿湖监督劳动。不到一年，又放回来了。

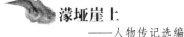
"文革"中,"横扫"到他,只在街段批斗几次,戴黑牌游街。街道再也无心送他去劳教了,送去不久就放回来,没意思!

不斗了,也不关了,虑能要求段上给安排体力活:修路,修房……三四百斤重的条石,在运料车旁抬上抬下,因为有个黑身份,干活特老实,包工喜欢找他,一个月他可以挣比启贤多两倍的工钱。嘉陵江上通桥了,有人介绍他去江北一家鞋厂当搬运工,抬进抬出,干计件,正式拿工资。业余时间,还在河这边抬条石,挺勤快的!

启贤在牛角沱各粮店都处得甚好,家务由老公管,她也就无忧无虑,一个劲地生娃儿。夭折的不算,后来长大成人的就有五男一女。其中当然也少不了外婆代为抚养的辛劳。

1979年起,历史问题一风吹,从此六十多岁的虑能再也不受歧视,劳动得更欢了!

他们家仍然宾客盈门,主要是陈、孙两家的亲友,仍然是"大铺同眠",仍然是大甑子蒸饭。陈家的世瑢、世彦、永彪都是以此为跳板进革大、上中学,进职高而后成材的。

外婆娘家的侄女,长时间住在姑姑这里。启仁当了空军军官,生了三个孩子,也把老二仕林给奶奶送来。当然是付费的,而服务却大都落在姑爹身上,仕林同表弟兄闹别扭了,还得姑爹疏解。虑能尽管成天忙里忙外,却始终关爱着孩子们,从来不对他们发脾气。

在此提前说几句:几十年后,虑能过世了,远在西安的仕林来电,不让火化,一定要等他飞过来看姑爹最后一眼!仕林在电话里哭了,写文章的人写到这儿也哭了!

人口多了,他家请了女佣唐孃孃。松树堡请佣工有个好传统:视如家人,宽容信任。一个赵氏寡妇带着几岁大的孩子来家当女佣,从

"赵嫂"到"赵妈"直到"赵婆婆",几十年间同主人家生活在一起……而今他们对唐孃孃也是这样,炭、米、油、盐、鱼、肉、小菜都由她采购,主人只管给钱,从不查问,以至唐也把这儿当成自己的家,巴心巴肠地干。

七十年代后期,六旬刚过的启贤中风了。夫妻俩相信中医,服中药。开初还能吃力地说话,嘿嘿地笑笑,其后逐渐严重,不到两年就去世了。可惜!她是一个美丽多情的姑娘,一辈子贤惠乐观的好人!

这时,六个孩子都已先后工作,限于条件,他们都没有好好上学,有的上技校,有的招工,有的顶班,都干得不错,永其还当了糖果公司的生产副厂长。他们都很护家,很团结,对老爸都很好。虑能辛苦一生,算得上枝繁叶茂!

启贤去世不久,八十多岁的外婆也无疾而终。段上特许这位光荣军属,贫民老太太送回西郊娘家土葬。

虑能一直干到1985年七十岁了,才搁下扁担,鞋厂一次性给他四千元了结劳资关系。老爷子自愿跟女儿陈容一起过,牛角沱粮食公司宿舍的这一大家子,化整为零,散了。

看来他的经历该画上句号了。才不哩,他把前六十年那轮甲子丢进嘉陵江,人家才十来岁,正青春年少哩!虑能前往贵州他三娃(其实是老二)永其搞的牛肉干粗加工站当会计时,在同事们的怂恿下,他春心萌动,爱上了当地一个孀居女子——近六十岁的敫二娘。永其觉得老爸该有个人照顾,也就同意了,给了五千元安家费,办几桌酒席,虑能老汉就把铺盖卷搬过去了。

敫家的三个子女各得一千元,敫二娘独得两千元,还说老汉以后每月五百元的工资大半拿来供家用。二娘心里甜滋滋的:人老了点儿,这不要紧,老嘛老,心肠好,你看人家儿子都当经理,心肠不好能有

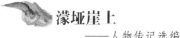

这福气吗？再说，红光满面的，哪像七十岁……敿二娘只顾美美地想，甜甜地乐，老头急了，一侧身把她搂住……

这年春节前，虑能带着他的新娘返回四川。先到綦江八妹家，八妹是鼓励他找个老伴的，如今这敿二娘看来还不错，于是热情接待，住了几天，临别还给买件衣服。

然后又到世品弟处。世品并不鼓励他再娶，如今人都带来了，也就顺水推舟住了两天，给敿两百元，还送一把布伞。

回到陈容处了，三哥已来过电话，她和蛮哥、陈骥三姊妹出面办了两桌酒席，请来了姨妈全家及表姑夫妇。客人都喊敿氏"大姐"，算是承认他是赔姐①了。陈容和兄弟俩却不开口叫"妈"。陈容私下对老爸说："她照顾你，你养她，是可以的；不能接进屋。她哪能跟我妈比呀……"陈容眼泪汪汪，说不下去了，心头想起去世的妈妈。

老头见子女瞧不起敿二娘，只好又同她返回贵州。

不到半年，贵州那个牛肉干粗加工站撤了，永其调回总厂。虑能老汉的会计当不成了，每月 500 元落空了，几个月下来，积余用罄，敿二娘为难了。平时她靠门前供人拴骡马收点钱，游走四乡邻县卖鞋垫、针头麻线、纸烟、打火机、棒棒糖……赚点钱，勉强糊口，可养不起一个老太爷呀！老头给的那两千元？那两千元是"卖身钱"，可不能乱花。于是她索性十天半月才回来看看，住一两天又背起货郎袋走了。虑能老汉营养跟不上，身体日渐消瘦，快支撑不起了！

人呀，物质是基础。虑能不缺聪明才干，不缺子孙后代，缺的是退休金，缺的是那笔旱涝保收，月月照领的劳保！他会下棋，象棋围棋都高明，而当初贸然离开蚕丝公司却是一着死棋！

永其的伙伴去贵州办事，顺便去看看老爷子，一见到他，大吃一

---

① 赔姐：姐死了，赔偿的，也当做姐。

惊，已经气息奄奄了，忙把他接回重庆。儿女们急忙给他医治调养，几个月才恢复过来。他们再不让他去贵州了，由永其告知姓敫的："一刀两断！"敫二娘无利可图，又无法养活他，断就断，正好！虑能一再歉歉地说："敫二娘是个好人，你们莫怪她！"

　　世品弟退休了。中学高级教师，工资较高，无家室之累，就常去看看虑能五哥。有时陪他走走人户，有时请他到学校来耍几天。有一年暑假，世品约五哥回故乡濛垭崖上走走，散散心，避避暑，虑能欣然同意。这时交通情况已大有好转，大半天就到了。

　　濛垭老房子还有三嫂子刘世芬，兄弟俩就住在她家。世品大方地给点钱，不让女主人增加经济负担。兄弟俩每天上午到处走走：漂水塘、夏坝子、洞崖口、猫洞沟……搜寻儿时的记忆。农家伙食：南瓜豆豆汤、蕹菜、凉拌黄瓜……鲜美可口。有时也推豆花，烩回锅肉，那就是打牙祭了。

　　下午，多半是打麻将：邻居绍伍、益勤，陪两个探亲游子，四个老头一局，男女老少多人围观。"一筒，和了！"虑能心情好，手气也好，赢了。三嫂要他请客，他拿五元钱给小龙，到村商店买两包烟，分头散给烟民们。

　　几天来，兄弟俩走遍了濛垭坝子各家：垣子、松树堡、竹房沟、栗子墙、沙丘、青冈林，还下漂水塘洗澡、摸螃蟹……兄弟俩相差八岁，六七十岁的人了，却还像两个少年。"濛垭崖上，我魂牵梦绕的家乡呀，我已经多年没有回来了！"虑能不禁老泪纵横。

　　绍武约他俩去赶场。虑能坐在茶馆里诧眉诧眼的。世品解放初当过本乡思齐小学校长，还有人认得他，却没人知道那个古铜色脸庞，明眸皓齿的老头是谁，乡亲们窃窃私议。一会儿，八十多岁的舅爷张荐吾来了，寒暄一番之后，绍武正要约兄弟俩到女儿家，就一道去青

冈沟。绍武父女杀鸡为黍，盛情招待。说来也巧，荐吾老还是虑能在李家培区小的同学哩！乡情、亲情、同学情，直摆谈到深夜。

第二天，兄弟俩又到了鸡婆沟世品的外婆家，外婆外公和舅舅辈都早已作古，只有两个嫡亲老表。又是一番感叹欷歔，打打麻将，农家饮食，浓浓亲情。住一宿，依依不舍地告别了！

回到濛垭，第二天又去爬望十坡赶回龙场。苍山如海，林涛阵阵，兄弟俩心情特佳，精力充沛，都忘了自己已不再年轻了。

再见吧，濛垭！再见吧，家乡！十来天的寻根叙旧，那乡音乡情已刻在老哥儿俩的心坎上。世品其后还多次回去，虑能却是最终火化后才骸归故里，葬于望十坡山麓。

虑能八旬以后，耳渐聋，又患了肺癌，还有糖尿病。世品给他配了助听器，子女要送他进大医院治疗，他不肯，坦然地说："人总是要死的，你们何必多花钱，八十三岁了，我知足了！"

他安然地住在女儿的新居里，每天多时坐在阳台上，静静地看着小街对面的荷塘，细细梳理他的一生。临终，他喃喃地告诉儿女们："我这一辈子，你们五爸（世品也排行第五）是最理解我的……"他没往下说，哽住了。

世品闻悉噩耗，立即赶去，走到大石路巷口老哥子常等在那儿接他的地方，就已泪眼模糊；到了遗体前就禁不住放声大哭："五哥呀，你走得太早了！我还没有好好报答你的恩情，你就走了！五哥呀，我的恩人呀！没有你同七哥供我上大学，我走不到今天这一步……"

他边哭边诉，感动得全家都又哭了。

从这以后，陈容、永其、永皓他们都把五爸当"老人"看待，逢年过节兄弟姐妹团聚时，都要约请他参加，让老哥儿俩的情谊延续下去。濛垭崖上又一次奏起了《棠棣之花》的乐章！

白衣战士——玉英

——玉有英华之色，和顺积中而英华发外

　　玉英是用宏老师的长女，按同祖父的孙女排序，列第二，人们叫她二姑娘或二妹。幼年随父读私塾，十四岁了，才进县城女小读高小（即五年级）。功课很好，第三学期期末，县城男女小学竞考，男小罗某考第一，女小玉英考第二。擅长交朋结友，班上耍得好的结成十姐妹，合照一张相，她个子大，坐在当中，八岁多的世品弟看了，好生羡慕，心想：我二天也要学二姐。

　　比她小两岁的四妹鸣珂，跟她同一个班，天分不及二姐，但学习特别努力，成绩也好。毕业时，玉英已走，全县会考，鸣珂刻苦复习，晚上学到深夜，左脸颊被煤油灯罩烫起血泡，硬是考了全县第七，女小第三，连校长都感到意外。

　　玉英是毕业前三个月到重庆去的，在玉堂伯和瑾瑜七哥的安排下，虚报年龄、学历，进了宏仁医院护士学校。

　　贾智爽医师把玉英当侄女看待。玉英才十六岁，聪明剔透，很逗人喜欢。两年后，毕业了，留宏仁当护士。

　　她们班只有六个学生，男女各半。毕业时已结成两对，回故乡工作去了。川北人黄轸同学，深深爱着玉英，留下不走。黄身材修长，肌肉丰硕，是个健壮的美男子。玉英对他也有好感，可惜黄来护校前，父母给他娶了亲——一个没上过学的小姐。黄一点儿也不爱她，迟早

是要跟她分手的。玉英犹豫了，她也常去蠡园玩，就把这情况告诉柳姑。柳姑考虑了一下，十分关爱地说："二妹，你才刚满十八岁，别忙答应，看他怎样发展。"这事就这样搁下来了。黄轸也就离开宏仁，转往成都方向。

这时的玉英，好比一颗成熟的鲜桃，皮肤白嫩，圆脸，眼睛大而亮，身高一米六二，微胖，有点儿影响身材，但落落大方，爱笑，声音甜美……算不上漂亮姑娘，总体上却给人以好感。

才当了两年护士，就当护士长了，刚刚二十岁。

玉英当护士，是很招病员喜欢的。她护理很在行，技术好，态度也好，有些病人打针输液都指名找她。船舶公司一位高管的夫人常来住院治疗，她也姓陈，特别喜欢玉英。玉英对她不但精心护理，也注意心理疏导。次数多了，她俩成了姐妹，玉英叫她从碧大姐，受女儿影响，大姐的老母也来医院检查，无病找病，小病当大病，住了进来，为的是见见这位侄女儿。玉英也就顺水推舟，亲热地喊她伯母。

这个朋友结交得好。玉英的四弟（实为老大）世耀由"大姐夫"批准招进船舶公司当水手；那位伯母后来成了玉英的红娘。

1938年初，应川西某实验医院贾智爽院长邀请，玉英去该院当护校（刚办，才一个班）校长兼护理主任。当时才二十二岁！贾智爽院长是躲日寇飞机轰炸才疏散到小地方去的。搭架子时，首先就想到可塑性强的爱徒陈玉英。

玉英的妹妹鸣珂，因为小学毕业时綦江尚无女子初中，只好随父读古文。三年后考入蚕桑学校。三个学期后，背着学校考天津纱厂女工，行李都已上船了，七七事变发生，华北吃紧，去不成了。这时已回不了蚕桑校，竹篮挑水——两头空。玉英当了校长，叫妹妹来进校；世楒毕业后在家调养，也一道来了，到妇产科当助产士。

大约一年，贾因故离职。玉英随世楫去雅安傍鲁玉，开姐妹诊所。鸣珂也离开了实验医院。她到哪里去呀？现在看来，从那儿往北，越过大巴山，奔向那红星照耀的地方，是一条最好的光明之路。可惜她没有人指引，却稀里糊涂地随贾五爸参禅悟道，自叹坎坷太多，以求解脱。半年后，因难舍父母姐弟又回到重庆，虑能还介绍她进了蚕丝公司桑园。几个月后，又因替工人抱不平而被辞退。这世道太不公平了，蚕桑校、纱厂、护校、桑园，处处都不如意！反复思量，终于在1940年冬天辞别父母，远去康巴修行，从此杳无音信。

玉英比胞妹开朗灵活，处境顺利一些。在雅安仅半年，世楫远飞上海完婚去了，她也就离开雅安。由于晕车，她取道水路，从青衣江赶木筏去乐山，再换乘小轮去重庆。这是一次大胆的、罗曼蒂克的旅行。木筏由十几根大木材扎成。几个艄公住船头，主要在船头操作；一个白衣战士（玉英有意安排的着装）住船尾竹篷。她有时也到木筏上走走，活动活动肢体，饱览秀丽的大好河山，心里升起一种乘风破浪、飘飘欲仙的感觉，美极了！

突然，波浪翻滚，木筏行经急流倒拐处，船头猛然撞在右侧的崖壁上，木筏散了头，船头往上翘，船尾即往下沉。一忽儿又浮起，然后又往下沉，如此者几次，木筏才进入平缓水域，船工们迅速扎好撞开的几根巨木，木筏又才平稳了。这两三分钟，玉英牢牢抓住船篷前的横杠，全身衣服湿透，头发湿透，卧具也全湿了，人却安然无恙。

好在时逢仲夏，阳光明媚，衣物容易晒干，木筏靠夹江歇歇，第二天准时到达乐山。坐上小火轮下行，就不再惊心动魄了。

玉英又回到宏仁医院，担任护校副教导主任，进入干部行列。她上班时，特别注意形象：一身洁白挺括的护士装，连鞋子也是白色，

半高跟胶鞋，这样，在病房及办公室走动，才不会有噪声。下班后则把短发放下来，脑后一汪黑色波浪。丝绸旗袍，半高跟麂皮凉鞋，别有一番风采。

当年秋，刚刚初中毕业的世莹六妹，考进宏仁护校。

这期间，挚友邱孟坤给玉英介绍她弟弟仲乾。两人有一些来往，玉英认为仲乾文化水平高，又在政府部门工作，印象还好。仲乾却认为玉英太胖，身材不好，心里犹豫。他这么静止地看一个鲜活的姑娘，伤害了玉英的自尊，从此不再搭理他。

1941年初玉英同中央医院的袁、方两位护教工作者，被保送到北平协和医院进修一年。合同上说明，学成后不能跳槽，至少要在原单位工作两年。春节刚过，三人就一道飞港，再转飞北平上学。

在北平，三人常佩戴协和证章（这就可以不受日本占领军干扰）结伴游览故都景色，受到祖国灿烂文化的陶冶；接触的又都是当时世界上最先进的医护知识及教育理念，并受到一些外籍医教人士潜移默化的影响，使她们仨，不但增长了知识、技能，气质上也有所优化。

1941年冬天，太平洋战争爆发，协和的培训也提前结束。她们不能再飞香港转渝了，各自凭自己的人脉寻觅归程。玉英坐船到上海，再通过封锁线进入蒋管区金华，再经桂林转遵义。到了瑾瑜七哥处，就等于到了家了。

她在七哥处玩了七八天。这时的玉英，大城市时尚的衣着，见过大世面的气派，在山城遵义比较扎眼。七嫂陪她逛街时，战时内迁的浙江大学学生都驻足观看。这种场景越发调动了玉英潜意识中的虚荣心。

回到宏仁后，玉英升任教导主任兼护理部副主任。她深感院领导的信任，倍加努力，工作干得有声有色。

这时玉英已年过二十五，该重视终身大事了。

仲乾向她走来，再不嫌她胖了，胖得有风度。可玉英掉过头来嫌他个子不高，仅仅一个科级！

著名洋博士眼科专家骆鸿，极为欣赏玉英这位医护界同行，多次宴请，甚至写信赤诚表示。不管从个人气度、声望或财富来衡量，骆俱属上乘。奈何他已年过不惑，且有一位"古典"夫人和一帮儿女。玉英不愿做太大的牺牲，他们只能做朋友。

黄轸一直在和玉英通信。玉英飞港时，黄曾托她代买一块罗马表，现在通知他来取，他才说明是存心送她的，并告诉她：他已同"小媳妇"解除婚姻关系。他真诚地、歉然地说："我没有高的职位，多的金钱，只有一颗赤诚的心，不灭的火，不知英姐（实际他大三岁）能否接受我？"

玉英泪光莹莹，说不出话，捧着脸跑进洗手间。

三天后，黄轸接到玉英来信："手表我留下，我们只能是同学，是兄妹。请原谅我！"

十五年后玉英列席省政协会，已是省医院专家的黄轸来访。在会客室里，黄小心地从衣袋里掏出那张终于拒绝的简函，两人都不胜感叹欷歔！玉英的胞弟世品认为：黄轸才是二姐最恰当的爱人。她并非不爱他，而是未能冲出世俗的罗网。

终于，1943年，肖克礼出现在玉英面前。

大暑热，克礼工休两周，住进大梁子新城招待所。客厅对面另一单间，住着陈从碧的老母亲。几天以后，他们成了熟人。从碧常来看看娘，也认识肖了。一天，老太太问肖：

"听你的口音，是下江人吧？"

"我是东北人。"肖爽朗地回答。

"啊，东北是个好地方。老远的，嘟个到我们重庆来了？"

"日本鬼子抢占了东北三省，我随学校搬迁，到四川来了。"

……

原来肖克礼是东北大学经济系的学生，在四川三台毕业后，来到战时陪都重庆。几年工夫，居然协同几位老乡、同学，办了一所私营复仁银行，并担任老总。"应该是很能干的！"生活优裕、爱管闲事的陈老太这样估摸，她想到什么就说：

"嘟个没见家里人来看你，你太太呢？"

肖微微一笑："流浪在外，还没有结婚哩！"

"啊，三十过头了，还是个'王老五'，怪可怜的！——我帮你找一个！"

这位信口开河的老太动起了脑筋：看他慈眉善目，富富态态的，是个好人。一个流亡学生，几年间就创办一家银行，是个能人。"不错，就介绍我侄女！"她同从碧商量，经过她们细心观察和几次交谈，玉英跟克礼在留俄同学会餐厅见面了。见两人谈得投机，从碧母女俩就先行离去，看来这次，红娘不会挨骂了。

克礼十分欣赏玉英：甜美，坦诚，英才外露，是个女强人！

听从碧母女介绍，玉英已知道对方的外部条件，还得看看人——整个人的风采。经过一小时的交谈，第一印象不错：稳重，谦和，富泰，温文尔雅。特别是他那近似北京腔调的东北话，像有磁性似的，加以言语不多，得体，给人以深刻印象。

第二天下午下班前，克礼来到宏仁，邀玉英出去吃小吃，然后建议送她回宿舍，玉英没有拒绝。她是医院干部，住房很宽畅，约有二十平方米。两端都有宽阔走廊，弟弟来了，就在走廊搭铺。房间清洁，临江斜角铺床，妆台、书案、大衣柜，以及墙上贴的画，各就各位，恰如其分，既有知识妇女的儒雅，又带上点儿教会的洋味。相比之下，这位东北老乡倒有点土。而玉英似乎正是欣赏他这点土气，这意味着坦诚。

他们都相向靠近。克礼天天傍晚来一同消夜，星期天就一同到处游玩。

世品弟放暑假后来了，克礼邀姐弟俩到南山玩。他们爬上了老君洞，玉英还抽了一支上上签。出庙门，下行几十步，在三棵大松树间一块几平方米的摊位前吃炒面。下江味，世品没吃过，贵得咬人，一盘炒面，相当于馆子的两碗大肉面。风景区，摊主宰客。克礼连说："不妨事，让二弟品尝品尝。"可惜二弟当时没有在松树上刻上记号，几十年后，他们的儿子同舅舅再去玩时，已找不到当年吃炒面的地方了！

又一个星期天，克礼约玉英到一个希腊籍的朋友处去玩。玉英又带上世品一道。复仁银行一个同事已先到了，闲谈一会儿，就打麻将玩。起先是四个成年人玩，计筹码，输赢不大认真。一会儿，那希腊人用英语问克礼："Who is she?"① 克礼也用英语回答："She is my lover."② 他们以为玉英姐弟听不懂，其实高中学生的世品听得懂，心想：就已是 lover③ 了？还没有肯定哩！

英语对话后，就干脆叫世品单独打一方，克礼坐到玉英旁边抱膀子④。

从那以后，世品不再参加二姐同肖的游乐活动，毕竟不是小孩子了。

他俩是 1944 年元旦结婚的。婚礼很隆重，克礼为了显示他的能

①　她是谁？
②　她是我的情人（或恋人）。
③　lover：恋人，情人
④　抱膀子：即一旁当参谋，出主意。

力，特邀请东北的头面人物莫德惠证婚，东北大学校长臧启方主婚。玉英这边也拉了一个权势人物主婚。介绍人则由船舶公司那位高管的夫人陈从碧出面。在留俄同学会吃西餐，发请柬时即附上餐券，新潮而又洋气。

世品从国立十六中发来电报："敬祝婚后长康乐！"姐夫对这份电报很感兴趣，专门去信，请他寒假一定到复行来，还说："亲爱的弟弟，这里以后就是你的家！"

婚假中，夫妻俩搭小火轮去合川拜见父母。当时在合川女中教书的用宏老师对女婿很满意，岳母娘却听不懂女婿的东北话，只觉得老实巴交的，是个可靠的人。

宏仁医院关心玉英的领导人士，并不支持这门婚事。他们并非瞧不起肖克礼，而是担心他入关前在老家娶过亲。东北人，特别是大户人家，喜欢早婚，他们担心玉英上当。女校长曾表达过这个意见，奈何其时玉英已不能自拔。医院认为玉英辜负了他们的期望，也就没人来参加婚礼。

玉英感到很难堪，今后会不好相处，于是打了辞职报告，医院也没有挽留。已当了十二年白衣战士的玉英，脱下白大褂，当上了全职太太。

这时候，肖克礼对玉英说真话了：入关前，十八岁那年，他就娶了亲。妻子苏凤侣，财主家小姐，没啥文化，一年后，生了个女儿，乳名佩兰。克礼家还有爷爷、父母，入关后就同他们断了联系，不知现状如何……

玉英一听就炸了，天呀，真是结过婚！"你对陈伯母怎么说的？骗人！伪君子！"玉英又哭又闹。他们住三楼，连二楼办公室都听到"有情况"。茶房小宋听明白了，他当然不敢传扬，只静静地坐在新房外的小客厅里。

克礼一个劲地赔罪道歉："东北沦陷十多年了，几时打回老家去？一个大男人，孤身在外，难呀！一见英妹，就恍如牛郎见了织女，内心那个激动呀，实在难以言表……"

"我发誓，我会终身同你在一起，我是深深地、真诚地爱你的，任何情况下决不变心……"

玉英气急了，双拳在他胖胖的背上肩上搐、打，边打边哭。他让她搐，深情地看着她，眼里含着泪花。然后他搂着她，扶她躺下，冲了一杯蜂蜜水，一勺一勺地喂她。

三天，三天没有起床，头不梳，脸不洗，玉英哭成了泪人儿！

世品接到姐夫的长途电话，考试结束就立即赶回。玉英见到爱弟，凄然一笑，眼泪又流了出来，然后向弟弟哭诉……

世品已读高中三年级，年已弱冠，懂事了。他拔下自来水钢笔在手板上写了几个字："木已成舟。"然后平静地说：

"姐，此事已成定局，无可挽回了。关键是他真心爱你吗？"

玉英思量一下，点点头。

"这就好说。你现在第一不要张扬，就是父母，也不让他们知道。第二，你要坚强地站起来，没事人一样，该打扮的就打扮；该会亲朋的就照常会亲朋；看看电影，打打麻将，都可以，文娱活动嘛！

"孙夫人能容得下孙科母子，姐，你也该有这个度量。何况东北几时能收回，苏凤侣是否还健在，都是未知数，现在就不必过于计较了！"

嘿，你别瞧世品是个中学生，还颇有见解，一席话巴巴适适，把玉英心头的结子给解开了。

她真的振作起来，痛痛快快地洗个澡，叫小宋给喊来美发师，傍晚，穿上结婚时新买的皮大衣，由克礼陪着，带弟弟到留俄同学会吃

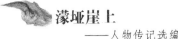
西餐。克礼满心喜悦，殷勤地用刀子、叉子给姐弟俩奉菜，一天乌云就这样随风飘散了，克礼才又精神饱满地投入到经济工作中。

当年端午节，儿子降生了。真是天大的喜事，是最值得庆幸的。克礼特致给他起个乳名——小庆，辈名汉星，像天上的星星降落在家里。

为了迎接孩子，克礼在通远门外捍卫路里端的荒坡上，修了一栋两室一厅厨厕俱全的简易平房，到处是野槐，风大，夏天凉快。玉英就是在这儿由世莹六妹接生分娩的。

有了庆儿，大大冲淡了有关东北老家的不愉快。玉英决心重出江湖，继续她的偶像——南丁格尔的事业。她设法同贾智爽老师联系，也试着找宏仁的老校长……在这关键时刻，复仁银行的内部矛盾激化，她只得又转过身来帮助克礼。

她产后仅仅休息两个月，就开始为丈夫奔波：找过她的主婚人——一位国府官员，找过著名女律师史良。奈何对方——复行董事长系某大学教授，本埠人，人脉四通八达，终于以一票之差掌控了复仁。克礼不愿屈居下手，愤然离开复仁。商场如战场。主要由克礼苦心组建经营的银行，竟然被人端了甑子！

全城放鞭炮，全国放鞭炮，日本投降了！抗战胜利了！国民政府将要迁回南京，外省人纷纷变卖财物，准备东下北上。克礼拥有的资产急剧缩水，抛售捍卫路那栋房子，半个月无人问津。几经努力才搞起来的一个小企，还未打开局面就宣告破产，债务缠身。这下子可真的惨了！

怎么办？好在玉英本来就准备回濛垭老家生第二个孩子，七月中旬已由世品到合川接母亲回家。现在不如让克礼也到农村走走，宽宽心，缓解一下压力。大弟弟世耀也站拢来，帮姐挑庆儿和衣物，从老路先到幺姨妈家小憩了几天，再翻过黄牛岗回到濛垭崖上老房子。

接连几天，邻里乡亲都来看望这最能干的二姑娘，看看第一次回门的家住天那边的乘龙快婿和那乖生生的外孙。乡亲们连声赞叹："幺娘好福气！幺娘好福气！"随后又是接连几天的团团宴。

这么和谐的氛围！这么优雅的田园风光！克礼也展开了眉头，淡化了烦恼，从而静下心来多方规划东山再起的方案。第二个孩子出生了，是个丫头，克礼给起个乳名——小宝。这是上帝给困难中的克礼送来的宝贝。这意味着克礼即将柳暗花明。玉英正想有个女儿，也很高兴，外婆、舅舅皆大欢喜！

经过这番养精蓄锐，克礼信心百倍地回到大城，按照规划顺利组建了一家"新中国公司"，并先后处理好各种债务，一身轻松地投入运营。玉英带着小庆来了，小宝留给外婆。虑能的八妹世行，商职学生，也来新中国公司当会计，并住在二姐家。世行聪明灵活，"肖哥"很欣赏她。

世耀送二姐回故乡之后，产生了恋家心理，没再回船舶公司。五年水手，三年舵工，就这样委之而去，可惜！他哪里知道，从海员工人到回家当少爷，是倒退！而倒退是要背时的。

玉英拖了两个孩子，丈夫又处境艰难，也就不忍离开他再找工作了。"就等一下吧，反正我是一定要重披白大褂的！"她这样告诉克礼。

国府东归，数以万计的官员走了；"中、中、交、农"等庞大的金融机构总部搬迁了；许多富商巨贾也买舟东下；重庆的市场急剧萎缩。"新中国公司"这家先天不足的小企业，业务清淡，已难以为继。在这种情况下，克礼萌生了回东北去的念头。

这时，克礼已同老家取得联系，知道爷爷、父母、苏凤侣母女全都健在。对于玉英，这已是老话题了。她已一百次、一千次地思考过，这是早晚会面对的现实，因此她不吵、不闹、不阻拦，只是自己一时

还不想去。她让克礼走，回去看看各方面情况，她再决定去留。"饿死的骆驼比马大"。重庆毕竟做过战时陪都，西南重镇，她不相信没有机会。

克礼跟重庆东北同乡会联系，臧启方校长给他谋得一个席位："东北善后救济总署"一名简任专员，已是最后一批了。1946年初夏，克礼怀着衷心感激和无限依恋，眼含热泪，登上了从珊瑚坝机场直飞沈阳的班机。

玉英处理好马家巷住所的家务，挺着大肚子，带着小庆，由世行妹送回綦江濛垭崖上。到家后，喊一声"母！"热泪涌流，投入老母怀抱。世上唯有妈妈好，母亲的怀抱是最温暖的。

"二妹，莫难过，肖哥不会丢下你几娘母的。我倒是希望你不去，我帮你带孩子。鸣珂走了，音信杳无，我就只有你一个女儿了，我们要永远在一起。"母亲拥着女儿，小宝过来了，小庆牵着她，并排靠在妈妈膝前。

离生第三个孩子的预产期还有两个月。闲来无事，玉英就同利时伯母她们打麻将玩。摸到一块"听用"，就高兴慌了；摸到兼具"财神""听用"功能的"砣砣"，更笑得打哈哈。每次摸牌，都满怀希望地喊："砣砣！砣砣！"以至后来二女儿小佑，又绰号砣砣，这昵称差不多喊到上小学。

世耀自来喜欢二姐，为了给怀孕的姐增加营养，他常下河摸鱼，搬开石头捉螃蟹。玉英儿时也会搬螃蟹，吃螃蟹，现在世耀天天去搬，她就天天吃，在母亲身边，这日子真舒坦。

七月初，生佑佑了。坐月子时仍间或打麻将。在农村，这就是最通行的文娱活动了。一晃半年，春节后，玉英想把孩子托给外婆、舅舅，自己进大城找工作。"别着急，佑佑还小哩，你的奶水好，自己喂，对娃有好处。你去挣那点钱，不够请奶妈。二妹你就歇歇吧，这些年你太累了！"母亲劝阻，玉英只好又留下来。

　　又收到克礼来信了，这次有大好消息：莫德惠已为玉英联系好工作，到沈阳医学院当护校校长兼护理部主任。这可是个实打实的职务，妇女嘛，以稀为贵哩！这工作对玉英有吸引力，面对苏凤侣的尴尬，退居次要了。玉英决定去。商量的结果是将小宝留给外婆，玉英带着庆儿和佑佑由世耀送到重庆。1947年旺春三月，虑能借一辆吉普车，同实习警官世璞送玉英母子到珊瑚坝机场。世璞抱着佑佑进入机舱，为母子仨安排好座位才挥手告别。

　　克礼到沈阳，相对较晚，摊位几已抢空，经莫老协调，最后以高级经济师身份到金融界做个挂名专员。克礼感到有翅难展，莫老说："挂就挂一下吧，也许还有机会。"

　　这天，克礼和父亲、弟弟都到机场接玉英。克礼动情地同玉英拥抱，玉英身上也升起一股暖流，分别一年，又相聚了！老爷子特别喜欢小庆，亲切地牵着他，叔叔则抱着佑佑。一行人直奔沈阳医学院招待所。学院院长已等在那儿了。

　　玉英母子被安顿在一套宽敞雅致的宿舍，三居室，底楼，阳台面对花园，园中已百花齐放，杨柳依依。爷爷还给佑佑雇了一个保姆，肖氏老家来的农姑，挺灵活的。小庆对她的东北话很感兴趣。

　　休息一周，玉英上班了，受到同事们的热情欢迎。这位白衣战士，又披上她洁净挺括的白大褂，戴上护士帽，穿上半高跟白胶鞋，英姿勃勃地进入她阔别三年多的哨位——她的单人办公室。这儿比宏仁医院规模大，设备更好，也更为气派。聪明而能干的玉英，可以大展宏图了。

　　这一周，克礼上班后都回到玉英处。夫妻情意绸缪，百般恩爱，以解相思之苦。克礼歉然地告诉玉英，他得两边兼顾，隔三差五还得到凤侣那边走动。并说，这个礼拜天，就要请她进肖家门，肖家的至亲长辈要热情接见这位能干的亲眷。玉英起先不同意，经不起克礼软缠硬磨，特别是肖父雇上马车亲自到医院来接，玉英只好带着两个孩子去了。

　　接事先约定，玉英喊凤侣"大姐"，凤侣叫玉英"二妹"，佩兰和小庆都叫对方"妈妈"。克礼的爷爷八旬已过，身板还硬朗，特别喜欢这曾孙汉星，灰白的胡茬，刺得小庆呵呵直笑。

　　当时应付过去了，回学院后，玉英感到无比委屈，捧着父母的照片泪如泉涌。"母呀，女儿的命好苦啊！父呀，你还在合川二中，该回家了！……父母呀女儿上当了，成了代战公主了！"玉英嘤嘤啜泣，又不愿让保姆听见，只好钻进被窝里。

　　第二天傍晚，克礼来了。玉英又控制不住，逼他跟苏凤侣离婚。克礼只是再三告罪，请她原谅！

　　八十多岁的爷爷来到玉英处，诚恳地请玉英宽宏大量："孩子呀，我们辽阳肖家也是大族，方圆百十里，几十家人哩！你要三娃（克礼）休妻，凤侣的脸往哪儿搁？会逼出人命的。你是书香人家，大舜也有娥皇、女英，琴瑟和谐，你要有容人的雅量呀！孩子，算我老头子求你了！"

　　玉英还能怎么样呢？只好妥协，纵然委屈，也不能不为别人着想，何况肖家两辈老人都这么看重自己。

　　她的心情从家庭困境中解脱出来，一股脑儿放在工作上。她开始看电影，带孩子游览清王朝故宫，开展社交活动，工作上也兢兢业业，在护教和护理领域，都有所突破，赢得广泛赞誉。庞大的四川同乡会特选她为常务理事，成了沈阳妇女界的知名人士。当时她才三十二岁！

1948 年 3 月，第二个儿子出生了，克礼给起名汉光。两儿两女，玉英已实现了她的愿望，甚为高兴。崇尚三多①的肖府，自然皆大欢喜，爷爷还炖好鸡汤亲自给玉英送来。

1948 年 10 月，东北野战军攻占了锦州，长春也随即解放，眼见大军即将合围沈阳。玉英想：如果沈阳也像长春那样，长时间被围困，三个孩子可就惨了。因此萌生了回四川的念头。当然，家庭中困扰她的那种三角关系，也是主要推手。夫妻情爱是有独占性、排他性的。她无法接受丈夫身边还有另一个女人，走吧，图个清净，图个安宁。她对克礼讲："回四川躲一躲，以后再看形势怎样发展吧。"

学院一位年轻的医生再三挽留她："陈校长，你的工作，你的为人，有目共睹。沈阳解放后，共产党会珍重你的。他们进城后，需要建设，需要高端人才呀！……"

玉英惊奇地看着他："咦，难道他是？……"她为他的劝阻动过心，无奈那边有个"王宝钏"，让她丧失了理性，在最关键的问题上做了错误决定。

玉英犟起要走，克礼是阻止不了的。那时候，沈阳已没有直飞重庆的航班。她带着三个孩子于十月下旬飞到天津，再坐船到上海。这时三姐一家早已返川，玉英好不容易才买到重庆船舶公司回四川的船票，还只能睡甲板。十一月末，世荫大哥在朝天门码头的难民堆中找到这四娘母。玉英一见大哥，哇的一声就哭起来。世荫百般劝慰，把她们接回南岸自己家中。休息几天后，还是世耀来接他们回到濠垭崖上。这时父亲已从合川二中回来一年多了，在家乡私立思齐小学当校长。一年多不见，小宝长高一些了，世耀也娶了亲。阖家团聚，玉英

---

① 三多：即多福、多寿、多儿子。

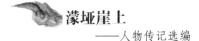
忘了一路艰辛，充满幸福感。母亲尤为高兴。

玉英离开沈阳妥当吗？三十年后，她的大儿子汉星评议说："这是妈妈生平最大的一次失误。共产党是看重她的。挽留她的那位医生，沈阳解放后就成了进驻医学院的军代表，会亏待她吗？爸爸的日子也可能相应地好一些。至于苏凤侣，共产党是反对多妻制的，那时我爸只能按政策同苏解除婚约，并承担生活费用。苏也不会再认为是'休妻'，自然也就不会出人命了。可惜呀，一着失误，全盘皆输！"

1949年元宵节刚过，玉英带着星儿进大城找工作。她先找到骆鸿。洋博士眼科专家骆鸿教授，在重庆这十里洋场，不管官场、市场、中国人、洋人，他几乎都有门道。他无党无派，不投不靠，不得罪任何人，凭精湛的医术赢得人们的尊敬。他对玉英，从心仪到珍重，成了彼此相知的朋友。骆博士听了玉英求职的简述，略一思谋，便欣然道："你是教会医院出身，对西洋宗教不反感吧？我介绍你到窑瓷街基督教群乐会堂去。那儿有座教堂，有一位年过半百的程牧师和几个普通员工，干一些社会福利方面的事。前几天，程牧师托我帮他找一个副手，你愿意去吗？"

"我不是基督徒呀！"玉英有点儿担心。

"并不一定要是教徒。如果你愿意入教，他当然也欢迎你啊！"骆明确地回答。

"莫非你？……"玉英好奇地问个半句。

"……"骆诡秘地笑而不答。

玉英带着孩子去了。工作很轻松，工资按实物计算，比较优厚。玉英把程牧师当叔叔，让星儿喊他"外公"，关系处得很好。其后，世耀把佑佑和小毛（汉光）送来了。外婆不让把孩子全部带走，留下小宝陪她。

玉英安定下来，工作量不大，闲暇时就细心教育孩子。有时也到玉堂伯、世荫、世楫、世安、世荃等姊妹处走走，日子倒还好过。她把情况写信告诉克礼，她非常关心沈阳解放后有关他的情况。克礼来信了，全说的好话，可又不具体。玉英半信半疑，总有些担心，却又没有别的办法。这时，她偶尔也有些儿失悔："两个人在一起，遇事也有个商量嘛，唉！"

群乐会堂的日子平平淡淡，可也稳定安全。外界物价飞涨，风声鹤唳，对会堂的冲击很小，因为教堂是洋人的！玉英母子就在这世外方舟迎来山城解放。

山城解放两个多月，城外明仁中学发生了洋校医打就医学生耳光的事。已经站立起来的中国人民，岂能容忍帝国主义分子如此猖狂！明仁的学生会联合附近几所学校举行抗议游行；重庆学联为此举行记者招待会；学生家长向军管会法庭正式起诉那个洋人。法庭判处那个侵犯人权的 F 国医生三个月拘留，期满后驱逐出境。

军管会做出相应决定：F 国在渝机构由人民政府接管；善良守法的该国公民留去自由，留下者仍将受到保护。

城内通远门附近，有一家 F 国医院——慈爱堂，属接管之列。军管会派开明专家骆鸿教授任代理董事长，负责接管该院及安排照常运营事宜。骆上任三天，就力荐聘请陈玉英为慈爱护校校长兼医院护理部主任，入十六级干部序列。玉英欣然受聘，举家从群乐会堂搬进慈爱堂。

骆董和玉英主动接触留下的 F 国医生和修女，鼓励他们安心工作，并表示对他们决不歧视。这些人也就安下心来，而工作又都是好样的。

两个月后，一切就绪，上级派来了军代表，骆董也就撤走了，当他的光明使者，筹办宗教界"三自"革新的大事去了。

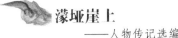
当年七月，慈爱护校要招两个班学生，玉英请正在市中学教师暑假培训班学习的世品弟出的考题。利时大伯的三女儿明远顺利考进护校。

一天，玉英从报纸上看到一条消息：东北招聘团到重庆。在骆鸿的鼓动下，她去填了应聘文书。招聘团看了她的简历，极为兴奋："你是专家级的应聘者了，我们热忱欢迎！"玉英立即给克礼发了快信，心想：他一定高兴极了。她这边也在做一些准备，并动员母亲同她一起去东北。大城里濛垭子弟全都积极支持。

十天后，克礼先后发来两封电报："缓行，请看随后信件！"又过十来天，信到了。克礼讲：朝鲜战争已经打响，中国决定参战。东北形势紧张，美军随时可能打过鸭绿江。叫玉英暂时缓行，看形势怎样发展。玉英应聘的事只好搁下。而到朝鲜形势呈现胶着状态，东北人心已逐渐稳定时，招聘团早已撤走了。

这事还是汉星评得有理："这是我爸的一次重大失误。他不了解二战后两大阵营势均力敌的形势，美国政治家们不会为区区李承晚冒第三次大战的风险。"

可叹啊，好事多磨！

1951年春节后，世品送母亲和小宝到了慈爱护校。四个孩子都到齐了，世品给两个甥女起了学名：大妹名汉芳，小妹名汉熠。孩子一大帮，需要人料理，外婆就留下来了。

1951年下学期，慈爱护校从医院剥离，迁往长江边居高临下风景优美的新址，更名西南卫生部直属护士学校。专门办学，任务单一了，担子却更重了。卫生部卢部长坦诚地告诉玉英："领导部门很赞赏你。许多干部还是供给制，你十六级干部工资照样。好好干吧！领导信任你，群众欢迎你。"

"直属护校"，好硬扎的牌子！玉英继任职沈阳医学院之后，攀上又一座高峰。不容易啊，从勉强算是小学毕业起步，护士—护士长—主任—护校校长，一路走来，现在也才三十五岁！

军代表是一个小姑娘，二十岁左右。她主要负责下情上达、学生管理，全面负责的是校长，玉英听懂了卢部长的话，深受鼓舞，宵衣旰食，勤勤恳恳地工作。她时常征求军代表的意见，小姑娘也热情爽快，有话就说，共同商议。教务主任程灵芝，医科大学毕业，有丰富的专业知识。这时，直属护校没有共产党员，她们仨就是领导核心，合作得很好。

玉英红红火火春风得意的时候，万里之外的夫婿肖克礼却很狼狈。

沈阳解放后，有"简任专员"身份的肖克礼，未获留用，没遭关押，被遣散了。

观望了一阵子，他同几个朋友搞了个小企，克礼任经理。资金少，经营项目也少，很不景气，只能勉强维持。人民共和国诞生，人人向往北京，1950年秋，一位大学同学介绍克礼到北京一所财经学校教银行会计，工作稳定，待遇也还好。克礼以为从此走上坦途，心情也逐渐开朗了。

工作了一年多，"五反"运动展开，沈阳那个小企，竟然调克礼回去清算、斗争，以为他曾是简任官，有挖头。七斗八斗，挂黑牌子，疲劳轰炸，用各种方式，动员他坦白交代。原来挂职的那个金融单位，也参加进来，更说不清楚了。老家经过土改，无力帮助他。苏凤侣的首饰和多年的私房钱都贴上了，才放了人。几个月下来，克礼心力交瘁，再去北京时，财经校教师职位已被取消，克礼陷入进退维谷的境地。

这时，他曾动念重返四川，同玉英母子团聚，想呀，想呀，掏心窝地想！转念自身如此潦倒落泊，出于男人的自尊，又自惭形秽。五弟肖义再三动员，并资助路费，他仍下不了决心。终因元气大伤，在1951年一个风雪之夜，客死在一鸡鸣小店，身旁只有五弟一个亲人！

克礼当时是应该振作起来重返四川的，凭玉英那时备受青睐的处境，给自己爱人找个工作实属轻而易举。如果这样安排，克礼不会英年早逝，玉英后来也许也不会挨批斗。

玉英由于工作积极，成绩显著，西南卫生部送她到北京卫生部去培训半年。造化就这样捉弄人，为什么没早去一学期呢！?

玉英已一年多没接到克礼来信，她一到北京，立即同锦州肖义联系，肖义立即赶来，一见面就泪如泉涌："三嫂呀，你今天才来呀！早来半年，三哥就有救了……"

玉英得知亲人已去，不禁号啕大哭，由沙发上哭到地板上，差点晕过去。肖义请服务员送来一杯蜂蜜水，共同把玉英扶到沙发上。歇了一会儿，肖义又缓缓地向嫂子介绍有关情况：

"最感人的是三哥对你们母子的思念。他常常面向西南方一声声呼唤：

——玉英呀，你还来东北吗？招聘那阵子，我不该阻止你们呀！

——庆儿他们好吗？——该上学了。他们乖吗？听话吗？

——玉英，我亲爱的二妹呀！我朝朝暮暮想你呀！我还能见到你们吗？"

……

玉英边哭边听，肖义再补充一句："直到弥留之际，三哥仍断续地呼唤着你们！"他也不禁哭起来。

第二天，肖义陪嫂子到德外郊区张作霖二十年代购置的"东北人公墓"，给三哥上坟。枯木，荒草，野兔，坟茔，令人倍增悲怆。玉英径自跪在坟前，喃喃诉说……

玉英是挚爱克礼的。她爱克礼有一个过程：开先，有一些功利成份；其后，因凤侣而淡了心肠，才衍生出只身（带着孩子）回四川一幕；而在久别之后，克礼的真诚、憨厚、忍让与宽容，一千多个日夜夫妻生活的缠绵缱绻，又如丝如缕地不时涌上心头，斩不断，解不开：她这才明白，内心深处是挚爱克礼的，而偏偏这时克礼却倏然长逝!!

玉英喃喃诉说，泪如雨下，良久，才黯然站起。

培训结束后返渝，玉英对孩子们简述了爸爸的情况，并告诫孩子们："你们已是死了父亲的孤儿，要格外发奋，好好做人，不给爸爸丢脸，不给妈妈惹是生非!"孩子们都含泪点头。玉英迅速调整好心态，又振奋精神投入到医护工作中。

随着西南大区撤销，直属护校又将改换门庭。在院系调整时，医护学校也有所调整，直属护校并入普仁护校。

普仁护校规模大一些，建有共产党支部。年轻的韦书记是一号领导人，还有一名袁副校长，分管教学，陈玉英担任行政副校长。

三个领导成员合作得很好。玉英担子轻了，丧夫之痛已逐渐淡化，大的三个孩子都已上学，家务有母亲安排，保姆张克兰也很巴适。家庭人口多，开支大，好在工资高，物价又平稳，小康生活还是不成问题。

在直属护校时，玉英曾向卫生部递交入党申请书，卢部长对她勉励有加。普仁的党支部看过部里转来的有关材料，也较重视。其后调齐她的档案，并派专人到相关地点调查，发现情况不妙：个人经历和社会关系都比较复杂，尤其有那样一个丈夫！向上级组织汇报后，此事就搁下来了。但上头关照：新中国成立前陈在医护界做过许多有益于人民的事，新中国成立以后又有积极表现，对这样的干部，组织上

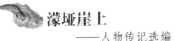
要关心，要爱护，要做好团结工作，再看其后的发展。

袁校长，医科大学毕业，基础扎实，是真资格的女专家。已过而立之年，不谈婚嫁，一心扑在工作上。经支部培养，合校一年，就被吸收入党。这时韦书记已被正式任命为普仁护校校长。

春节快到了，韦书记代表学校给陈副校长送去人民币 100 元，说明她上有老，下有小，家庭负担重。这份春节贺礼表示组织的关爱。

玉英很感动。她知道韦、袁两个的工资大约才 80 元，而自己要比他们高两级。这份春节贺礼，玉英年年领，直到 1958 年。

袁校长入党了，玉英心头有一种失落感。她用口琴吹起《你是灯塔》的乐曲，眼里含着泪花。

程灵芝在普仁还是原职。她很本分。她是基督教徒，程牧师的妹妹，能被陈校长聘为慈爱护校的教务主任，三易其校，而她这个位置却安然不动，她知足了。几年来，她从不张扬，少言寡语，踏踏实实做事，教务工作干得有章有谱。

同程灵芝比起来，玉英似乎缺乏自知之明。上进之心，人皆有之。入党缘于信念，把它当成一种时尚，就含有私心杂念了。其实，她应该学习程灵芝，少一些幻想，老实巴交地搞好本职工作。

1955 年秋季，普仁护校搬迁到文北区，更名文北护士学校。

玉英仍然任行政副校长。住在教工宿舍，两间房。外婆大妹一张床，女佣张克兰一张床，住第一间；两个男孩一张床，小妹同妈妈一张床，住第二间。檐边置炉灶。条件比普仁差一些。

到文北区当年，区里就选陈副校长为区人民政府委员，国庆观礼被请上主席台，其后还安排她列席省政协会，宿舍也搬到一家独院了。这些举措，使玉英意识到自己已被当成统战对象。农工民主党一位市委委员两次造访，动员她加入农工，她答应了。迈出这一步，给人造成"不甘寂寞"的印象。

这时，有人想给她找个伴侣：地师级干部，四十出头……她断然谢绝了。近年来，她对自己的婚恋历程多次反思：怎么除邱仲乾一人之外，涉及的都是二婚呢？而且，包括克礼在内，都没有热烈地爱恋过。玉英非常羡慕蠢园的柳姑，正因为她拥有一个什么都比自己强的丈夫，日子才过得那样舒坦。他们那个时代，不少这种情况。而现在，要找那样的男人，八成都比你年长，并已先有妻室。同黄轸的初恋是比较单纯、比较真挚的，但他并不比我强，而且已有一个包办的小媳妇，只能遗憾地分手！后来同克礼，相识不久，相知不深，就走进婚姻的殿堂，不就是被他那个"银行老总"的招牌、大腹便便的仪态吸引了吗？我们后来真心相爱了，但是磕磕碰碰的，而不是水乳相融的……

算了吧，强烈的虚荣心，世俗的婚姻观，使我吃尽了苦头。我已经找了克礼，就不会再找第二个。四个孩子就是克礼生命的延续！

成了正儿八经的民主人士了，1957年上学期，区统战部送玉英到市里民主党派政治学校。这里正分期分批组织成员学习，并帮助共产党整风。

开初，组织者并未把她当成"蛇"，也并未引她"出洞"，她不是既定目标。她自己也是向党"交心"，并非存心攻击党。

她在叙述自己身世时，谈到丈夫早逝，婚姻生活只有五年，就拖着四个孩子孀居，"我的命实在太苦了……"说到这儿，禁不住低声抽泣。

她觉得普仁党组织对袁校长开门，对她关门，未免不公平。她小小心心地问："这算不算搞'宗派主义'呀？"

学习期间，她发言并不多，可算小心谨慎，其实已经够格了！

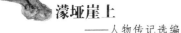
当年国庆节，她仍然坐在观礼台上。大儿子汉星考进初中，成绩突出，表现良好，被选为少先队大队长。国庆游行，少先队队列走过主席台时，汉星英姿勃勃地高举队旗走在最前头，母子俩都面带微笑。

春节前，陈副校长再次收到领导送来的慰问金，而这时，对于她，已是"山雨欲来风满楼"了！

春节假结束的第二天，玉英照例到学校料理一下工作。走进大校门，就看见挂在两棵槐树间的巨大横幅，白底黑字："把大右派陈玉英揪出来示众！"瞬间，操场上大群留校师生也喊起同样的口号。轰……玉英像挨了炸弹，摇摇晃晃，瘫倒在操场边。

陈被抬进一间教室扣押起来。一学生会干部派人通知家属送卧具送饮食去。外婆听到这个消息，一下子懵了，颓然倒在躺椅上，一群孩子手脚无措。

世品的爱人福蓉是二姐在普仁时给介绍的，是该校妇产科教师。世品的家就在文北护校教工宿舍。寒假期间正好在家，听到情况，就过来看看。

他已粗略地看了几十张大字报，主要是这几个问题：（1）资产阶级思想严重，一心一意往上爬，有政治野心。（2）想混进党，捞取政治资本，没有得逞，反而攻击党搞宗派主义。（3）丈夫是国民党高官，新中国成立后被遣散，"五反"运动中又挨批斗，运动过关以后，自己病死。陈却满腔怨气，借帮助党整风之机哭诉鸣冤。

世品凭半年前参加江津专区中学教师集中反右的经验，认为玉英姐已过不了这一关啦，也许划不上"极右"。

他劝慰老母和孩子们不要惊慌，立即送卧具去，定时送饭食。扣押几天就会回来的。运动过后，校长当不成了，但不会开除，更不会坐牢。他轻言慢语地给母亲及外甥们做思想工作，并进行心理疏导。

三天之后，经过几次批斗，果然让她回家吃、住，上班时到学校监督劳动。大约两个月，结论下来了：资产阶级右派分子。撤销副校长职务，工资降三级，送石桥铺机关农场劳动、学习，以观后效。

"硬是被戴上右派帽子了！"世品连声呻唤，"唉，我的二姐姨，你真是'自己跳出来的'呀！"

从此母亲的生活费由世品负担，姐降到十九级，跟他同福蓉同级了，但世品是双职工，有个拉扯。张克兰再婚后，就住在河东，听到消息，立即过来看外婆。直属护校—普仁—文北三朝元老的老厨师邓师傅也来安慰外婆："老太太呀，陈校长是好人，我们工人了解她。无非爱攀高枝，出风头，这点小毛病，会改过来的。"

开学以后，文北初中少先队大队长换人了，肖汉星靠边站。

历来品学兼优的大妹汉芳小学毕业，没让上初中，分她到纺织厂工业校；第二年秋，小妹汉熠也同姐姐一样，被分到药厂工业校。她们都是半工半读。

小毛汉光才十岁，仍然继续上小学。

一个星期天，世品去看望母亲。他把四个外甥叫到身旁，柔声问道："孩子们呀，懂不懂妈妈是怎样挨起的？"

大的两个齐声说："我们正想听舅舅讲一讲，给我们指明方向。"

舅舅把小汉光拉到膝前，动情地说："一个十六岁纯洁得像一张白纸的姑娘，就让亲属虚报年龄学历送到M教会办的洋医院当护士，从此穿上白大褂，一干十二年。近墨者黑，在洋领导、洋同事、洋规矩的熏陶下，染上点资产阶级的思想、观念、做派，奇怪吗？"

大的三个都连连点头，小毛也似乎听懂了一些。舅舅接着边叙边议："连小学毕业都还差三个月，在宏仁护校当学生的两年，又是劳动多、读书少。就凭这样一个基础，拼搏摔打，居然二十二岁就当上川西某实验医院的护校校长兼护理部主任。其后在沈阳医学院，新中国

成立后在慈爱堂医院也是这两个职位双肩挑。没有强烈的上进心行吗?"舅舅歇一歇,抿一口茶,又接下去:

"上进心和虚荣心是双刃剑的两面,看你怎样舞弄。客观形势变了,仍弄老一套,能不栽跟斗吗? 她缺乏自知之明,那样复杂的经历,那样的一个丈夫,就不宜争取入党。如果合校后就收敛自己,安分守己地工作,就不会出事。但她生性张扬,平静不下来。

"本来有话就要说,有情就要表,是人的一种本能;但她不该在那种场合哭诉。什么叫宗派主义,她确实弄不清,不懂的就更不能乱说呀!"

舅舅无奈地叹息一声,又关照孩子们:"不要过于责怪你们的妈妈,她不过是个'小资',是可以改造过来的。你们受到连累,是规则问题,不关她的事。你们要想突出'右派子女'的围城,就得好好学习,天天向上,这是最重要的!"

一个学年后,玉英从机关农场回到文北护校。被派到实验室打杂,实验员、勤杂工的事都干。回家同老母和孩子一起,心情好多了。

1960 年,大儿子汉星由于政治表现良好,竟然升入高中,全家人都喜出望外。大妹也在纺织厂工业校毕业,留在厂医务室,开始领工资。

1961 年,在举国"甄别"的情况下,玉英减轻为"揭帽右派",待遇有所改善,被派到近邻文北区医院干护理工作。1962 年,文北护校合并到杨家坪重庆市卫生学校,职工去留随自己。多数人(包括福蓉)合到市卫校。玉英感到跟老同事们不好相处,仍留在文北区医院。文北区医院没有拒绝,也并不特别歧视,"文革"期间对她也较宽容,玉英没遭到特别的折磨。住房早已从宽敞的校长宿舍搬到简易平房,同"三朝元老"老工人邓师傅近邻,得到他许多关照。

这期间骆鸿教授来过，再三安抚鼓励。他是宗教界代表人物，没出问题。

汉星一路绿灯，1963年考上大学，后来夫妻俩都成了大学教授。

大妹汉芳，绣球打中一个汽轮机专家，早已离开文北，夫妻一起，生活甜美。

小妹汉熠，夫妻俩都是产业工人，丈夫后来成了分厂副厂长。

小毛汉光，1964年初中毕业当了知青，受听力不好的影响，多次知青招工都未选上，知青八年，1972年才返城，在文北区一家街道机修厂找到一份工作，后来成了厂工会干部，同一个聪敏美丽的姑娘缔结良缘。

外婆成分不好，1964年被送回綦江农村，一住八年。七十六岁了，困难太大，才让她回到女儿处。归来时，适逢小毛返城，小妹坐月子，三喜临门，全家都很高兴。外婆身体已严重亏损，住院治疗，也毫无起色，硬是死在爱女身边，遂了她的心愿。

老母辞世，儿女也各得其所，玉英了无牵挂。好在一年前已经退休，于是她打算外出投亲访友，游山玩水，减一减十几年的重压。

第一站，她选了江南水乡——苏州，大儿媳的父母住在那里。亲家俩对她都很热情，很尊重。她早出晚归，遍游苏州名胜古迹。像飞出樊笼的云雀，顿觉心情舒畅，热血奔流，巴不得重新披上挺括的白大褂，重返当年那双肩挑的岗位——人们呀，这是她的野心，还是她的秉性？

下一站，她到了上海，住在世莹六妹（已逝）的女儿谦幼家。小两口把姨妈当做娘。她们共同弄吃的，暇时就陪姨妈满上海玩。玉英曾两次路过上海，都很紧张匆忙，这次才得以轻松漫游，深感上海好大！中国好大！

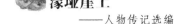
最精彩的是到了杭州。金波门外住有一个家乡的表弟——世品的挚友祝新。夫人宝敏，原是綦江师范多才多艺的学生，是世品给牵的红绳，现在有一双儿女，理想的四口之家。玉英去了，说明想多住些日子，帮他们管家、做饭，自己交一份伙食钱。两位中年白领，整年忙忙碌碌，现在由二姐管家，他们吃现成，都由衷的高兴。

他们每天早上在湖边舞剑，打太极拳，然后吃头一天就备好的早餐；中午搭公交车回来或不回来；晚上才是重点，菜肴丰富一些，有时还喝一杯甜酒。空闲时就到处观光，星期日，主人常陪她畅游西湖及杭州的名山古刹。杭州太美太可爱了！几个月来，玉英心情舒畅，年轻了，开朗了，几乎忘记头上还有一顶紧箍帽。

玉英在杭州待了半年多，入冬了，大儿子汉星特地赶来，把她接回重庆。

十一届三中全会后，全面平反冤假错案，给右派分子彻底揭帽也提上日程。玉英的平反工作该由重庆卫校来做。落实政策的经办人到了文北区医院，一见面就亲切地喊一声"陈校长"，随后热情握手。坐下来后，先向陈传达了文件，递上平反通知，并深深鞠躬，代表组织赔礼道歉，然后听取陈的意见。玉英见平反这么认真，没留任何尾巴，又这么热情有礼，已喜出望外，一时想不到提什么要求，就高高兴兴地签字认可。这么一件大事，不到一个钟头就顺利完成了。

大儿子汉星从江油赶回来，事情已经办过了。一经询问，才知道有几件重大事项没有落实：她应该恢复副校长职务！应该恢复原工资级别！应该把受牵连最大的小儿子汉光安排到国营企事业单位！你不答应我就不签字。"妈妈呀，"汉星着急惨了，"这么多要紧事都未落实，你怎么就签字了呢？"

随即汉星以儿子身份到市卫校和市卫生局反映，提出补充要求。两级主管人认为当事人已签字同意，此案已结，就虚与委蛇，不了了之。

玉英倒过来劝汉星："儿子呀，官位、金钱，身外之物，我已看淡了。一个退休老太，十九级工资够开销了。倒是小毛，在机修厂街道企业，我不满意，提出来了。他说：'仅仅初中毕业，到卫校只能当勤杂工，不比在机修厂技术性强。再说，你儿子走远了，媳妇怎么办？'我就没坚持了。"

从此，玉英除适时旅游外，把精力转移到培养孙子上。时而淄博，时而汉旺，时而小弯，以仍留陋室同幺儿一家生活为主，充分发挥奶奶、外婆的作用。

沈阳的佩兰姑娘，青年时留学朝鲜，毕业后回国，在沈阳一所大学任教。八十年代夫妇俩都是教授。她同汉星弟经常书信联系，对玉英妈妈的为人非常敬佩。仅仅五年夫妻，丈夫早逝后却誓不再嫁，尤为难得。足见她对老爸爱得专一，爱得深沉。苏凤侣去世后，佩兰主动来信，亲切地称"玉英妈妈"或"母亲"，并于1988年万里迢迢来渝探视。事前约好，弟弟妹妹，四对八人无一缺席。这次探亲之行，使古稀老人甚为欣慰。

九十年代后期，佩兰带着丈夫又一次来渝，给老母补祝八十寿辰。从此，他们姊妹间经常函电往来，汉星还带着妻儿去辽阳寻根祭祖；后来兄弟姐妹四对加上一个静姝同去沈阳拜见大姐夫妇，然后去北京德外东北人墓园扫墓。中国人嘛，

儒家文化熏陶，就是这么回事。

1996年仲夏，风和日暖，万木争荣，玉英老人已寿比太公渭水春

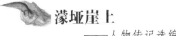

秋，还身板硬朗，思虑周详。四家孩子都聚齐了，主张给她办一堂争气寿宴，面宽一点，酒席丰盛一点。老太却不以为然："'争气'，你们好好工作，报效国家，那才叫争气。就是几家至亲，平常酒席，欢欢喜喜地聚一聚，那就甚好。"

儿女们遵从母命，八旬寿庆就在一家中级餐厅低调举行，却洋溢着亲情。

就近两家亲家来了，两个舅舅都全家来了，当年常到群乐会堂走动的亲戚介平也从成都赶来了！玉英老人又庄严地穿上她洁净挺括的白大褂，左胸别一朵大红山茶花，佩着上书"八旬寿星"的红缎带，薄施脂粉，脸上堆满笑容。

寿宴含晚餐，客人不能早退，于是酒酣耳热之后，有的打麻将，有的玩扑克，有的遛街、逛公园，各随其便。18点准时晚宴。

世品、世璞兄弟俩，还有远客介平，陪寿星佬坐在满目松竹、南风送爽的阳台上品茗闲嗑。良久，宾主尽欢而散。

子女成材，家庭和美，国家的大政方针深得民心，饱经沧桑的玉英老太知足了，从此安居陋室，参禅悟道。年八十有五，因急性心肌梗塞辞世。

第三章　跟上新时代

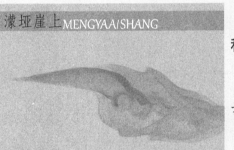

经历十代人的演变，濛垭后代分化成三种成分：

（1）农民及手工劳动者，"世、永、兴"三辈，发展情况较好。

（2）出身不好的学生及小职员，迅速跟上时代步伐，融入新社会。他们的子女有的进入精英行列。也在"世、永、兴"三辈。

（3）留在农村的剥削阶级分子及地富子女，已是极少数，后来都成了普通村民。

"陈老黑"

—— "老黑" 不黑， 勤奋一生， 心安理得

綦江北毗连新盛的正自乡伏龙村，有一户叫沙台子的农家，山环水绕，风光旖旎。临解放那年，老农陈毓炎年已半百，四儿二女正当青春年少，个个身强力壮。自耕十来亩田土，虽然辛苦，倒也不愁衣食。

子女六人中，要数二儿子世华最机灵，少年时读过几年私塾，算得上家中的"文化人"。赶场天，兄妹们在农贸市场卖鸡鸭蛋、小菜，他却窝到书报社看报纸、图书。能懂多少算多少，有时就去找也来赶场的私塾老师请教。如此日积月累，别看他是挓泥巴的农家小伙，肚子里却装着许多"墨水"，抗战呀，世界大战呀，国共战争呀……他比一般人知道得多。

他十九岁那年冬天，解放军沿川湘公路从南川万盛打扰綦江，留下若干军政人员，大军继续北上重庆，渝南重镇綦江县宣告解放！

不到一个月，綦江全县建成六个区：新盛场属一区——城郊区；正自乡属五区——三角区。区里随即派一名排级干部张庆瑞驻正自乡，接管乡政权，开展工作。

张队长抓的第一件事，就是组建征粮工作队。一批农村青年和在读中小学生如世华、国华、宗宪、宗棠又踊跃报名参加。经过筛选，一支二十来人的工作队组成了。经过思想教育和简单的军事训练，一

个多月后就分组进村，向大户征粮，组建农民协会……

学生队员中，多数家庭出身欠佳；农家子弟，又文化偏低。世华出身自耕中农，又有相当于初中的文化程度，在工作组中立场鲜明，纪律性强，点子多，工作效果好，因此被推选为县人民会议代表①，开过会之后，又送到专署培训，三个月培训期满，分配到三角区当区干部。

正自乡工作队完成特定阶段的任务后，张庆瑞队长调二区——东溪当区长，队员中一部分成了脱产干部，有的当小学教师，有的担任乡或村的农协主任，也有少数人因各种原因回家去了。

世华到区公所不久，烂田嘴中心校新来一位校长，听说是濛垭崖上的。对了，他原本在正自乡的思齐小学，带领农民秧歌队到区上来过，还在区政府操场表演秧歌，是个人才哩！听说是个大学生。唉，多半家庭成分不好，算了吧，别去找他了，免得招惹麻烦。

后来，世华多次听到徐指导员夸奖陈校长，又听说他的父亲也在三角教书，想来没得问题，正想去结识他，他已调走了。真是，缘分未到，失之交臂，这一失误，使兄弟俩相见推迟了近半个世纪！

1951年秋，綦江开展土改运动，世华奉命驻彭香村任工作组组长。村里有一王姓大户，丈夫在外头工作，学生出身，出门早，乡下没有什么民愤，就不用调他回来了。妻子吴△仪②中学学历，还不到三十岁，新中国成立前是全乡有名的大美人。三角王氏虽是大家族，吴△仪母子三人可是单独立户，她是当家地主，清算是必要的。斗不斗她

---

① 不是其后行宪时的人民代表大会。

② 吴△仪：原名记忆不详。

呢？工作组（含农协干部）反复商量，按"低档"对待，算清剥削账，打掉地主太太威风。

工作队交代完政策，她主动交出银元 80 个，金耳环一对。再三动员，她说："没啥值钱的了，绸缎衣料，高档家具钢丝床、玻砖衣柜等，农协都已搬走了。"但她家女佣反映，太太还有金项链，金戒指。吴不承认。这就不老实了。

工作组就提高斗争档次，采取惩罚性措施：让她晒太阳。

五月份的大晴天，正午时分，烈日炎炎似火烧，一个细皮嫩肉的地主太太，站在大石坝用石灰撒成的圈圈里，没伞，没扇，没水，够难受的。

半点钟，一点钟，两点钟，美妇人大汗淋漓，脸颊绯红，张着嘴巴喘气……渐渐地支持不住了，摇晃了一下，倒在石坝上。

农会会员把她抬开，灌她一口凉茶，待她醒过来，又让她站进圈内暴晒……

当天晚上，工作组研究情况，斗争如何深入，村农协主任开玩笑说，"老陈动了怜悯心了吧，多乖的婆娘啊，连我都不忍心。""去，去，别乱开玩笑，咱们在开会哩！"老陈板着脸招呼。那主任伸一伸舌头，不再嬉笑了。

第二天上午，正要叫吴到地坝去，吴就主动交出一挂项链，一枚硕大的金戒指。她小小心心地说："并不是我顽固。这戒指是订婚时他家给的，项链是我娘家唯一的陪嫁，对我有纪念意义，我舍不得。回头一想，花的这些钱原都是剥削来的，现在都退出来，望宽大处理！"

她说的倒也是真情，经过研究，世华组长回区上做了汇报，决定让吴△仪过关。

土改结束，她丈夫回来一趟，把她母子仨人接走了。直到八十年代，一大家子才回乡祭祖扫墓，并有礼貌地拜望了当年的农会干部。

这时，那时的工作组长老陈早已离开三角，就不必专门拜访了。

土改过后，世华当过驻乡干部，当过三角区团委书记，工作都很努力。上头印象蛮好。

大约 1960 年，世华被调到本区乐兴乡任党委书记。这时他参加工作已十年了，当上了乡领导一号，独当一面了！不算快，也不算慢。人家又新、国华老早就当乡长了，但这时，后劲都不如世华。

世华感谢组织的信任，领导的关怀，工作特别努力，那是自然灾害时期，老百姓生活困难，公共食堂不能填饱劳动者的肚子。有的农家想方设法度荒，偷偷在住宅背后的旮旮角角开出一小块土，种点小菜，点几颗包谷。他私下关照干部们睁一只眼闭一只眼，不要统得过死。地主张老汉，用一只烂箩篼装满泥巴，点几颗南瓜子，瓜藤长出来了，嫩绿嫩绿的，他用篾条把它引上房顶，后来结了三个南瓜。有一天晚上，他家在公共食堂吃了清汤寡水的包谷羹后，回来偷偷煮了一个南瓜，这晚算是吃饱了。

不料这事被他不懂事的孙娃子讲出去了，大队干部摘了他余下的两个瓜，劈了种瓜的箩篼，还弄到公共食堂批斗……这事被陈书记知道了，找到村支书，示意他网开一面，不再追究了。他说："人嘛，总得过日子，我倒赞成大家都开动脑筋渡灾。"

他们乡政府也买过农家的狗，杀来招待上头来检查工作的头头。

乡干部们也买过鸭棚子的鸭子来打平伙，喝一盅老白干。

人都有求生的欲望哩！我们的陈书记通情达理，根据实际情况作为或不作为。正因为有这样一位体察民情的书记，乐兴乡的肿病率要低一些，死亡人口也要少一些。

有人说："乐兴乡在綦江东北角的山旮旯，山高皇帝远，没人管，二天上头晓得了，要背时的。"

咦，说来就来，县里杨书记来到乐兴。他走了几个村，开了几次小型调查会，晚上他同陈世华干胡豆下白干谈心。他语重心长地说："小陈（人家三十一岁了）啊，我瞧得起你哩！我们当干部的，不就是为人民服务吗？就是要时时事事心中想着老百姓……"

　　杨书记来视察过后，世华心头踏实了。个别胆大的村干部悄悄撤了公共食堂，让社员自炊。公共食堂的牌子依然挂起，样子照样摆起，暗地里却是各家自搞锅锅窑。他们这样搞了两个月，公共食堂就全面停办了！

　　世华是个好班长书记，乡干部们心往一处想，各项工作都能顺利开展，老百姓的日子也相对地要好过一些。班子中，妇女主任是书记最得力的助手。

　　她叫袁芬，本乡农家女，小学毕业。十六岁当生产队计工员，然后当生产队会计，大队会计，三年前，二十一岁脱产当乡妇女主任。袁芬中等身材，五官端正，性格内向，办事却很麻利。陈书记很赞赏她，许多事情都交给她办。大约一年光景，他俩不但工作上配合得很好，感情上也很融洽，三十岁的孤男，二十余岁的寡女，终于擦出了爱的火花，并偷尝了禁果。

　　同事们渐渐察觉了！

　　风声传到区里去了！

　　怎么办？世华早在弱冠时就在老家同农家女周妹结婚，已有了三个娃。这是作风问题哩，怎么得了！

　　原乡农协何老汉上门来，悄悄对陈书记说："莫慌，马上给小袁找个婆家，流言就消失了。我已经想好一个熟人，是远房亲戚。相信我，明天小袁就随我下綦江相亲……"

　　这位久经世故的老农，侠义心肠，见多识广，经他牵线搭桥，不

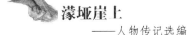

出两个月，袁芬同那位中年丧偶的财贸干部喜结良缘。

区委向县委汇报了这事。县委杨书记琢磨了一下说道："都是阶级姊妹，不存在谁腐蚀谁，只算一般生活作风问题，其后又处理得很好，没造成多大影响。年轻干部嘛，允许犯错误，也允许改正错误，小陈在乐兴的工作是搞得不错的，我建议不予处分，组织找他谈谈话就行了。"

其后，世华两次晋见杨书记，诚恳地检讨，接受教育。这样处理，全区同志都没有异议，并提高了纪律性和工作积极性。

一年后，世华调回区里当副区长。他心里明白，自己犯过错误，得分外努力，将功补过。老同事们都能理解，支持他，同他一起干，各项工作都向前跨。第二年世华就升任区长。这时，正是三年自然灾害后，急需恢复元气。他穿一双草鞋，戴一顶草帽，深入基层，深入农业，鼓动信心，增添干劲，同时又大力解决扶贫济困等实际问题。

情况传到县里，杨书记乐哈哈地说："我没看错人吧，老陈（几时成了"老陈"了）就是好样的!"在三角区政府干了两三年，又调到大区永新当区长。出于慎重，县委不忙下达任命，叫他人先去，不亮身份，先作调查研究。

老陈是从"科班"一步一步上来的，走得踏实，当区长已是轻车熟路。他仍旧草鞋草帽，田间地头、茶房酒店到处转悠。还利用赶场天，到伏牛、大垭、中峰、紫荆等乡调查研究……

三个月下来，全区政治、经济情况，他已经了如指掌。作为一区之长（兼区委书记）该如何治理，他已成竹在胸，有了清晰的路线图。他向县委做了汇报。

县里很满意，特派组织部长到永兴，召集区、乡各级领导，宣布对陈世华的任命，到任时间是三个月前的第一天。

"呀！三个月前他就是我们的区长了哇！今天才正大光明地宣布，那三个月原来是个黑区长呀！"干部们这样嘻嘻哈哈地谈论，对这位出手不凡的"黑区长"分外感兴趣，从此"黑区长"这绰号就出了名。

老陈喜欢这绰号，他说："黑好呀！包公、张飞都是黑脸。黑代表刚烈、公正。"他不好把"区长"这官衔挂在嘴上，就自称"陈老黑"。其后职务有变迁，"陈老黑"这称谓却毕生未变。

老黑在永新，一上马就有良好的群众基础，加上他的路线图和在三角区积累的经验，尽管平滩沟是个大区，他还是"三下五除二"——半年工夫就搞得头头是道，当年就评上县的先进区。

老陈的成功跟县委执行的干部政策有很大关系。当某干部有了过失，不是一棍子把人打得趴下去，而是扶他一把，让他在前进中改进。当然"账"还是要记上的。世华之所以停止在区、局级而未能继续上升，跟乐兴那笔"账"当然有关系。历史是不能抹去的，做事要承担责任，所以做人要守规矩，要慎独！

陈老黑后来还在别的区干过。四十岁过头，到县城当了农业局长。他知道，这就是他的最后一个岗位，只能干得更好。

早先的农业局管得宽，农业、林业、农机、水利、畜牧、兽医都要管，摊子大哩！他在每一部门都物色一员干将，他抓的是"将将"，放手让干将们"将兵"。后来有的部门分开单列时，干将们就成了新单位有经验的领导。

他为农业局延揽人才，补充新鲜血液。他举贤不避亲，堂弟世生就是从乡党委书记岗位转来当林业股长的，上任以后，狠抓低产林改造，营造人工林一万余亩……

老黑在农业局稳扎稳打地干到八十年代。南下干部大都升调或离休，知识化、年轻化的本土干部纷纷上台。老黑既不年轻，又无中、

高学历，全凭实践经验和一身正气，得以保住岗位，但已鼓不起劲头，守好摊子罢了！

1987年秋的一个星期天，天上下着毛毛雨，"笃笃笃"，有人敲老黑家的门。夫人打开门。门前站着一个头发花白的小老头：洗得发白的蓝布中山装上满是水渍，脚上帆布胶鞋完全浸湿，脸上滴着水珠和汗珠。

"呀，好大的雨，出门时还未下哩。请问，这是陈局长家吗？"那老头站在门口小心地问。

"我就是陈世华，请进！"老黑站起身招呼来者坐下，"咦，好像我们见过？"

"我是陈世谷，小学老师，濛垭四房的，我们是弟兄间哩！"

"啊啊，想起来了，在五区我们见过，少年时在正自场也常见面。"世华口头招呼老伴，"周妹呀，留世谷二哥吃晌午饭，喝一杯！"兄弟俩亲切地摆谈起来。

原来世谷已在暑假退休，闲来无事，想为从湖广入川落脚綦江飞鹅石的陈姓编写一部族谱。他知道这位局长是家族中官当得大点的，为人耿直，有较高的威望。特来争取他的支持。

改革开放以来，各地陆续编写地方志，编族谱已无障碍，老黑满口赞成，饶有兴趣地听他谈下去。

世谷也高兴地谈他的设想：他先在桥河、正自等地走村串户，收集材料，然后下湖广、江西、河南、安徽等地，搜集周代陈胡公、秦末陈胜到南朝陈霸先等列祖列宗的情况——

在县内采访，一切开销他自行负担。远赴外省时，望族中贤达赞助点路费。至于今后编写，不管工作量多大，他不要任何报酬。国家给了他退休工资，写族谱就好比还在搞教学工作。

世华被他宏大的理想和艰苦奋斗的精神所折服，表示愿大力支持。他建议，着重写濛垭崖上博武祖发派的这一支；飞鹅石那边和省外，只当个根源，择要从简。他主张下周星期天召开一个座谈会商讨此事。

当天，兄弟俩相聚甚欢，世谷回家时，世华送到路口，给买了回通惠的车票，目送车子开走。

星期日的座谈会，濛垭崖上五大房的代表来了十几位。一致拥护编族谱，并同意世华着重写濛垭五大房的意见。会上成立了编写族谱筹备组，五人组成：世华任组长，世谷任主笔，另三人负责经费、采访、组务。即日起，广泛联系族众——征稿及筹集经费。

从此，不管春夏秋冬，不管山高路远，世谷老师都不停地搜集材料，白天采集，晚上整理，比上课还辛苦。好在夫人胡老师能够理解，细心当好后勤，使采访不致停顿。

毕竟是六十岁的人了，体力有限，爬坡上坎，日晒雨淋，劳累、疲乏，雨天走田坎路时还滑倒过，艰难哩！个中辛苦，全藏在心中，从不表功，好在绝大多数族众都积极配合，常留吃午饭；外乡路远，常有人热情留宿。族人的支持，给世谷增添了力量，采访有序有效地进行。大约两年，濛垭陈氏——旁及飞鹅石同宗——的有关材料已基本具备。稍事休息，就正式动笔编写，一年工夫，就拿出了初稿。

水有源，树有根。下一步就是到湖北、河南、安徽、江西等地做寻根采集。筹备组打算给派个助手。为了节省开支，他说："我才六十过点，身体还硬朗，一个人能行。"他硬是只身坐船东下，直达武汉，再转孝感，开始又一番采访搜集……

靠筹备组大力支持——直接间接参与修谱成员达二十二位——靠世谷的艰苦劳动，几年工夫，洋洋十万言的陈氏宗谱二稿又拿出来了。

经过反复研究，编写组决定从古代陈国、陈朝到"湖广填四川"

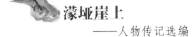
落户古南州的史实只简要追本溯源；着重展示博武祖到濛垭崖上（即"陈家崖上"）创业，经"五房始祖"焕斗发展为五大房十几代人的相关材料。经世谷主编删繁就简，精雕细刻，终于编成厚达 370 页的《舜裔陈氏宗谱》。

《舜裔陈氏宗谱》受到县档案馆的赞誉，受到族人的热烈欢迎，纷纷捐款领取。收支相抵，还略有节余。而这时，我们劳苦功高十来年笔耕不辍的主编已筋疲力尽。1999 年 8 月，年已七十二岁的世谷老师，抱着浸满他心血和汗水的《舜氏陈氏宗谱》，面带微笑，离开了人世！

亲人啊，你走好！

族谱迷呀，族人为你骄傲！

四乡调查走访编写族谱的事，激发了义门子弟的家族感情，增强了濛垭子孙的凝聚力。陈老黑抓住这个时机发起"濛垭陈氏春节团拜会"。大家热烈响应，并推举老黑为族长。他坦诚地说："我愿承这个头，但不愿负'族长'这个名义，成立一个勤务组，设一个总务就行了。"1995 年元宵节，第一届团拜会在陈老黑的主持下隆重举行，到写本文时已搞了 16 届。

好日子过得快。陈老黑国事、家族事忙忙碌碌干了四十年，1990 年年龄到了，就准时退休。

他一身轻松地回到老家沙台子，同兄弟们朝夕相聚，乐享天伦，领略田园风光，仿佛年轻了十岁！

可惜这种闲适生活不到三个月，县里又派人来，已经离休的杨书记推荐他到县政协台办去搞一点统战工作。老领导召唤，只好奉命前去。不到一年，他再三请辞，回到家中，同老伴安度晚年，同时更加关心家族事务，成了不具名义的事实上的族长。

这时，他认识了有名的会计强手世行八姐。

大约在 2001 年秋，又通过八姐认识了世品五哥。呀，原来这位解放初担任三角小学第二任校长的五哥，还是老伴周妹亲姑妈陈八娘的乳儿！当年由于自己思想古板，担心他成分不好而不愿相认，一耽误就是五十年！"这都怪我小心眼，顾虑多，人家五哥现在已有近二十年党龄，市、区、县的优秀党员哩！"他心里这样自责。

世品对这能够理解，那时候就是啥都要用阶级观点嘛。他对这位能干直率的"黑区长"早有所闻，一见面，彼此都有好印象，兄弟俩都感到相见恨晚。他应邀参加春节团拜会，从大庆口主办那届起，他虽远在巴南区，也每届赶回参加。

老黑有两儿四女，女儿们都有一个幸福的家庭，大儿子陈志却在四十五岁时英年早逝，二儿子还未成家，也因病夭亡。老黑连遭"丧明①"之痛，精神垮了，身体也垮了。亲人们百般劝解，也难以平息悲痛。2003 年夏，离别了五十年来相濡以沫的爱妻周妹，见马克思去了！

老黑平生廉洁，几无积蓄。临终留言：住宅留给陈志的儿子兴亮。仅此而已，更无长物。四弟锡豪前来协助办丧事，看到世华二哥的存折上，仅余 20 元！

他生前自赞曰："'老黑'不黑。勤奋一生，心安理得。"

---

① 丧明：典出"子夏哭子而丧明"。

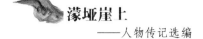
农家兄妹仨

——三隽一门，金友玉昆，才德并美

　　望十坡中段，大路左侧不远处，有一座大半盖瓦的平房，叫松儿坪。正房长五间，两端各搭一铺草房，右是灶房，左是猪圈茅厕。正面有块石谷子地坝，夏天晒粮食，遇到红白喜事，一溜儿可摆十来张席桌。地坝边栽有李树、桃树，还有两棵香椿树。屋后是一片竹林，再后就是大片松林坡。从左边偏崖子山涧引来的活水，直接流进石水缸里，长年不断，比城市里的自来水还"环保"。

　　老农陈钟藉，在这好山好水的地方扎了根，同妻子杜氏养育了三个儿子，全都子承父业——务农。慢慢地，儿子一个一个地长大了，主活由他们干了，老爷子只是指点指点，退居二线。闲来无事，他常叼着叶子烟杆坐在地坝边眺望，呀，看得远哩，山脚是濛垭坝子竹房沟、松树堡、垣子、老房子、新房子一溜儿瓦房；翻过垭口上、庄子坡，就是正自场、新盛乡了。"别小看我这松儿坪，背靠横山，居高临下，龙脉好，美得很哩！"他捋着胡须笑了。

　　毓和字海河，是钟藉老汉的长子，住祖屋，侍奉老人。老二树清，老幺毓廷，先后分家出去种庄稼当佃客去了，其后都落窝到比松儿坪高一重坡的横山乡的爬崖子（即"盘岩子"）。

　　海河既是庄稼能手，又是好木匠。他同妻子赵氏先后生了四子一

144

女。靠松儿坪房前屋后那点土巴儿养不活一大家人，他又租种了坡脚松树堡志先二哥家二十几石租的一股庄稼。他把水牛拴在松树堡，早饭后下山犁田耙田，中午在油皂树下吃竹篮盛去的冷饭，下午干得差不多了，才又慢慢上山，够辛苦的。

松树堡那股田，从猫洞沟笕水，旱涝保收。主人家又仁义，每年"说租①"时让分大，佃客有搞头。加之海河木工高明，濛垭坝子的木匠活基本上都找他，这比种庄稼还来钱，几年下来，兄弟仨海河最殷实。

新中国成立前的战争年代，国民党常拉壮丁。老幺毓廷年轻，正是当兵年龄，怕极了，但因为松树堡志先二嫂姓张，乡队副和保长都是她娘家的堂弟，有她扎起，毓廷始终没遭拉兵，所以海河常告诉他的子女："松树堡这家人对得起我们！"

一

世生是海河的长子，綦江解放时还不到六岁。先在红星村村小发蒙，随后在正自场街上读完小。从松儿坪下山到场上，要过两道河，回家时要爬两重坡，有十几里远哩！世生自幼身体结实，比同龄孩子高大，这点儿辛苦算不了什么。他常常唱着歌儿下山，又欢蹦欢跳地上山。上学读书，对他是件十分愉快的事。他格外用功，成绩一直很好，一心想像濛垭坝子的小伙子小姑娘们那样上中学，甚至上大学，那才美呢！

十五岁时，他小学毕业了。老爸却不让他考中学："生娃呀，你还有三个弟弟，一个妹妹，都要读点书，我的担子重呀，我哪个供得起

---

① 说租：每年秋收之后，交多少田租给地主，由佃户酒肉宴请，双方商议。

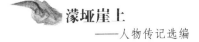
你上中学?！出头谷子先遭难，你是老大，我还望你帮我分担点任务哩！"海河说这番话时差点流下眼泪。

还能说什么呢？世生从小懂事。他给老爸递过一碗老鹰茶，又裹了一杆烟，擦火给点上："爸，别难过，我听你的。"

海河早给联系好了，世生小小年纪就当上生产队的会计。

别看他年少，生产队那点儿账目却难不倒他，只消每天晚上理抹一下，就搞得一清二楚了；白天还能在农活上挣工分。两样加起来，比老爸挣的还多。花钱的成了挣钱的，海河十分高兴。

世生大约二十岁就脱产当了乡干部，两年后（1966年春）升任公社团委书记。

"文革"期间，他虽然带领一批小青年造了乡领导的反，夺了权，但不乱整。全乡基本上没有武斗，没有整死人。他还发动各村青年兴修水库，整治河堰，把"抓革命，促生产"的号召落到实处。大城的武斗如火如荼，綦江县城也发生过抢枪事件和武斗，而地处东北隅的山乡正自却相对平静，百姓不受惊吓，全乡粮食产量还有所增加。这一良好局面的形成，同世生这位年轻的乡团委书记有关。他的先进事迹还上了《重庆日报》，引起良好反应。

1970年，各级党委正式恢复。1971年世生任正自公社党委副书记，1973年起升任党委书记，直到1984年。

这十多年间，他组织群众修建伏龙、陈家、宝珠、红星、石桥等村水库，解决了有关地带多年来伏旱的难题。

他联系有关部门，架设了高压线，让全乡亮起了电灯，边远山乡也能看电视。

他狠抓科学种田，推广杂交水稻、杂交包谷，使全乡粮产量由亩产500斤上升到840斤，过了《农纲》，评上省先进，挖了红旗；世生书记评上了先进个人，领导决定他退休时，给加 5% 的工资。

1984 年，世生调任县森林经营所书记兼所长，一直干了十年，其间还于 1990 年保送到灌县林校学习一年，获中专文凭。

他主持森林经营所期间，狠抓低产林改造，营造人工林 1.5 万亩，每年林业总收入从 15 万元上升到 200 万元，大大改变了林区的落后面貌，连续十年评为省、市农林系统先进单位。

世生于 1994 年转林业局任科长，于 2000 年提前四年退休。夫人王维珍，小学教师、贤妻良母。三个子女俱已成材。一家人和和美美，享受和谐社会的福祉。

二

世贵是世生的二弟，解放时才两岁。也是先上村小，再上正自乡中心校。比世生幸运的是，小学毕业时，大哥已经会挣工分，因此老爸让他上了农中，比大哥多读了几年书。

在二十世纪六十年代，一个仅仅农中毕业的小伙子，要想在外头找个工作是很困难的。这时世生脱产离家了，他接过大哥的班，成了老爸的得力助手。

世贵块头没世生高大，脑瓜子却同样灵光。一年工夫，什么样的农活都能操作，还带头运用科技知识，使生产队的农作物产量有所提高。

几年后，三弟成年了，四弟也十五岁了，世贵可以交班了，于是1969 年春他应征入伍，成了一名光荣的解放军战士。

贫农家庭出身；从小受到父亲的良好教育和勤劳智慧的熏陶；农

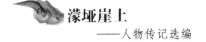

中毕业的文化：世贵在部队战士中显得卓尔不群。先后担任班长、排长、连长、营长，芝麻开花节节高，三十余岁就在领导机关担任院务处处长！

在部队十八年间，荣立三等功三次，多次受到总后司令部及其输油管线工程部的表彰。

1977年，操劳一生的庄稼汉及巧木匠"海河大爷"病逝。世贵从部队告假回家奔丧。钟老的后人们全都来了；当时世生任正自乡党委书记，来松儿坪吊丧的人不少。没有大摆排场，入土为安，丧事隆重俭朴。望十坡上有名的木匠——光荣军属"海河大爷"魂归天国！

世贵安葬好老人，按时返回部队，继续他没有硝烟的"战斗"。

1985年，中央军委决定百万大裁军，世贵正处在这个当口，于是他转业回到綦江，由于妻子霍仁明系邮电局职工，世贵进了县邮电局。

从1986年元月起，世贵先后担任县邮电局纪委书记，工会主席，党委书记。

1997年邮电分家，世贵任电信局党委书记。

1999年邮电移动分家，任县移动公司经理、书记。

在邮电系统工作期间，获经济师专业职称。

2001年12月，作品《抓机遇，促发展，迎接西部大开发》获中国老教授协会财贸专业委员会、北京市写作学会二等奖。

2005年5月，受聘为中国管理科学研究院学术委员会研究员。

2008年元月，年已六旬，按时退休。

但是，虽然办了退休手续，他却退而未休，现在仍担任移动公司总支委员，仍参与公司的核心领导工作，天天上班。虽已年过花甲，身体仍然很棒，精力旺盛。

妻子能干又贤惠，一儿一女都在移动公司工作，世贵毫无后顾之忧，满怀壮心，为祖国进一步繁荣富强再干二十年！

三

世秀是世生、世贵的嫡堂妹，也很出色。她家在盘岩村槽沟，属回龙公社（今横山镇）。七八岁时，进盘岩村小。耽耽搁搁，读读停停，十几岁了，才每天爬几重坡到回龙场上中心校。这时其父"树清二爷"已去世，留下妻子刘氏及三个儿女，够困难的。世秀在中心校毕业时成绩很好。当时在新场教书的堂兄世谷支持她继续上农中，老师也鼓励她克服困难，多读一点书，二天好找个工作。

母亲刘氏，身材不高，性格倒很坚强。她拉过苦苦哀求的女儿，抹去她的眼泪，恳切地说："秀啊，你哥哥天分不好，不是读书的料；弟弟读村小，花不了多少钱；你读书得行，娘支持你。你就上农中吧，走一步算一步，能读到哪就到哪，人家松儿坪的世贵二哥也读农中的。"

世秀这才转悲为喜。第二天，比她大四岁的世昌哥送她去农中报了名，从此早去晚归，中午在学校厨房热一下自己带去的杂粮饭——包谷粑、红苕、南瓜稀饭等。虽然艰苦，世秀却很乐观：早晨，唱着歌儿上山；傍晚，又唱着歌儿下山。只要一进教室，她就专心致志，用功学习，成绩节节上升，第一学期就进入前五名。

"文化大革命"时间，学校停课了，她不参加批斗，不串连，在家同母亲和哥哥一起劳动，还细心辅导弟弟世万学习，让他也有点文化。

各级"革委会"建立了，学校复课，一年后，她以优异成绩在公社初中（前农中）毕业，被保送进本区三角高中。由于成分好，共青团员，高才生，学校评给甲等助学金。虽然家庭经济困难，世生哥哥

们资助一点，自己又特别节俭，三年高中硬是挺过来了。

1976年高中毕业，回龙公社就安排她在"革委会"工作，成了脱产干部。大约一年多，又被调到通惠"革委会"当副主任（后改称副乡长）兼妇女主任。

1979年，世秀结婚了。小伙子廖代祥，是乐兴公社的老师。经人介绍，他们认识了，彼此都有个好印象，逐渐演进，终于喜结连理。乐兴同通惠，两地相距约五十里，经过申请，小廖从乐兴调进县城，先在文教口校办公司，后转入县教师进修学校。

通惠同古南镇相距仅四公里，现在他们这一对牛郎织女，可以天天渡鹊桥了，除非哪一天"牛郎"有特别任务。这样的家庭组合妙极了，亦近亦远，若即若离，看你姑娘小伙啷个把握。

婚后一年，爱女廖永霞降生了。好灵秀啊，不愧世秀的女儿！玲珑剔透，绝顶聪明。可惜外婆刚去世，没看到这乖乖的外孙女！

永霞先在通惠上小学，毕业后考进綦中。为了孩子，世秀向组织申请，离开了一直干了十几年的通惠乡，调进县档案馆。牛郎织女终于天天相偎在一起，女儿也有如一只乳燕天天归巢，这个三人组合终于"夜夜月儿圆"了。

廖永霞天分极好，又很勤奋，在綦中初中毕业后，顺利考进重庆南开中学。在南开高中毕业，又考进成都科技大学（后合入川大）。在那儿连续六年，获得川大硕士学位。学校留她边工作边考博，这时她已与同班同学小回热烈相爱，基于他的人脉，两人一同分到北京。轮到世秀当外婆时，还去北京女儿处待了两年。

爬崖子的"树清二爷"哩，谁说你本厚？本厚是你品德，你的高智商的遗传基因却体现在你外孙女儿身上——阿门！

人大副主任与建筑师

——田舍郎、登庙堂，泥瓦匠、修楼房，奋发有为好榜样

永久和永刚。除同为濛垭崖上"永"字辈子弟之外，并无什么紧密关联。把他俩放在一块写，是因为他们都出身农家，发愤图强而成效显著，给濛垭陈氏增添了光彩。

一 节节攀升的永久

长房第七代的毓源，先住在柿子树。柿子树是个好地方，是五房的发祥地，毓源妻李氏，在这里齐刷刷生了世福、世禄、世合三个儿子，幺儿都已长大成人，才搬到磨担桥那边的瓦窑湾，佃了张四老爷一股大庄稼，四爷子勤劳耕种，日子倒也过得去。

三儿子世合已年过二十岁，聪明健壮，两个月前才娶了新媳妇吴顺英，全家人都欢欢喜喜的。这时小日本已投降，蒋介石又发动了内战，又开始拉壮丁，瓦窑湾人兴财旺，乡保长早就盯住他家了。一个月黑风高的晚上，毓源家已消过夜，都坐在灶房闲谈。忽然，黑狗冲出门去，汪汪汪叫起来，大嫂感到有情况，忙给老三示意。保队副已带了几个乡丁闯进屋来，不由分说，一把抓住世合。毓源老汉再三求情，保队副说："三丁抽一，你家理应去一个当兵，没二话讲！"他一招手，乡丁们就把世合绳捆索绑弄走了，新媳妇吴顺英呼天抢地地

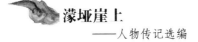
痛哭。

柿子树的太医五哥闻讯过来了，劝道："别哭了，救人要紧，我给张四老爷看过病，去求他通融一下。"通融的结果，给保长三石黄谷，给乡里也塞了钱，赶过场，乡里往区上送壮丁，过磨担桥时，乡队副故意把牵着的绳子一抖，世合跳下河滩跑了。

这下子，世合不敢留在老地方，随舅舅到了登瀛乡玉龙村斜石板租了陈锡如的一股田，种庄稼为生。

到登瀛来，世合是外乡人，只有两口子，拉兵的没有找上门，这才定居下来。

白手起家，全靠卖力气，动脑筋，登瀛背靠老瀛山，面临綦河，过河就是县城。玉龙村一马平川，田土肥沃，世合一年四季挑小菜到县城卖早市，很来钱，一年还要出槽两头肥猪，日子越过越滋润。到登瀛一年多，吴顺英头一胎生了儿子永久。十年工夫，生了三男两女，又是热热闹闹一大家人，比在瓦窑湾还红火。

永久1954年进登瀛小学，顺顺当当毕业，又顺顺当当考进綦中，正是自然灾害时期，农民的儿子能进洋学堂，多么不容易。瓦窑湾的爷爷来看他，拉住他的手恳切地说："孙娃呀，你要发愤啊！中学毕业，吃笔墨饭，不遭拉壮丁，改换门庭哩！你爷爷就指望你了。"

永久把老人送到校门口，看见爷爷背已微驼，半头白发，爷爷老了！永久拭去流出的眼泪，暗下决心："我一定用功学习，争取高中毕业，再考上大学，改换门庭！"他挥动几下捏得绷紧的拳头，立下宏愿。

此后，永久果然用功学习，成绩很好，初中毕业，又顺利进入高中。高中的功课更多了，他尤其喜欢化学，总体上，理科成绩比文科好，一心要考名牌大学。殊不知高中毕业时，"文化大革命"狂飙刮起，高考中断了！

永久迷迷糊糊地当了红卫兵，闹了两年"文化大革命"。冷静下来后，回到登瀛当民办教师，教初中班。1970年11月，招工进綦江化肥厂。高中毕业生，领导颇为重视，进厂不久，就被选送到重庆氮肥厂培训，化学分析知识和技能大有提高，回厂后就担当中心分析室负责人，并于当年入党。1976年，任厂部行政支部副书记，从此，先后担任县化肥厂总支副书记，工交局副局长。工交分家后任工业局副局长兼县化肥厂总支书记，其后又调任经委副主任，物价局长，化工局长。还是八届县委委员，重庆市十二至十五届人大代表，并于县十四届人代会上选为县人大副主任。干了几年后，因年龄关系，改任调研员，直至2007年退休。

永久之所以能在綦江县各局、委当了这么多年的"官"，除自己努力工作廉洁从政外，跟组织上的培养是分不开的，进厂一年，就被选送到市氮肥厂培训，其后又多次参加各种培训班及省、市党校培训，自己又参加函大学习并取得大专学历。永久几十年间，辗转綦江县各局委担任领导干部，一帆风顺，芝麻开花——节节高，正如他所说，躬逢盛世，靠党的培养啊！是的，他说到点子上了，雨露滋润禾苗壮嘛！

二 勤劳致富的永刚

崖底下坝子北端的罗家塆，是一幢坐北向南的大宅第，三重堂，粉墙黑瓦，是濛垭陈氏主要产业之一。四房的钟烈住西头，五房的钟达住东头，兄弟俩团结和睦，亲如一家。

钟达传家业给毓铭——警新。青年警新，曾到重庆闯荡，住南岸铜元局。由于军阀混战，社会动乱，年近半百，无所作为，还是回归故里。警新及夫人叶氏，育有三个儿子，长子世焕，就留在铜元局了，

成了市民；次子世彬，娶巴县百节乡的刘建华为妻，就常年在百节、桥口坝一带开小店为生，年过半百，才回到罗家垮定居。只有老三世鸿，一直追随父母，侍奉膝下。警新名下只有十来亩田土，老两口及小儿子勤俭操持，日子过得紧巴巴的。

老汉先辞世，叶氏夫人活到九十多岁，同小儿子世鸿相依为命，临终前含着眼泪对世鸿说："儿呀，是你一直陪伴老人，任劳任怨，难得这份孝心。上天有眼，我家必发幺房！"

綦江解放时，世鸿已二十四岁，长得一表人才。热心人给他介绍本乡前清知府张华庭的孙女张集秀，世鸿担心张府门坎高，不般配。媒人开导说："经过土改，官家小姐等同庶民，你家是'小土地出租'，你不嫌她成分高就行了。"在场上相亲时，集秀的父亲还有些犹豫，姑娘已经认可，大方地同世鸿攀谈。端阳节前后，女方一口箱子，一挑铺盖衣物；男方几桌酒席，婚事就办妥了。

由于双方看中的都是人品德行，婚后恩爱和睦，一年多点，大儿子永刚降生。十年间，集秀生了三男两女，罗家垮东头又热闹起来了！

五姊妹都乖生生的，尤其是老大永刚，样儿酷似其父，聪明伶俐，在村小发蒙，在场上中心校读高小，还读了农中，十八岁时，已长成一米七的个头，是种庄稼的好手。一天，世鸿对大儿子说："刚娃呀，我揉了半辈子泥巴，还是穷兮兮的，你婆婆说'必发幺房'，靠种地拿工分发不了啊，你还是学点手艺吧！"

"学啥呀？"永刚问。

"人人都要住房子，就先学泥瓦匠、盖匠，本村就有现成师傅。"

刚娃从小懂事，点头答应了，就开始学盖房子、修房子，后来改革开放了，农村实行"联产承包"，农民生活渐渐好起来，修房子的多了，泥瓦匠、盖匠成了紧俏行业，永刚喊搞不赢。一天，外公来了，见到这情况，建言道："城市修旧房建新房的更多，刚娃何不下重庆去干活?"世鸿也积极支持,于是永刚带上二弟永利和西头的堂哥永思等五六人,大胆闯重庆——到大城市谋发展。

经过一个转角亲介绍,他们到歌乐山一个工地帮人家修建一座住房,永思学过石匠,就打条石安墙基,永刚参加砌墙,抹墙泥,盖房顶。他给房主建议:干脆不用架椽子盖瓦,就再安一层预制板铺上三合土,整成露天院坝,既可晾晒东西,还可以做花园,房主采纳了他的建议。人手不够,叫二弟永利回红星村招工,又招来十几个人。一直干到房子建成,结账后,人人分到两三千元。这些农村娃变身的建筑工人个个眉开眼笑:"嘿,几个月工夫,比农村干一年还挣得多呢!"

群龙无首不行,大家推技术高明又上过农中的永刚当包工队队长,他们就在老板的新房子附近松林坡边修一座简易茅屋住下,弟兄们自己出钱办伙食,在山洞——歌乐山一代揽工程,打的牌子是"红星建筑队"。

不久,他们在歌乐山街上承包一个工程——修 10 间连排三层楼房,一层二层商用,三层居住。这项工程比此前那座居民房规模大多了,因为人力不足,又派人到正自乡南边三个村招工,又来了二十多人。先跟包工头陈刚签了合同,然后上岗,建材到齐,工程启动,大家齐心协力,听从指挥,连日奋战,半年工夫,工程又顺利完成。这次永刚是头,从房主处领了巨额承包款,弟兄们分别挣到几千或上万元。永刚宣布放假两个月,各人回家料理庄稼,中秋节后再干,永刚腰缠万贯,衣锦还乡,迎娶登瀛的白朝先姑娘,世鸿、集秀睡着都笑醒了。

永刚趁休假期间,在老屋后檐沟竹林边开一片地基,用条石做墙体,修了一座二层小楼,让父母夏天住起凉快。世鸿两口满心高兴,心想:"婆婆说的必发么房。"这话应了。从此,两口子对一塆子的邻里乡亲更仁义了。

濛垭崖上
——人物传记选编

　　"天有不测风云"，正当一家人红红火火，世鸿由于从小劳累过度，体质单薄，秋凉后稍感风寒，就一病不起，才四十九岁，就去世了！妻子集秀经不起这巨大打击，从此忧郁悲伤，两年后，也就随夫西去。儿女们将父母安葬在皂桷嘴大路边的青冈林。

　　才三十过头的永刚，没有被接连到来的不幸压倒，他安葬好父母，安排好弟弟妹妹，又带起工程队出门了。

　　这时正是"文革"晚期，武斗高潮已过，各级"革委会"已建立，又有人修房子了。"红星建筑队"在沙区给一个富商修一座独家小院，历时十个月，房子建成了，却不付清工程款，百般挑剔耍赖，妄图减少款项，拖延时间很长，永刚不得已只好将房主告上沙区经济法庭。法庭受理此案，经过调查取证，裁定房主败诉，如期还清工程款。房主像挤牙膏似的，一次只付一部分，拖到"文革"结束了，还有两成欠款没有付清，只得申请法庭强制执行。

　　经过这次诉讼，永刚吸取了教训，其后包工程，都签订共三次分期付款的协议。工程进展到1/3，房主即付1/3工程款，他不付款，工程就给停下来，材料等损失由违约方负责。这样一来，违约欠款的扯皮事大大减少了。

　　红星工程队越来越大，人口近百，砖工、木工、泥工、钢筋工门类齐全，建筑队更加壮大，还聘请了一位建工学院毕业的土木工程师，陈刚自己也申请了建筑师职称，建筑队名气更大了。工程连续不断，一年只秋收时才休假个把月，要求参加工程队的人越来越多。

　　新世纪开始，随着改革开放的深入和财力的增加，永刚华丽转身，从包工头蝶变为开发商，"红星建筑队"升格为"綦江红星建筑公司"，永刚担任老总，这就更加大气了。年甫半百的永刚，靠勤劳和智慧，积累的财富已达八位数，远远超过四十年代的瑾瑜！

　　他把挣得的钱都安置在房产上。他的女儿陈霞，中师毕业，南州小学教师。儿子陈飞，大专毕业，男孩子嘛，让他到河南闯荡，姐弟俩在县城各有一套 100 平方米以上的时尚楼房。而永刚和白朝先又另住一套。据说在大城沙区和九龙坡还有楼盘和别墅型房产。他认为，投资房产，除去房产税，仍比将钱存入银行合算。

永刚秉承"义门"家风，关心弟弟妹妹，关心家族宗亲及邻里乡亲。他随便拨一点点，资助三弟"金棒"去河南跑生意，不到两年，就赚了近一百万，高高兴兴地回罗家塆娶儿媳妇。如今在新盛场上修街房，又带去不少尚在为脱贫奋斗的邻里乡亲。富有而又仁义，实在难能可贵！

"团拜会"的主事们

——任劳任怨，为家族亲人服务，不亦乐乎！

濛垭陈氏春节团拜会，刚启动时，事实上是陈老黑掌伙，由世梁
（福祥）任总务。2003年老黑逝世后，才正式成立勤务组，在人丁兴旺
的三辈人中各选一人组成。他们是世新、永寿、兴林，公推兴林当召
集人。下文分头描述，以辈分为序。

一　世新

横山西侧末梢山脚，牛腿寺附近，有几栋黑瓦粉墙的宅第，统称
汤家塆。背靠横山，面对长年流淌的石梁河，中间则是遐迩闻名的粮
仓——芋头坝。好一个置业安家的地方！

濛垭四房的梁山，从汤姓手中买下这几栋房子，扎下根来。从此
瓜瓞绵绵，儿子潮川、治川；以后秀升、秀颖；而后钟器、钟培、钟
炜等七八个弟兄，根深叶茂，成了四房的一大分支。

常言道："大家怕小分。"到了钟培的儿子毓勋，已经仅有二十多
石田租，却有五个儿女，家庭经济颇为困难，尽管佃户仍然喊他二老
爷，已经有名无实了！

世新生于1940年，是毓勋的第三个孩子。六岁多就在洞子上小学
发蒙，天分好，常获老师夸奖。十岁时，到三江重冶厂世昌大哥家，

在三江小学上学，毕业后考进綦江中学。初中毕业时报名考空军，身体条件、学习成绩都合格，但因出身剥削家庭，被刷下了！

本来还可以上綦江中学的高中，但家中还有两个弟弟需要上学，供不起他；大哥只是一般工人，收入有限，而且二姐已到了他那里，再也无力供世新上高中了！

怎么办？世新坐在校园半岛拐弯处的綦河畔，面对一汪绿水，半座青山，痴痴地发呆：地主子女，就是出身剥削阶级。老爸要是自己种田，我们家只算个自耕中农，谁叫他不劳而获呢？唉！……他坐在河边，思前想后，感到前途渺茫。

没多久，一只温暖的手抚在世新肩上，回头一看，是班主任张老师。世新再也包不住眼泪了，差点扑进老师怀里。

"男儿有泪不轻弹，"张老师慈祥地笑笑，"世新啊，条条道路通北京。农村人民公社也在大跃进，大办钢铁，一个中学生，正有用武之地。回家去吧，农村欢迎知识青年哩！……"

世新精神一振，带着憧憬，带着热情，回到汤家塆，从学生转向，干起了农业活。

想不到的是，居然一干就是二十年！参军没有他，招工没有他，耕读老师也不用他：只缘他的出身成分。大哥世昌比他大十五岁，土改后就进了厂。那时百业待兴，小学毕业也能进厂，也能当村小教师。世昌赶上了趟，世新却来迟了！

时来运转。十一届三中全会后，党和政府实行改革开放政策。1980年，世新当上生产队会计，1982年，当上松峰村会计，都干得不错，多次得奖。

1986年，本乡与万兴乡联合在县城办一家五金标准件经营部，找世新出任会计，并担任乡企总代表。

一年以后，世新退出联办，自己在赶水镇办了一家五金标准件门市。1988年，又在县城下北街办了一家五金标准件门市。两个门市有九个员工，生意还不错。从此，当了二十年农民的世新，从农村进入城市，从农业转入商业，当上了私企老板，真是赶上新时代了！

辛辛苦苦经营了几年，已积累了一点钱财，在县城买了房子，把老婆孩子接出来，托改革开放的福，舒舒服服地过起了小富即安的生活。

可惜由于在赶水和县城间经年累月地两地奔波，白天经营，晚上算账，钱是挣了，身体却累垮了，才五十岁的人，患了脑血管病。不得已，将两处门市分别交给女婿和世荣弟，自己求医保命。时而住院，时而居家调养，大约五年时光，才治好了顽症。

养病期间，族兄安彦、世谷多次去看他，同他谈起编族谱的事。他积极支持，并参加实际采访、讨论，成了编委中得力的一员。他家住房宽敞，有关修谱的大会、小会经常在他那儿开，他和家人总是热情接待。印族谱需要钱，他和安彦、世贵等带头各捐一千元，加上族众的支持，解决了资金问题，濛垭《舜裔陈氏宗谱》出版了，受到族人的热烈欢迎。主编世谷是修谱元勋，安彦统筹，世新、世贵、世梁和毓芳老辈子也是其中积极的成员，他们的照片都印在宗谱扉页上。

世谷、安彦生前有个愿望：到河南淮阳去看一看陈姓始祖妫满胡公的墓园。两人先后去世，勤务组想完成他俩的遗愿，就推毓芳老辈子同世新二人去，兴林特赞助两千元路费。2003年秋，他俩去了，历时十天，顺利完成了任务。

陈胡公墓园占地十来亩，背靠小丘，前临小溪，林木繁茂，环境幽美。妫满受周武王封于陈国而得姓，后嗣尊称为陈胡公，是中国陈姓的始祖。三千多年了，子孙遍布全国，尤集中于两淮及长江流域。

所以他的墓冢几经修缮，古色古香，庄严华美，使拜谒者敬意油然而生。特别令人动情的是，墓园中有序地排列着约三十块陈氏后代子民的纪念碑。凡海内外陈氏子孙，只需向墓园管委会缴纳五千元人民币，即可竖碑一块。这也颇有意义。现在陈胡公墓园，已属省级文物保护单位，特别是清明节前后，来祭扫者络绎不绝。毓芳世新拍了多张墓园照片，回来分赠一些族人。这照片太宝贵了！

鉴于世新如此热心宗族事务，老黑逝世后，族人选他进勤务组，每次团拜，都可以见到他亲切的笑容。

二　永寿

红星村的"崖底下"，是一片北—南走向的水田。从洞崖口流下的大河沟，从东向西流淌了约 300 米，折向南流，约 1000 米，从石梁岗坡脚进入柏林村，这河也就叫石梁河了。

红星境内这段溪河两岸，都是肥沃的冬水田，散落着黄桷湾、崖底下、任家埫、罗家埫、仓岗、柿子树等房舍，都属于濛垭陈氏。

柿子树在溪河的西岸中段，有相连的两栋房子：上首那栋较长，平房；下十来步石阶，是另一栋，两层，长五间，黑瓦粉墙，显得漂亮一些。这柿子树是濛垭陈氏第五房的发祥地，也是永寿出生和青少年时代生活的地方。

五房瑞超公育有三男四女。长子夭亡，季子峻（岐山）过继给四房广超公，仅余一个儿子陈嶙，他却生了七个儿子，延至曾孙"钟"字辈，竟达 51 人之多，好兴旺呀！

51 人中的钟喜，三个夫人，六个儿子。其中老五毓厚，号仲芝，即住柿子树的下一栋；老六毓宝，就住柿子树坎上那一栋。

仲芝是四乡闻名的中医，夫人却不能生育。四十出头了，毓宝有

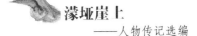

三子，才把幼子世怀过继给五哥。这个世怀，就是永寿生父。

老中医虽然只有二十来石田租，加上脉理钱、中药铺，收入不菲，家道宽裕。闲暇时，在房前院坝遍栽花木果树，布置各种盆景。求医的人，未及登堂即闻到股股幽香，病已轻了一半。永寿的父亲世怀，就是在这儒雅恬淡的环境中成长，比坎上的哥哥们多了几分灵性。

世怀年未弱冠，仲芝就给他娶亲了。挑房儿子嘛，望他传宗接代哩！新妇李华珍，与世怀同年，娟秀贤淑，心灵手巧，很受欢迎。不到一年，华珍有喜了，医师老太爷分外高兴，调动一切手段，给儿媳安胎、保胎。老爷子忙着照料儿媳，却忽略了儿子，收之桑榆，却失之东隅。

世怀从小过继给五伯，离开了亲爹娘及哥哥姐姐，从坎上来到坎下，有如孤雁离行。尽管这边父母也疼爱他，却多半是养其身体，缺乏心灵沟通。世怀很聪明，读书得行，但性格内向，少言寡语。由于感情障碍，心情抑郁，逐渐形成症候，妻子还未临月，他即撒手人世！

永寿是背父生的儿子。1944 年 5 月他来到世间时，其父已去世月余。

永寿七岁，就在附近红庙发蒙。他胆儿小，一里多远，上学时都要妈妈送他。后来转到崖上老房子村小，来去都是小伙伴一道，经过黄桷垮时，最怕那家的恶狗。渐渐大些了，才敢走七八里路去正自场读中心校。

他的天分好，学习成绩不错，人也本分，像他爹。小学毕业后，考入桥河汽车配件厂的工业中学，1961 年毕业，正逢三年自然灾害，工中学生被集体遣散，只好回家当农民。

永寿的爷爷是著名中医，属于自由职业，亲爷爷毓宝一家是自耕中农，因此永寿回家当农民，不受歧视，先后当了生产队的记工员，出纳员，都干得不错，获得社员夸奖。

1963年秋季开学，公社安排他当村小公办教师。一个工中毕业生，是能够胜任的。他却认为自己年龄小（其实已十九岁了），个子又不打把①。死活都不去，错过一次好机会。

1957年，已经是干了十几年的老财会了，乡里派他到城郊区税务所搞帮征工作，驻登瀛乡。帮征结束，税务所想留用他。这时，他名义上还是生产队出纳（其实已经有人接替），乡里要他回去，他就回去了。如果他犟起不回去，乡或村是拗不过区税务所的。农家娃太老实太听话了，后来好失悔！

农村实行联产承包责任制以后，随着改革开放的浪潮，永寿的思想也活跃起来，产生了外出挣钱的想法。1982年，他邀约一些人组建一个小型的土建工程队，自己当头头，在县城招揽业务。由小及大，平地基呀，筑墙呀，参与修房呀，边学边干。比如1985年他们承建的马颈电厂防洪堤坝，有关方就甚为满意。

正当他的土建工程干得有声有色时，正自乡党委的王书记和袁乡长多次来工地找他回乡镇企业任会计。他不敢得罪本乡领导，只好把工程队交给伙伴，自己回到了乡企办。

这时，他舅舅已经担任綦县领导工作，万兴乡党委书记邀永寿去万兴当武装部长。这可是公务员啊！由于正自乡企办不放，他又一次失去机会。

改革开放后，许多人相继跳槽，他没有。撤乡建镇，正自并入新盛，这是跳槽的好机会，他却老实巴交地随着转到新盛乡，任企业办公室主任，直干到2002年，五十八岁了，解聘超龄人员时被解聘。而这时，年近花甲，已经没有别的机会了！

---

① 打把：个子不高大，不壮实。

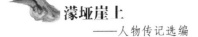
我们的永寿，太老实了，一辈子胆小怕事，随遇而安，缺乏敢冲敢闯的劲头。话又说回来，人是各种各样的，像他这种人，善良、本分，人缘好，蛮招人喜欢。这不，他2002年搁下公家担子，2003年老黑走后，族人就选他当陈氏团拜会的勤务员，转换个岗位来为家族亲人服务，这也顶好的。

永寿的母亲已去世。妻子巫友明，比他小五岁，初中文化，贤惠待人，夫妻比较恩爱。二子一女，都已独立成家，情况良好。

三　兴林

"桐垭"，多好听的名字！

那儿是三角区跟隆盛区的结合部，分界点，从三角镇沿石板路向东步行约二十里，爬上一道缓坡，便是三角乡的桐垭村小。过界后，进入隆盛，又要下一道缓坡。这儿是名副其实的垭口，因遍坡都是油桐树，故名桐垭。

桐垭小学在石板路南侧，只上十来步阶梯。长五间的平房，中间三间为教室，两端分住两位教师。房前有一块约五米宽、十米长的土坝，供学生课间活动。

大跃进后，这儿通公路了，垭口被铲矮了许多，学校也改建到了马路边。1957年起，兴林就在这儿上学。他的家就在村小附近。

兴林的高祖陈钟琦，清朝晚年从四十里外正自乡的大庆口迁移到桐垭，安家落户，成了桐垭陈氏的第一代。儿子毓欣，读过十几年的书，算得上一个文化人，但未外出找工作，在本村教了几年蒙馆，主要随父干农活。父子俩都对人谦和，勤于耕作，很快融入当地农家。

到了孙子世河（号树南），已成农、牧、渔业的行家里手，除租田地种粮食之外，还发展副业，山坡养羊，大圈养猪，遍植桑树养蚕，冬水田养鱼养黄鳝……他有九个儿女，有的是人力，几十年下来，他家就人兴财旺了！

儿女九个，不必全都务农呀！长子永相（号相凡），年方弱冠，就给知名兽医苏志华当徒弟，一边学医艺，一边务农，分担老父重担，当好弟妹们的带头雁。他见多识广，常教弟妹们怎样为人处世，弟妹们全都尊敬他，老爸也特别爱他。

苏志华号称神医，传说谁家的猪病了，苏太医又忙不过来，主人只需在一块木牌上写上苏太医的名字，烧香化纸，病畜就痊愈了。永相特尊敬师傅，虔心学艺，得到师傅真传，1959 年调到三角镇新建的畜牧兽医站，很快就被提升为站长。

永相对工作认真负责，对技术精益求精。为了畜牧业健康发展，他常年奔波在广大农村，深受群众欢迎，是全县知名的好兽医。

兴林是永相的第二个儿子，1951 年来到人间，六岁就上桐垭村小。小学毕业后进了初中，由于"文革"影响，初中没有毕业。在家务农期间，担任过村团支书兼民兵连长。

十七岁时，跟父亲学当兽医。学的人特别认真，教的人也悉心传授。兴林大有长进，二十一岁就进了三角兽医站。进站后，又先后进过县、市举办的培训班，技艺上又有提高，从经验型进展为技术型。1990 年，获"助理兽医师"称号；1992 年获中央农广校兽医卫生检疫、检测中专证书；1998 年获"中级兽医师"职称。

1982 年，三十一岁的兴林，就已经接了父亲的班，挑起了三角兽医站站长的重担。他坚决执行"以防为主，防重于治"的方针。为发展畜牧业解决老百姓的食肉问题，他满腔热情地宣传解说，鼓励农民

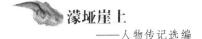

养猪。他脚踏实地，不辞辛苦，谁家的母牛要产崽了，他去当接生员；谁家的猪儿病了，他就是猪医生。只要群众有急，不分白天黑夜，天晴落雨，他起身就走。不管是石板路还是田坎路，他一支电筒，一个药箱，泥一脚，水一脚，及时赶到。三角乡很大，二十几个村，他常常是鸡鸣而起，夜半而归。有一次回家路上，太困乏了，走起也打瞌睡，差点栽进水田里。

他十年后交班了，接班的是一位兽医专业的"四化①"干部，他仍然是三角兽医站的骨干兽医师。

1990年，族谱迷陈世谷来到桐垭，调查采集濛垭陈氏桐垭这支人的情况，从此同兴林相识。兴林积极支持编修陈氏宗谱，并陪同世谷重点走访了几家，掌握了全乡——甚至相邻隆盛那边族众的情况。

世谷把兴林介绍给掌伙人陈老黑。几经接触，老黑甚为赞赏这个中年人，辈分低，水平却不低，是个人才。于是委托他掌管有关族谱及团拜会的财务。

兴林乐于接受这个任务。他一方面当好兽医，另一方面当族谱编委会及团拜会的好管家，做到两不误。

经过几年相处，老黑认定兴林是块好料，心中盘算：今后就由他接班吧，并把这想法透露给几位核心成员。2003年初夏，老黑走了，兴林被选为勤务组召集人。

兴林早婚。妻子吴立会，贤惠漂亮，是典型的贤妻良母。长女治群，女承父业，在扶欢镇兽医站工作。老二治中，渝运集团綦江分公司干部。三儿治国，客运公司驾驶员。都发展得不错。

---

① 四化：即革命化、知识化、专业化、年轻化。

辛勤耕耘的老园丁

——得天下英才而教育之，乐也！

一、寄养农家

1923年3月，二十六岁的用宏老师又得一子，取名世品。当时其兄世耀才一岁半，正出麻疹，其母无力料理两个婴幼儿，世品刚满月，用宏夫妇就将他托付给垣子的陈八娘喂养，每日给半升（约1．6斤）米做酬报。

八爷名敬廷，是仲芝中医的小弟。略识书文，因不善持家，早已败落，只剩下半座瓦房，几亩菜地。育有两女，俱已出嫁。膝下无子，年近四十，才抱养一个家里比他家更穷的孤儿，取名"万山"。平时除在几亩菜地上种点玉米、高粱、红苕、小菜之外，夫妻俩靠在附近各家打短工添补，一家三口，艰难度日。如今每天增添半升米，当然乐意，八娘高高兴兴地把世品抱回家去。

陈八爷没有亲生儿子，万山儿来自外姓，因此他特爱世品。三岁就教他数数："一、二、三、四、五，上山打老虎……"教他认字："上、下、十、八、丁、人、干、寸、斗、平……"由浅入深地教唱山歌："太阳出来（乐儿），万丈高哨（尔朗啰）……"教猜谜语："一个老者矮又胖，背上背一根弯棒棒（小便壶）……"只要猜对了，陈八

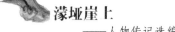

爷就把世品举起来，爷儿俩搂在一起，乐在一起。

这是多么好的学前教育呀！充满了真挚的情，炽烈的爱，原生的智慧，油然自得的欢乐！五年多时间，世品在农民陈八爷夫妇的养育和熏陶下，性情深处打上了积极的烙印：柔顺的性情和坚忍的性格。当然，由于长期营养不良，也造成身材矮小，体质羸弱。

二、艰难的求学路

五岁半，世品回到亲生父母家，在家族承办的私塾发蒙。七岁，随父进县城中学堂附小，读三年级，居然能赶得上全班步伐。九岁起，随父读私塾，读《声律启蒙》《千家诗》《幼学》《四书》《左传》《古文观止》；学对对子，写绝句、律诗，写白话文或浅近文言文。

十六岁，世品从巴县南龙小学毕业，考进綦中，成绩很好。初中读了两年，考上志成高中。志成系私立中学，学费昂贵，世品面临经济困境。他大胆写信给遵义福美银行的瑾瑜七哥求助，瑾瑜来信欢迎他去遵义上高中，当年八月，世品远赴遵义，进入县中高一年级。

这时的世品，年甫弱冠，已长成一米七三的个子，勃勃英姿，才华初露，第二学月参加全校作文比赛，一举夺得高中组头名，引起老师和同学们的关注。

第二学期中途，胞姐玉英从北平辗转经遵义回重庆，就任宏仁护校教导主任，世品因此萌生了转学重庆的念头，1942年7月离开了遵义。

世品离开遵义县中是一次大失误。其一，县中的语文教师朱穆伯是遵义名儒，很喜欢世品，多次下顾世品住处，世品也常去他家。世品离遵义时，朱老还特邀他以前的两位弟子及世品一起拍一张师生合照。六十年后，世品重访遵义县中，才知道朱老师是1938年入党的地下党员。世品曾经如此靠近党，却失之交臂！

其二：女班长超容与世品彼此欣赏对方文才，互传书简，算不上初恋，却也情趣相投。世品临行，超容题句"鹏程万里，后会有期"，可见姑娘芳心。互相通信两载，终因地址屡变以致音信中断，再也无法寻觅！

由于世品跳级上高中，学科链条断缺，数学没学好。玉英只叫他考南开、清华等名校插班，都没考上。又不好吃回头草——重返遵义县中，世品失学了，在前进中第一次滑坡。

塞翁失马，焉知非福。世品失学回家却发现和解决了其父用宏在县征收处出纳师爷任上亏空巨额公款①的问题，并促成老爸戒了多年的鸦片烟瘾，重新走上教师岗位，坦坦荡荡地一直干到年满六旬退休。是青年世品在危险关头挽救了老爸，用他的智慧和良知保全了这个家！

失学了，是坏事；但不能困于坏事，要扭过来。翌年春，世品找到已来重庆的遵义县中老师王荣芬，在其帮助下，进入"战区学生进修班"。一个学期后，转入永川国立十六中高二年级，又走上坦途。两年间，在这所一流中学的培养下，思想更成熟，阅历更丰富，形体挺拔，举止适度，世品已基本上成熟了。

但是，他的求学之路却注定是坎坷不平的。求学有两个必要条件：经费，成绩。世品高中阶段，重文轻理。玉英姐只叫他考中大、重大等名校，当然考不上。若目标指向三流院校的文科，就大有可能上靶，而此类学校照样能出人才。可惜当时在大城的陈氏宗亲，大都是财会医卫人士，不谙升学之道，指引失当，世品两考名校，俱铩羽而归。

没考上大学不等于无能。母校南龙小学立即聘请他教六年级语文

① 见本书第四篇。

兼班主任。他不但深受学生欢迎，还组织全校老师排演多幕话剧《重庆二十四小时》，自演主角康泰兼任导演。校长为此拨款制景片。校内演了，还拿到南龙街上去演，影响遍及全区各乡。学期末，龙岗崇洁中学就送来了聘书。

但世品少年时候就孕育了一个大学梦。他辞谢两校聘请，辞谢姐夫介绍进北碚税务局的工作，进了志成中学高考复习班，于同年4月初考进私立正阳学院夜校。夜校就夜校，走着瞧吧，总算进了大学。

但是，上夜校，白天得有份工作，他却一时找不到工作，缺乏经济来源，一学期后，休学了，上学路上又一次受挫。

他到了本乡私立禹静小学，这儿远不及巴县南龙小学，让生命之舟暂时停靠一下罢了，谁知一年后，这儿因他而出现奇迹！

翌年春，瑾瑜、虑能两位兄长，议定共同供给世品直到大学毕业，于是他转入正阳学院日班法律系大一下，从此安安心心正儿八经地学习，直到1950年7月大学毕业，成了濛垭陈氏第一个大学毕业生！

我们的世品，似乎是"打不死的程咬金"，跌倒了，又爬起来，温和中带着坚韧。二十年来，尽管坡坡坎坎，曲曲折折，总是向前走，而且始终走在正道上。

三、杏坛五十年

1949年11月重庆解放时，世品正在正阳学院四年级，二十六岁，是一个无党无派不过问政治的书呆子。朋友克勤、作新12月就报名参军，进了军大。世瑢妹和女友勾小妹翌年二月进了革大。他为了圆大学毕业的梦，仍留在正阳。大四学生只学《社会发展简史》《新民主主义论》《中国革命与中国共产党》及新颁布的《婚姻法》。两个月工夫，他前后读了几遍，感到新奇而深刻，有所领悟。功课不紧，于是他到江北私立建川中学教初中各班历史，期末回正阳参加毕业考试，七月，就顺利大学毕业了！

当年暑假，他面临两种选择。一是沙坪坝大中学生暑期学园，西南军政委员会主任刘伯承兼任园长，结业后组成工作队参加农村民主改革。他是大学应届毕业生，有资格参加。二是中小学教师暑期学习班，中学各派一半教师参加。建川中学共9名教师，派了5名，正好有他。去哪一处呢？其父从教几十年的耳濡目染和两次教小学的经历起了作用，他进了教师学习班。

中学老师学习人数比例大，人多，分住明城中学、求精中学；小学老师学习人数比例小，人不多，住巴蜀学校。每个单元的重要报告，集中到总部听，一般课就在所在地分别宣讲。

学习两个月，共六个单元，单元小结后，都要放露天电影。有一次放映一部苏联电影《桃李满天下》，讲的是一名乡村女教师从教五十年，八十岁生日时，分布在广袤国土的众多学生——其中有最高苏维埃代表、将军、教授、专家、工农模范——分别乘火车、轮船、汽车、飞机赶来祝贺，那场面动人极了！人呀，不一定高官厚禄，能够几十年从事教育工作，为国家培养人才，他的生命就是很有意义的了。

这时重庆《新华日报》发表了刘伯承在暑期学园的重要讲话，号召知识青年到农村去，到基层火热的群众运动中去，锻炼成长，报效祖国。世品只是在建川中学代课两个月，严格说来还没有正式工作，于是他给綦江县人民政府去信，详细介绍自己，要求回故乡恢复1950年上学期因土匪暴乱而停课的私立思齐小学。大约十天，县人民政府回信表示欢迎，于是他谢绝了建川中学的挽留，在思齐校董的支持下，买好六个年级120套教本，风尘仆仆地回到綦江。他先到县人民政府文教科报到，第一次见到曹科长，谈得很融洽。然后持文教科介绍信到区、乡请示汇报，区、乡都表示支持。于是他邀请了当年的周、曾

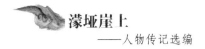
两位老师及一位胡老师，由他担任校长的私立思齐小学就准时开学了。

他怀着报效家乡、在农村民主改革中锻炼成长的理想，一方面认真抓好学校全面工作，另一方面配合做好本乡南部三个村的中心工作。他同周、曾二位老师有分有合，下村教唱歌、教扭秧歌，开斗争会时作记录，组织唱红歌，喊口号，以壮农民声势。学校还和三个村的农协会联合组成大约 100 人的宣传队，到连封几个场及区政府所在地做宣传，"谁养活谁？大家想一想！……"等歌声、口号声及昂扬的秧歌锣鼓响彻所到之处的街道、广场，大大地发挥了鼓舞群众，震慑地主分子的积极作用。

学校办得有声有色，学生猛增到 150 人，学习成绩也列全区各完小前茅。第二学期中途（1951 年 4 月）县头就调他到区上三角小学任校长，并承诺下个学期起（1951 年 7 月）思齐小学由人民政府接办。

他是以那位苏联女教师为榜样，到农村扎根才离开现成的城市中学回到家乡办思齐小学的，主观上并不想升迁调动。但是县人民政府下了聘书，他能不服从？于是他"打起背包就开走"，心想：好在三角乡也算是农村。

他在三角小学实际只干了三个月，期间他捐资平整三合土操场，增强了教师的凝聚力，还在全区各乡巡回演出多幕话剧《模范农家》，成绩突出。暑假集中学习后，他又被调到规模更大的东溪小学。干了一学期，期间作为全县唯一的小学校长代表，同文教科长及四位中学校长参加了在北碚的川东行署召开的教育工作会议，在东溪小学实际工作的时间大约只四个月。寒假学习后，又调到县城中心小学。

这样迅急的调动，有人赞羡，也有人愤愤不平。而他自己呢？在思齐干得较扎实，在三角也还不错，后两处摊子大，时间短，就谈不上什么成绩了！假如就待在三角小学，也许好一些。

1952年暑假，集中到江津专署参加思想改造运动。第二阶段，他报名争取大会检查。本意是重点校的头嘛，理应带个头，谁知检查后有人提出他可能有历史问题，两次检查都通不过。他委屈极了，他没有参加过任何反动组织，历史是清白的，现在竟然被这莫须有的问题卡住，他想不通！

检查没过关，人们不理他了，他们不明真相，有顾虑，说不定也有人高兴。一天，共事时较为相投的共青团员小李居然到宿舍来看他。他问小李，为何两次大会提意见调门最高的总是那几个？小李笑一笑："你太冒了，连我都想治你一下！"他这话像是玩笑，却击中了世品的要害，让他经常回味。

转入业务学习阶段，领导组的曹科长通知世品：你已调到綦江师范，即日前去报到。"我的检查还没通过呀！"他说。曹科长语重心长地说："老陈呀，严格审查，是组织对你的爱护。小教升中教，三项条件中'政治面貌清楚'是头一条。你要放下包袱，把工作搞好，同志们都看着你哩！"他连连点头，眼里盈满泪花。世品经过思想改造的审查与教育，澄清了历史，也提高了觉悟，在以后经历的政治运动中都没有出大问题。

到綦师后，学校安排世品教中师第六班（届）语文兼该班班主任，并教初师第九班、十班的历史，工作量较大。他怀着感恩的心情积极工作。上课几周，学校就组织全体语文老师来听他的公开课。他选讲了闻一多的《最后一次的讲演》，获得好评。这是他教学生涯中的第一次公开课，也是学校领导对一位年轻新手的锻炼培养。

当高六班的班主任有相当大的难度。50名学生中，有复员军人6名，保送来的小学老师10名，初中毕业生只34名，其中还有几个是春季始业提前一学期毕业的。从十五岁到二十八岁，从少先队员到连

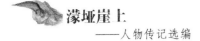

级军官，够多样化的。世品倾注了大半精力，使班级工作基本上能正常运转。当班主任也是平生第一次，干得还不错，几十年后，这个班的同学们还没忘记他，多次邀请他参加他们的各种活动。

一年后，组织上又调世品到綦江中学。当时綦中只有1955级、1956级两个高中班，学校规模不大。他去后，只教初二·下（春季始业）两个班语文，工作比较单纯。开学约两月，学校要他背跨门书①——搞一次全校各科老师都来听课的大型公开课。他采用《人民教育》介绍的"谈话法"讲《董存瑞与郅顺义》。同学们随着老师的引导踊跃发言，师生互动，课堂气氛活跃，较好地达到了教学目的，被学校总结为年度教学经验。

第二学期就转教高一·下（1956级）语文兼该班班主任，并教高55级历史，还第一次担任教研组长，又红火起来了，他干得更起劲。这时綦中的校长正是半年前的县文教科长（老地下党员）曾曙中。在他的培养下，1954年世品第一次交了入党申请书。1955年春，和一位生物老师随新来的党支书兼校长参加了四川省教师代表会。这时世品已完全摆脱思想改造带来的负面影响，思想上业务上都有了明显进步。

1954年暑假，世品结婚了，爱人为重庆护士学校的妇产科教师。1956年6月，他们有了第一个孩子。护校远在北碚，他只好申请照顾，组织上把他调到本专区离北碚最近的青木关巴县二中。

世品1950年刚毕业时就已经是大城市的中学教员，是响应刘帅的号召回到家乡办农村小学的。兜了一个圈，现在不但离开农村，甚至离开家乡了，走苏联那位"乡村女教师"的路已经不可能了。好吧，去掉幻想，定下心来，当好一名中学教员吧！

---

① 背跨门书：为了考查新来的老师学校组织的公开课。

到巴二中不久，照样要背跨门书。世品选讲了古典文学精品《琵琶行》，评价也还不错。一学期后，当了高 59 级（二）班的班主任，集中反右时成了积极分子。随后当了教研组长，学校教育工会副主席，生命之舟又升到波峰。在运动中，他第二次交了入党申请书。

不幸的是，1958 年暑假中，在欢迎归国志愿军过境时，右脚掌被刚启动的汽车后轮压碎了骨头，经西南医院治疗，16 天后便裹着石膏回校。由于跛脚，困难多，班主任、教研组长、工会都干不了啦，但他仍坚持教课，还加教高 60 级（一）班的高中学生。一个因公负伤的重伤号，教三个班语文，够自觉的了。这时他因姐姐弟弟政治上都出了问题，他入党的事搁下了。他脚上钉有钢钉，包着石膏，不能参加全民炼钢，只能留校编小报，于是他落伍了，被一些人另眼相看！

1960 年春季，县里集中三所完中的六个毕业班到鱼洞巴三中，冲升学率。世品在学生们的要求下被派到鱼洞"保高三"，还当了备课组长。苦干一学期，高考语文成绩列全市 24 所完中的第十名，刚够通报表扬的名次。于是他被正式调到县城巴三中——后来的巴县中学，并担任教研组业务组长（从此没有再当班主任）。他又走上了坦途。

到巴三中的前四年，他每年都教高中毕业班，高考前的分类复习都保三类——文科，每年高考语文成绩都算过得去。1962 年，他的工资加到四级，可以享受专用卷了。这次只有少数指标，他有些喜出望外，工作更努力了。小说《红岩》出版了，县文化馆邀请他给县机关的同志集中讲《红岩》，他先在本校给全体师生讲，然后给机关干部讲，随后给鱼洞地区全部中小学师生讲，这样一来，不但进行了一场思想教育，也扩大了讲者的知名度。

"文化大革命"是史无前例的，好多人受到了冲击，世品也被当成

"资产阶级学术权威"受到批判，三讲《红岩》成了罪行之一，被强制劳动达五个月。革委会成立后，随学校下放到姜家区。

世品所在的天赐公社中学，在巴县东面最边远的山区。跟他家乡思齐小学的环境类似。他像鱼儿遇到了溪流，除搞好教学工作外，很快融入到农民群众中。两年间，走遍全乡9个大队，三十二个生产队，和许多农村干部、学生家长交上了朋友，心灵受到了洗涤。两年后，1971年暑期，全县十一个区都办起了高中，他被调到姜家区巴七中。

到巴七中后，世品认真回顾自己的过往：二十年来基本上是在波浪式状态中蹒跚前进。这跟自己的思想修养是分不开的。不行，再不能这样，"莫等闲白了少年头"，已经年近半百，得迎头赶上。于是他自觉地苦其心志，劳其筋骨，加强品德修养和思想改造，同时系统地学习专业知识。坚持几年，五十岁了，才基本上进入"不惑"境界，醒悟何其迟！

感谢县教学辅导站，在巴七中组织了一次全县百多位同行参加的大型观摩课，世品老师主讲《雪山雄鹰》获得广泛好评，为他二十年中学语文课打上了一个感叹号！

1979年春季，县里在青木关巴师办高二复习班（当年中小学施行"十年一贯制"），全县11所完中选送200名学生来集中复习，抽调高考各科教师约30名来大兵团作战。世品教的一班，是四个班中的尖子班，56人考上54人，其中邓世军还考上清华大学。全复习班上线率达80%，震动了全市教育界。

就在这学期中途，世品被聘为市中学语文中心教研组成员，除市进修学院语文科专家之外，一线教师只有五人。有同事戏称世品为"中心科员"。

当年下学期，世品调离姜家，到位于第三区虎溪的县重点中学之一的新巴三中，教高二两个重点班，一年后，高考上线 22 人，成绩空前好。世品被评为市先进工作者，光荣地出席在重庆大礼堂召开的先代会，工资加到中教三级，并被吸收入党，实现了三十年来的愿望。

1980 年暑期，县里决定集中在县城办一所重点中学，校址定在十一中（老巴三中，后来的巴县中学）。从全县集中了四十位骨干教师。于是世品又回到十一年前的老地方，仍然当教研组长。

这个语文教研组，可谓群贤毕至，青木复习班语文组的班子全到了，还有名儒成典、治林及其他中青年精英十余人。他们各有所长。开朗、自恃，秉性各异，宿怨、新愁，遭遇不同。业务学习时，大家不开腔，政治学习时，有的就倒苦水，翻旧账，甚至影射在场对象……这样一个摊子，怎样才能让他们放下包袱，摒弃前嫌，逐渐融合，形成合力，从而搞好重点中学的语文教学呢？

已经当过多年教研组长并已入党的世品，不惊不诧，不慌不忙。会上，他倾听大家的发言，会下，他热情接待找上门来的同事，并有目的地拜访一些同事。耐心聆听他们的牢骚，甚至宣泄，并诚心、热心、耐心地沟通。与此同时又积极开展教研活动，带头上观摩课，让这些同事逐渐把心思转移到工作上来。半学期光景，情况逐渐好转，逐渐形成团结和睦的教研组。

从虎溪调回鱼洞的当晚，世品参加县委宣传部的欢迎会。他发言时诚恳表示："刚刚才入党，缺少贡献，决心多干十年，七十岁才退休，以作弥补。请同志们监督！"大家报以热烈的掌声。"七十岁才退休"成了他庄严的承诺，传遍了全县。

当年秋，他被文教口选为县人大代表，翌年春，被评为市优秀党员，聆听了市委丁长河书记的报告。1983 年 7 月，还作为文教口代表

参加巴县代表组出席重庆市第五次党代会。

世品意识到：如今在政治上、业务上都已得到肯定，只能再接再厉，一手抓教学，一手抓教研组工作，宵衣旰食，不容稍懈。

1983年，中小学取消"十年一贯制"，恢复"六·三·三制"，世品也不再只教毕业班，而是跟班走。他从1983年起，教1986级两个班。二年级时分出一个文科班（四）班，他奉命教（四）班，另教一个理科班（二）班。他给（四）班开小灶，加授《短篇文言文释注》。当年高考，语文科满分120分，（四）班平均成绩达88分，100分以上的三人，其中邱兵夺得全市文科状元，考上复旦大学新闻系。全年级六个班，上线150余人，多人考进重点大学。刚更名为"巴县中学"的全县唯一重点中学，从此跻身全市各区、县中学前列，直逼市直属学校。

这期间，世品根据自己的经验——语文教学中结合思想政治教育，写出数篇经验文章，在市《语文教育通讯》发表，产生了积极影响。

他所主持的教研组工作也有声有色，先后组织到江津中学，永川中学，合川一中，二中，清华中学，广益中学，甚至丰都中学开展听课议课活动，也接待一些中学来访。市教师进修学院语文组也来巴县中学听课。巴中的迎客措施是：班班开放，并由组长世品老师集中全年级六个班在校园草坪上大课——评改病句。本来单调枯燥的课，世品老师讲得条理清晰，生动活泼，获得行家们的好评。

市进修学院还借市二十中教室，由巴县中学青年女教师王带一班学生去那里，为不少语文老师上一堂观摩课。随后不久，又派王老师代表重庆在南宁西南片区中语教学研究会献课——《愚公移山》，获得广泛好评，巴县中学语文组名声远播。

1983年，世品年届花甲，他向县委书记、县长申请延缓五年退休。

获得批准。1988 年，四川省评选特级教师。巴县两个名额，县里给中小学各一个名额，中学这一名公推巴中中教二级的世品老师。县报市、市报省，都无异议，最后省里认为重庆上报的 34 名老师中，世品老师六十五岁，市进修学院的董老师六十三岁，都已超龄，此二人未获批准。

省里这个决定是不妥当的。首先，全国许多省市评出的特级教师，超过六十岁甚至七十岁的都有（相关报刊上有相片及有关资料）。其二，四川事前发的评选通知也无年龄条件。若有此限，巴县当然不选世品，也不会浪费这个名额了。世品对此有意见，但又不特别看重。他毕竟不是为荣誉而工作，得之无愧，失之无妨。

就在这一年，世品六十五岁了，再一次申请延缓五年退休，又获批准。为了不挡路，他辞去教研组长一职，只教两个班语文课。1992年春，老伴患乳腺癌住院，他必须前去护理，时年刚晋七旬，乃恋恋不舍地办了退休手续。

几月后老伴病愈，世品又继续在高考复习班、工职校、兄弟中学的毕业班上课。1998 年 10 月，在益民农中教学时，患上冠心病，被迫离开讲台。至此，加上解放前两次教小学，世品已整整从教半个世纪！

四、笔耕

经过治疗，世品的病情很快就稳住了。医生说，七十多岁的人了，根治是不可能的，只要多加注意，就不会加重。

有了冠心病，教书没人敢要了，他要求在巴县中学无偿教一个班语文，王校长也不同意。

怎么办？成天无所事事，那日子怎么过?!

一天，当他又一次回顾他的大半生时，想到奶爹陈八爷。回忆呀，

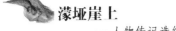
遐想呀，仿佛又伏在陈八爷的背上，仿佛又在同他猜谜，拈中指拇……于是他展纸提笔，热泪盈眶，文思泉涌，不到一个钟头，就写成一篇回忆散文——《农民的儿子》。

这敢情好，丢下粉笔，拿起钢笔；舌耕难继，改事笔耕。于是他顺着成长时间写下去，写到年满十岁时，共得六篇。春节期间，参加巴七中高73级校友聚会，文稿受到学生们赞赏。杨家卷同学鼓励老师写下去，他负责给老师出书。

写呀、写呀，辛勤地写，快乐地写，越写越投入，越写越振奋。几乎是马不停蹄，大约400天工夫，一本3章70篇170千字的"自述性系列散文"——《杏坛恋》在成都付印了。而这时，世品正在重医附一院进行淋巴癌切除手术和化疗。翌年春，他在第三次化疗后的短暂休息期间回巴县中学看看，400本《杏坛恋》正运到学校。这对他其后的疗养和迅速恢复健康，是一剂最好的催化剂。

淋巴癌，够吓人的，但并非绝症，只要发现得早，治疗及时，就无大碍。感谢重医吴成义教授，世品第一次门诊，教授就收他住院；第四天，就做手术，术后化验结果出来，立即开始第一次化疗，判断准确，处理及时，技术精湛，疗程安排恰当。六次化疗完成，癌变已痊愈。大约停了半年，世品又开始笔耕了。

世品试着写小说。他的第一个短篇《鳌校长与抱鸡婆老师》在文化宫一家杂志发表了，他很受鼓舞。第二篇《有这样一个女人》，经世磐弟推荐，远投凉山州《西昌月》文艺杂志，也发表了。于是他一发而不可收，几年间，在《西昌月》发表了七八篇小说，中篇《野菊花扎成的花环》还发在该刊总26、27期合刊的篇首。这期间，短篇《莫道桑榆晚》试投《四川文学》，也在该刊总492期发表。

重庆《公民导刊》的记者方娟，对世品老师进行采访，写成《八旬老人的杏坛恋》一文，发在该刊总第 70 期上。编辑部主任李成琳还介绍世品加入重庆市作家协会。

2006 年春，世品大便带血，去重医附一院检查，肛肠科专家张才全教授断言直肠有包块，需立即住院。真是多灾多难呀，距第一次癌变才五年多！

他八十三岁生日的前一天，上午八点半被推进手术室，醒过来时已是下午四点过了，还躺在重症监护室担架上。艺高人胆大，张教授后来讲，八十岁以上病员，一般采取保守疗法，不做手术。见世品老师体质较好，大胆做了。由他亲自操刀，破肚、截肠、插管……做了三个多小时，"陈老头真是福大命大！"他说。

这次化疗，没采用吊针输液，而是口服药丸，由张分批次有间歇地供药，减少痛苦，效果照样良好。这又一次证明，世品真是"打不死的程咬金"，两次癌症给挺过来了！

为了表达感激之情，世品送给张教授一帧装在镜框里的放大像，下端写着："张才全教授留念。感谢你的救命之恩！赞赏你高尚的医德，精湛的医技！——受益人八旬叟陈△△①"从此他俩成了朋友。

两次癌症，世品担心写作难以为继，于是将已发，待发的中、短篇小说计十一篇，收集成册，定名《一束野菊花》，由两名学生赞助，2007 年由四川美术出版社正式出版。同《杏坛恋》一样，出版社不给稿费，只给作者 400 本书。世品也同处理《杏坛恋》一样，把书无偿分赠给教过的学生（每班 10 本到 25 本不等），赠给亲友，当然也包括张才全教授，两本著作都各送十册给巴县中学图书馆。

---

① 陈△△：此处略。

直肠癌术后有后遗症，肛门像漏斗，括约肌缩进去了；泌尿神经也受到损伤。于是大小便都不正常，次多，量少，只凭脑控制，睡后常遗屎流尿。但这不是大问题，多点麻烦，慢慢就习惯了。手术后半年，世品又想写了！

写啥呀？他从 2002 年参加濛垭陈氏春节团拜会以后，增强了对家族的了解与关爱，就写他们吧，从濛垭开山祖博武起，已传十二代，其中有不少颇具特色的人，就从各发展阶段挑选一些来写，也能一定程度地反映时代变迁及演进。主要写正面的，也写个别遭淘汰的。给族中人提供一些经验教训；也可算是对濛垭《舜裔陈氏宗谱》的一点补充，起个纪念作用。

此书同样无偿赠送，只是对象不再是学生而是濛垭子弟。书名暂定为《濛垭崖上——系列传记文学》。从 2008 年开始，两年半工夫，已写就十四篇，达成 70％了。世品已年届 88 岁，还能写，速度虽慢，九十岁前定能圆满完成！

五、做人理念

教书是世品的职业。写作是世品的业余爱好。他做人处世又怎么样呢？这得从他的性格和修养说起。

世品幼年受过贫苦农家五年多的熏陶，在生母的爱抚和老爸的冷漠及呵斥声中发蒙、上学，从小养成和善而又坚韧——外柔内韧的性格。随着学习进程的推动，日益开朗宽宏。他接受了儒家思想，相信"人之初，性本善"，进而服膺"泛爱众"观念，教书则"有教无类"，处世则以和为贵、助人为乐。这样一来，尽管一生坎坷不平，却常常峰回路转，柳暗花明，虽无辉煌业绩，却也桃李满门，硕果累累，他知足了。

世品不管当班主任还是教学，对学生都一视同仁，循循善诱，不歧视成分差的或学习差的。学生彭，家庭成分不好而学习成绩很好，世品让她当学习委员，她干得很出色。学生潘，家庭成分不好，却品学兼优，尤长于语文。世品让他当语文科代表，并手把手地辅导他参加演讲比赛，潘夺得高中组冠军。毕业后考上西师，后来成了教授。学生龚，学习成绩差，世品老师一直鼓励他。龚三次高考都没上线，老师就劝他另辟蹊径，不再挤那独木桥了。龚从地摊卖服装起步，办文化茶楼，搞建筑包工，后来成功竞聘当上区级保险公司经理。

……

世品如此善待学生，加上他讲课特具吸引力，学生喜欢他，有的甚至崇拜他。他对年龄差距不大的，视如手足；对年轻学生，则情同父子，有几位七十年代的学生也就对他视之若父。

五十年来，他教过的学生，累计已有四千余人，其中不少精英人士。"得天下英才而教育之"，世品老师感到深深的幸福！

世品老师爱学生，他当学生时也是蛮招老师喜爱的。突出的如正自小学的张丹书，綦江中学的晏祥光，遵义县中的朱穆伯。有的成了挚友，有的宛如慈父。世品从他们那儿学到了知识，也继承了关爱学生的品格。

世品不但喜欢学生，也喜欢一般人——人们、人众，而不限于人士、人才。

他关注好苗子：表弟周，高中毕业，赋闲在家。世品建议思齐小学（他乃校董之一）聘周教高年级数学，兼管总务，周两项工作都干得很好。1950年春季，学校因土匪暴乱停课了，周茫然地待在家里。世品回来重振思齐，第一个老师就是请周复出。由于周德艺双全，一

年后被县文教科保送到乡建学院带薪学习，其后分配到云南当中学教师，一帆风顺，景况超过侪辈。

他关心迷路人：乡亲胡，富家少爷，高中读了四年，断断续续，迄未毕业，家中派人送钱去甚至找不到人。世品同他略有交情，多次同他恳谈，劝他结束闲散无聊的少爷生活，认真上学，回归正道。胡终于醒悟，决心重新做人，当即转入一所正规中学的三年级，正儿八经地读书，毕业后考入正阳学院经济系，当年冬，重庆解放，他立即报名参军，编入海军联合学校当文化教员，立过三等功，评为海军中尉。他同世品成了莫逆之交。

他助人改恶从善：即便服刑归来的匪盗，世品也不厌弃。请他吃饭，和他交朋友。同他恳谈，劝他洗手务农，正正经经做人。每逢假节日回家，世品都主动接近他，同他一起钓鱼，打长牌，摆摆龙门阵……嘿，这人真个改邪归正了，安分守己地过了几年。后来他死了，世品还不时关照他贫穷的孩子。

世品还喜欢成人之美，愿天下有情人俱成眷属。

国立十六中的同学袁，湖北人，大学三年级，人过二十五了，还没找到对象，世品把在思齐小学教书的堂姐杏介绍给他。他们先通信，交换相片，袁寒假千里迢迢从广州来綦，相见后彼此满意，正式登报订婚。半年后，袁已大学毕业，兴冲冲来綦江中学任数学教师，并与杏结婚。

另一同学常，解放一年多，在武汉当工程师了，还是单身汉。世品如法炮制，把护士堂妹玲介绍给他，玲远嫁武汉。

那位海军中尉胡，三十岁了，还是光棍。世品把綦邑名噪一时的文艺尖子周介绍给胡，英雄美人配对，一时传为佳话。

他们都是千里姻缘一线牵啊，全亏大媒古道热肠！近距离牵线搭桥的，也不乏精彩杰作，就不必赘述了。

世品成人之美，也体现在泽被一方的公益事业上。他1946年秋在私立禹静小学代课一学期，发现该校存在的问题，从而给主管人夏先生上书，穿针引线，促成陈瑾瑜出资，于1947年秋季改组该校成为高待遇、高师资、高设备、高水平的思齐小学。

世品咋就这么爱管闲事——干帮忙呢？源于他从小受过多人关爱扶持，他怀着一颗报恩的心回报人们，回报社会。

世品待人接物，以和为贵。少年时常与人争辩，但不动手。成人以后，再不跟人争吵了，待人以诚，广结善缘。几十年间，人际关系和谐，六旬以后，熟悉的人大都称他"老先生"。

生活中有爱"占强"的人，认为某人某方面比他（她）强，就满心地或潜意识地不高兴。轻一点儿的，心里不舒服罢了；重一点儿的，就不与往来，甚至讽刺、中伤。

这样的人，世品碰到过几个。他觉得，忌妒心强的人，也有一定本事。他（她）如果把不服气当成动力，从而更加努力，那就好了，让我们和平竞赛吧。但如果中伤诽谤，那就是下着了，更不用跟他（她）计较，毕竟大家都是老师，别让精力内耗，功夫该用在工作上。

世品对这起人，就是这样坦然处之，他们之间始终没有翻脸，而这几位也始终未能超越世品。

六、幸福家庭

世品于1954年结婚，爱人范福容系卫校妇产科教师，不上课时，又是附属医院妇产科医生。一生勤勤恳恳地从事这两项工作，六十岁才退休，辞世时已八十二岁。

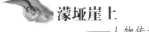
他俩育有两个女儿：大女儿行果，高中毕业，以一分之差落第，后考进中专，毕业后经过培训又当中专老师，教生化。后语文函大、生化函大毕业，双学位，在职工医学院——其后并入重医大教生化。虽然只是讲师职称（因学历不硬扎），讲课却不亚于一般的副教授。

大女婿周，中行会计，五十岁"内退"经营钢材，五六年工夫，已步入"小康"行列。独生子然然，重医大毕业，通过托福考试，赴加拿大留学。

二女儿秋实，成都科技大毕业，进重庆油漆厂，从技术员干起，曾送日本培训，回厂后，从工程师、技术处长、副总到总工程师，并获化工部涂料专家称号。2010 年，参加重庆市科委组织的六人专家组出访法兰西、瑞士、德国，为濛垭陈氏女性中较为出色的。

二女婿夏，重庆理工大学教授。独生子宁宁，复旦大学硕博连读，党员，标准小伙！

老伴去世后，世品一人独居巴县中学教工宿舍，为的是便于写作。买菜、做饭、洗衣、扫地都独力操作。他拒绝女儿给他请"钟点工"，坚持家务劳动以锻炼身体。节假日，一家三代欢聚几天，然后各就各位，有分有合，情趣盎然。"老先生"年近九旬，依然健康。

八姐和八妹

——银行姐妹花，才艺人人夸！

她俩属于"世"字辈，同为钟乾祖的孙女，都在银行，家中姊妹排序都是"八"。姐名世行，妹名世瑢。

姐妹俩年龄相差五岁，有许多相似点，又各具特色。濛垭"世"字辈在外头工作的姑娘，按年龄可分为两批，第一批有鲁玉、世楫、玉英、世荃等；第二批有世莹、世芸、杏、玲等。这两个"八"是第二批中的佼佼者。

一　八姐世行

松树堡志先二爷育有三男二女（夭折的除外），世行是老幺，人们叫她八妹。其后利时大爷家也生了一个八妹——世瑢，于是世行升为八姐。在特定条件下，"八姐"或"八妹"称号也会改变，比如在自己家里。

"行"，这儿该念"háng"，取义于《论语》"子路（仲由），行行（háng）如也。"嘿，这个名字取神了，这姑娘的性子自幼就有点儿刚强，行（háng）色！

世行 1923 年腊月生，限于地区，没正规上完小学，1938 年秋就考进綦中女三班。濛垭崖上到平滩沟青云庄上学，有九十多里路，全程

步行，世行同莹、杏两姐走第一次时才十四岁半，就能跟上趟，表现出身体强健。

初中毕业，她考取立信会计学校。她不喜欢那里的生活环境，一年后转学到实商职高。实商乃是当年财会名校，她在那里如鱼得水，如饥似渴地学习，三年职高，她学到了真本事。

1945年秋季，她开始工作了，首发站是在堂姐夫肖哥开办的"新中国公司"当助理会计，就住在马家巷玉英姐家。肖哥发现她的业务能力并不亚于那位主办会计，在家里也主动帮玉英姐料理家务，带一带才一岁多的孩子——庆儿，显得能干而懂事，对她颇为欣赏。

有一次，玉英因琐事闹别扭，带着庆儿"回娘家"——到狮子山虑能五哥家去了。三日不归，肖哥魂不守舍，长吁短叹。世行劝他，男子汉应该大量些，采取主动，并陪他一道到狮子山接玉英。玉英是一时赌气，第二天就盼着这一步，就高高兴兴地一同回去了。从这可见，世行年纪轻轻就善于处世。

1946年初，肖哥准备回东北老家，新中国公司开始收缩，世行经启贤嫂介绍转入国营粮食储运局，仍干财会。当年才二十二岁，从此有了稳定工作，相当顺利。

粮储局单位不小，负责粮食收购调拨，权力很大。办事处在朝天门一带，宽敞的办公室里，一字儿摆着长长两排面对面的办公桌，不下40张。男女工作人员"张丞相望李丞相"，上班时都不说闲话；工间休息时都活跃起来，上"1号"的，随便谈谈的，摸出小镜整容的，小伙子给年轻姑娘送冰糕、献殷勤的，不一而足。

世行是全办公室年纪最小的姑娘。个头不高，却身材匀称，眉清目秀。而且业务能力强，算盘打得飞快。对人谦和，举止大方，很逗人喜欢。

一个天庭开阔、古铜色面庞的小伙，工间休息时总是坐着不动，老盯着世行。一天如此，两天三天如此，两周三周如此。世行发觉了，世行的嫂子——孙启贤也发觉了。

"袁珣，你老是盯着我小姑子干啥?"一个周末下班时，启贤扯兮兮地提出"抗议"。

"你是嫂了呀，我正想找你哩!"袁珣神秘地递过一张电影票，"请帮我转给她!"

"你自己给呀!"启贤故意拿架子。

"求你了，嫂子! 我怕受伤呀。"小伙子一脸真诚，启贤点头笑了。

大众电影院十二排七、八号是很好的座位。袁珣坐在左边七号位上，他递过一颗糖，亲切地说:"你是八妹，让你坐八号!"

世行心头一震，心想:蛮细心的，做了调查哩! 她抿着糖，好甜! 笑着问袁:"你是老大吧?"

"我是老五。"

"我有两个五哥，大五哥和小五哥，又来个老五，嘿嘿……"世行说顺了口，刹住了，心怦怦地跳。

放映的是美国电影《鹿苑长春》。世行没看个啥名堂……老想着左边这个人:模样儿不错，英俊、洒脱。也有能力，几十吨粮食押运到上海，平安无事。不知性情如何，像驯良的小鹿那样就好了，我性格倔强，需要温顺的人中和一下……

她试探着问:"人像小鹿那样和顺，好不好?"

"看对什么人。"他坦然地说，"处社会，人善被人欺;对亲人，比如对八妹，就应该和顺、谦让。"

"真的?"

"真的，敢发誓。"

他俩的手紧紧握在一起，世行身子略向左靠，袁珣右手伸过去，

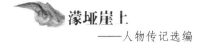
把住世行的肩……

粮储局的职工宿舍，在罗汉寺附近一座三层楼房，女职工住三楼，男职工住一楼和二楼。从那天一同看电影以后，每天晚饭过后，袁珣就在楼外水池旁边等，他们一同串街、逛公园、坐咖啡馆、看电影……从不分开。

大五哥见过了，大哥家去过了，也拜见过世行的母亲了，全票通过。袁珣的堂兄袁卓也十分赞赏，并热情招待世行。水到渠成了，第二年（1947）春暖花开，他俩在银行公会礼堂举行了隆重的婚礼。婚假中，他俩到北碚、合川度蜜月，玩得甚欢。归来后，搬来盐井巷小院跟虑能五哥同住。当时世行才过二十三岁，幸福就早早降临。

这时，除正式场合外，陈姓的亲人们都叫新婿为"玉旬"，这本是世行对他的爱称，听起来很巴适。

1948 年底，粮储局在储奇门附近买了一栋宿舍大楼，旧名"渝江客栈"，有百来号房间，启贤、世行两家都搬过去了，上下班远一点，但住得舒服一些。这时，由启贤、世行牵线，粮储局女同事张兰芳同福美银行的世杭二哥结合了，两口儿也搬来渝江。兄妹三家同住一幢宿舍楼，朝夕相见，太好了！

这是世行家庭生活的黄金时代，无牵无挂，甜蜜而潇洒。

谁知好景不长，1949 年深秋，袁珣病了，而且日趋严重，几个月下来，骨瘦如柴，奄奄一息。世行正怀孕，心急如焚。好在同事们关心，虑能五哥大力支持，慷慨解囊，延请著名中医上门诊治，服中药，半年多时间，硬是把袁珣从鬼门关前给拽回来了。继续疗养，好生将息。这时世行生了一个宝贝女儿——佳媛，对病中的袁珣不啻是一剂滋补良药。到了 1951 年袁珣已基本恢复健康。在小八——世瑢的努力下，进了银行，被分配到綦江。

重庆解放不久，粮储局改名为粮食公司。启贤被安排到牛角沱粮站，世行被安排到双溪沟粮站，世行产假以后，带着佳媛搬到那里。住房不大，平房，十几个平方米，母女两人够了。玉旬远在綦江，交通不便，很难得回来。大哥出事以后，母亲来了，正好带一带佳媛。世行全力放在工作上，地区小，工作单一，轻车熟路，她干得很出色。

一晃两年，夫妻俩仍然天各一方。袁珣多次申请调到重庆，都批准不了。县行领导说："小地方缺人手，大城市人才多，你爱人调过来吧。老财会嘛，我们欢迎她进银行。"

怎么办？问题摆在世行面前：城到乡容易，乡进城困难。客观条件，大城市肯定好一些，但总不能长期牛郎织女呀！为了牛郎，织女可以下凡，世行想：我就"下凡"——调到綦江人行去吧！

1953 年春，世行带着母亲、女儿调到綦江人民银行（后改为"工商银行"），结束了两年多的分居生活。世行时年三十，从此，夫妻俩五十多年朝夕相依，琴瑟和谐。在物质生活和夫妻情义之间，她看中的是后者。

世行是正规商职中专学生，又已工作七八年，会计业务非常熟悉。加之特别自觉，各方面都严格要求自己，调到綦江三个月，就评上政治学习积极分子。领导赞赏，年轻的同事都颇为称羡。

从此，会计方面的麻烦事，领导就交给她办理，年轻同事业务上有啥疑难，就向她请教；银行业务拓展，就派她参与新进职工培训，主打讲授银行财会。培训的新手都叫她"陈老师"，心甘情愿当她的学生。新世纪初，她和袁珣八旬双寿，代表银行前来致贺词的女行长，也是她学生之一，江津、巴南等地也有她的桃李。

世行各方面都表现良好，但她的家庭包袱重：出身不好，大哥又出了大娄子，袁珣也有点历史问题（未上线）。她仍然顶住压力，同地主老娘住在一起，不嫌不弃，直到 1964 年全国"大清理"，才把母亲送回农村交给孙儿女照料。娘呀，女儿是娘生的，不能抛下不管。老家距綦城不到三十里，娘回农村后，她仍按时给钱给物，有机会还回去看看。多亏这个么女儿，老母活到九十多岁。

綦江银行，早先没安排职工宿舍，世行一家总是租房子住：北街、中街、后街、东门口……多次搬家。到綦江后，1954 年生儿子佳政，其后又生女儿佳咏、佳琴，直到改革开放，一家六口才在开发区有了固定住处。

她和袁珣在家庭中的位置与常人相反，袁管内，采购、下厨，默默无声地干活；世行则对外，四个孩子的上学、当知青、先后就业、谈婚论嫁等等，她都得操持。三个知青，按政策招工一个，儿子佳政首先招进工行。由于苗子好，又特别卖力，领导很欣赏，送到北京培训。回来后成了骨干，其后入了党，进了领导班子。老三老四随后也顶替进了工行。大女儿佳媛礼让妹妹，自己进了街道企业，入了党，成了社区支部委员。儿女们的婚姻都比较满意，每人都有一个孩子。

这一摊子事，得费多少周章，花多少精力，世行都运作得较好。

正逢改革开放起步，世行已到退休年龄。可她退而不休，继续"帮忙"清理账目，巡视、培训，继续当她的"陈老师"，几年后才完全退下来。

常言道：一辈莫管二辈事。她退休后，却把教育孙子的事都揽过来，有的甚至把其父母都撇开。这样越俎代庖，效果并不好，她却抓住不放，甘心任劳任怨。

对农村两个哥哥的儿女们，她也百般关照。侄儿女们都亲切地喊她"八姑婆"。每年她过生，子侄们都来拜寿，主客三座，亲情洋溢。

自从濛垭陈氏兴办"团拜会"之后，她也很热心。她这个"八姐"、"八嬢"、"八姑婆"，在家族中也赢得广泛尊重。

世行真是一个"行行如也"的女强人！重情义，多才，有孝心，能干！

世行和袁珣始终恩恩爱爱，相敬如宾。袁珣对她始终信守第一次一同看电影时的承诺——和顺、谦让。尽管世行偶尔有点儿任性，他也从不计较，一往情深。袁珣八十二岁时，走了！世行如失偶孤雁，大床一侧，听不见鼾声了，起夜时，身边少了一把扶手。"珣呀，你不该先走，你该等着你的八妹……"她夜半醒来，常常这样嘀咕。

别急，他在那边等着哩！你的健康状况良好，寿登期颐后才去。

二　八妹世瑢

在世瑢的前头，已经有了璃、莹、玲三个姐姐，她来到利时老师家，已有点儿显得"多余"了。加之她秉性跟母亲及莹、玲两姐都大不相同，因此她在家中不大"合群"。

她的个头比姐姐们高，性格活泼，兴趣广泛，少女时代，喜欢串门，到处搭话，打招呼，在"老房子"这座大院里颇招人喜欢。后来出门上中学了，外头的哥哥姐姐们也都喜欢这个"小八"。神啦，家里冷落，外头热烙。这个情况同世品哥有些相似。

重庆解放时，她是商职校的学生，1950年4月，快毕业了，她却毅然进了西南革大。嘿，她这一步跨得太好了！人呀，一辈子有多少

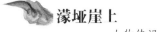
机遇，就看你怎样把握。世瑢这一步跨得好，从此跨入阳关大道。

当时的革大学员，有多种情况，分多种班。有年龄较大历史复杂的，交代清楚了，认识有所提高，就给分配工作。实在弄不清楚，态度又不够端正的，不予安排。比较单纯的社会青年，特别是在校学生，则重点培养。年轻、单纯、满腔热情的世瑢，在革大不但入了团，而且结业后被分到重庆市区道门口的川东银行，学员们都很羡慕。

那年代，学习"苏联老大哥"，开办中苏友好月，学校、机关、团体经常举行舞会。在校园，在大厅，在广场，跳友谊舞《找朋友》或者跳双人舞，不分单位，来者不拒。世瑢年轻、活泼、漂亮，舞会时来找她搭伴跳舞的颇多。她谨慎而又大方，言行有度，显得格外出色。一天，有一个看起来老实巴交的青年人走过来，向她伸出右手，微笑着邀她共舞。其人的外表、风度引起了世瑢的好感，她欣然同他走进舞圈，跳起了双人舞。跳呀，唱呀，和谐而规范。有的人就干脆停下来，看他俩且唱且跳，有赞赏的，也有窃窃私议的。从这以后，每逢舞会，他俩总是同跳，别人插不上。

这青年人叫李叔鹏，是1951年1月才从下川东调来重庆的。他是四十年代初万县师范的地下党员，一直在丰都、涪陵等地的银行工作，老财会了。现在重庆川东分行任计划信贷科科长。平时话不多，却能舞、能唱、能写，有时还打乒乓球。个头不高，可也不矮，一副老实憨厚、稳扎稳打的样儿，在世瑢眼里很可爱。

世瑢在川东银行女同事中原来就是很出色的，刚好又在同一个单位，一个是党员，一个是团员，加上舞伴情结，叔鹏这个"老实人"动心了，世瑢也巧作回应。尽管两人心照不宣，细心的同事都也有所察觉，大都啧啧称赞："真是天生的一对呀！"

1952年，原川东、川西、川南、川北四个分行解散，重新组建四川分行。世瑢被分往成都省分行，叔鹏却被抽调到万县专区中心支行担任领导工作。怎么办？难道劳燕分飞？叔鹏思忖再三，终于向领导讲了实际情况，希望同陈世瑢分到一起，于是他们在 1952 年 10 月一同到了万县（后来的万州）。从此，夫妻俩就在那儿生根、发芽、开花、结果，直干到退休。

世瑢对濛垭崖上那个家是很负责任的。她到万县不久，老父去世。其时她正怀孕，未能回去安葬老父。1955 年，世璃大姐"走"了，家中只有母亲一人，她回去了。其时和鸣才上初中二年级，她拜托堂兄世耀：小弟寒暑假就在他家。她接母亲到了万县，其后母亲顺江而下到汉口世玲处，其后又到上海世莹处。从此拆了农村那个家，房子交给农会。

1960 年"大清理"时母亲被遣回，又是她回去料理，安排到新盛乡姨妈处。最终去世时也是她去安葬的。难得呀！多替兄弟姐妹着想，自己离家近一些，主动承担重担。他（她）们只寄点钱，世瑢是出钱又出力，毫无怨言。

世瑢不仅关注家庭，对陈氏兄弟姐妹也热情关怀。在重庆川东银行时，领导认为她政治可靠，靠拢组织，善于联系群众，因而很信任她。凭这个优势，她先后向领导推荐世杭二哥和堂姐夫袁珣进了银行。正拟推荐新中国成立前夕返回农村的老财会——世荫大哥时，大哥就出事了！

世瑢调到万县后，非常关心在万县的瑾瑜七哥一家。每逢春节和七哥生日，那个不爱"走人户"的叔鹏行长也同世瑢一道前往拜年、拜寿。叔鹏把瑾瑜当做银行界的前辈，颇为尊敬。

世瑢新中国成立前在重庆上学时，常到虑能五哥家去，五哥也曾资助过她。八十年代末，她专门叫孩子去接虑能到万县住了一个多月，

陪他浏览江城，还给购置衣服。回渝时也叫大女儿专送。

堂兄世璞，与世瑢年龄相近，自幼合得来，兄妹情谊颇深。后来世璞蒙冤入狱，世瑢经常写信开导，寄药，寄衣物。平反后，还请他夫妻俩到万州旅游。

小弟和鸣，上初中由她出钱，毕业后就来到她家，在万二中上高中，直到其后工作，大多由她负担。

世瑢对亲人的关怀帮助，处处体现出濛垭陈氏的义门家风！

世瑢和叔鹏心心相印，恩爱和睦。叔鹏潜心工作；世瑢公、家兼顾，同事邻里，和谐相处，人缘极好！

他俩有三个孩子：两个女儿都当过知青。恢复高考后，大女儿芸考进西师中文系，毕业后先在万县工作，后调到成都，担任女师（中专）校长。爱人亦调到成都开发银行。

二女儿希，知青返城后就进了银行，九十年代，已当上万州工商银行一办事处主任，其后逐步升迁，已是万州中心支行骨干成员，是万州银行系统著名的女强人。爱人是万州政法系统干部。

儿子健也不错，高中毕业"留城"就开始工作，其后儿子已有了儿子，世瑢已是三代同堂了。

濛垭的陈氏姊妹中，世瑢是最为一帆风顺的，历次运动都秋毫无犯。叔鹏也一生平安，年过古稀才离开人世。世瑢由孙子李想陪侍左右，颐养天年。同濛垭姊妹经常互通函电。

196

又一曲园丁之歌

——春风催桃李，博识育英才

全科太医陈玉堂同自璧姑娘结合以后，生活甚为甜美。当时玉堂正是创业阶段，自璧成了他的主要助手。在姐夫杨学蠡和盟兄贾智爽的帮扶下，陈太医已小有名气，求医者络绎不绝。

正值红火时候，自璧锦上添花，生下第一个孩子。专门前来接生的外婆高声报喜："好呀，陈太医，是个长鸭鸭的小子哩！恭喜你了。"玉堂笑了，自璧也忘了痛楚，抿嘴笑了。

"洗三"那天，太医订了两桌，宴请至亲好友和医馆的伙计。大伙儿都为他高兴，外婆还祝贺他人兴财发！

给孩子取个什么名字呀？身逢乱世，平安是福，大家都主张取这类吉祥的名字。家族中"世安"有了，"世全""世平"也有了，叫啥呀？想呀想，玉堂一拍巴掌，高兴地说："有了！常言道安如磐石，就叫'世磐'吧，又坚固，又厚实，管保百年不烂！"

"好，'世磐'，好一个名字！"柳姑笑呵呵地说，"饱含着慈父的祝福和希望，喊起来又好听。"

随后几年，自璧又生了儿子世玕，女儿世颖，应了外婆的祝愿。

世磐五岁那年，抗日战争爆发，国府迁渝。其后敌机频繁轰炸重庆，玉堂苦心经营的资产遭受重大损失。为了安全，只好让自璧母子

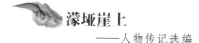
回璧山，自己带着大儿子世勋远赴雅安另谋生路。甜甜美美的一家子被迫暂时分散。

自璧带着三个孩子住在璧山西郊"一天门"，距县城只有几里路。世磐七岁了，就由舅舅领他到璧南小学上学，走读，中午在舅舅家吃饭。他个头不高，圆圆的脸，大大的眼睛，样儿很乖。大城里的娃，见过世面，比小县城的孩子大方。上学第一周的唱游课，老师对他有点好奇，问他敢不敢上台表演。他点点头，不慌不忙地走上讲台，向大家行个礼，就开始边唱边做动作："我是小猫咪，吃鱼又吃肉。我也会洗脸，我也会梳头。见到小耗子，逮住就一口。咪呀！"他做一声逼真的猫叫，满堂掌声，他不慌不忙地回到座位上。

从这以后，他成了很受欢迎的小朋友，还被邀请参加别班的唱游活动。但是他牢记妈妈的话：要学好功课，长大才有出息。虽然常有同学找他玩，他总是按时回家。小学阶段，世磐是一个勤学、懂事、成绩好的乖孩子，弟弟妹妹的好哥哥。

十岁那年，老爸从雅安回来了，重新在大城开业。一年后，妈妈带着妹妹去了大城，世磐同弟弟住舅舅家，在璧山继续上学。

读完小学，世磐上初中了，还是按部就班地学习，从不迟到早退。这时他已迷上课外读物，学习上已经逐渐偏向文科。舅舅也弄不清这些，只是笼统地不时提个醒罢了。

不幸的事发生了！一天，用民居改建的教室里，一根楼楸突然断了，刚好砸在世磐头上，一颗角钉打进他头顶约半厘米。人们把他从瓦砾灰尘中抬出来后，立即送到县医院。还好，未伤到脑海，但失血过多，体质亏损太大，一时不能上学了。

住院期间，爸、妈都回来看过，见无大碍，大城还有业务、孩子，留下一笔钱又走了。反正舅舅嘛，穿起罗裙就是娘，两个外甥就交给他了。医药费由学校支付，班主任和同学常来探望，医生按时来换药、包扎，一百多天后，就宣告痊愈，学业却耽误了一年。

经过这次意外受伤，世磐像变了一个人，不再天真活泼谈笑风生了，最初阶段甚至寡言少语；也不再手不释卷。舅舅们以为他脑部受伤，傻了，私下里为他难过。事实上他没傻，只是变得深沉了。受伤之后的大约一年里，头部还有反应，不能用功复习，不能长时间看书报，也不宜高声谈笑。他也挺急的。可着急不行，心一急，头就有反应，只好慢慢来。于是逐渐养成慢条斯理、稳重、含蓄，一副成竹在胸、少年老成的样儿。其实他胸中常掀起千层浪，志在成材。我们的世磐"可以卒千年"，可不能倒哩！

年过十七，世磐终于初中毕业了。他的心思，他的文才，已远远超过他的年龄，譬如果实，已经快成熟了！

解放了，世磐来到大城。1950年秋，他考取中专名校——"川东师范"。没多久，校址要用来改建文化宫，学校迁到歌乐山，改名"重庆师范学校"。

世磐考进了理想的学校，非常高兴，他选读文科，摆脱了数理化的牵制，专业各科都学得很好，尤其是语文。他的作文，老师常常一字不改，作为范文在班上评讲。成绩好，又循规蹈矩，第一学期就入了团，当了班干部。

歌乐山，环境优美，林木葱茏，空气新鲜。星期日，一些同学回家了，多数是外地学子，仍留校自由安排。世磐常和二三友好或山顶放歌，或林间采集，或清茶一盏同学友下一下象棋。世磐赢了，学友不服气，又布子再战。世磐常常屡战屡胜，对方多人"抱膀子"，仍难胜一局。有时世磐故作大意，失去一员大将，造成败局，自己"憾然"，对手却怡然释然。

世磐还负责班上墙报，主要搞撰稿、编排；刊头、插图由更在行的同学承担。他们的墙报办得有声有色，贴在壁报墙上，常有外班同学阅览，有的还抄录墙报上的小诗。

由于心情舒畅，伙食好，环境优美，他的脑恙残余已完全消失，重新焕发勃勃英姿，成了一个全面发展的优秀青年。

三年后，世磐中师毕业了。鉴于父亲年老，家庭负担重，他辞让保送上师大的名额，要求即时就业。学校体察他的实情，根据他的才智和实习时的展露，破格留用他为本校政治课教师。世磐这年才二十一岁！

一出手，"小陈老师"就被安排教小教培训班，为的是他和学员年龄相近，有许多共通之处，而学识又绰绰有余。

教导主任在培训班介绍完世磐老师离开教室后，同学们顿时活跃起来，有的微笑着点头，有的窃窃私语。一个女生贸然举手：

"老师，请问你有多大岁数了？"

嘻嘻，全场都笑起来了。陈老师不慌不忙地迎接挑战：

"请你先完成一个口头作业：将你的提问译成文言文！完成了我再回答。"

那女生舌头一伸，一时答不上来，一个年龄稍大的男生起立解围：

"我来。老师，请问贵庚几何？"

同学们鼓起掌来。陈老师微笑着说："他译得好。同学们是小学老师，也要学点文言文才好呀！"他略作停顿，然后回答年龄问题：

"一个多月前，我刚从本校毕业，才二十一岁。有志不在年高，甘罗十二岁时不就当丞相了吗？你们中肯定有比我年龄更小的，不就已经当老师了吗？让我们不管年龄大小互帮互学吧！"

"好的！""好的！"又是一阵掌声，老师挥挥手，让大家静下来，开始讲析政治课教材——《社会发展简史》。

年轻的世磐老师，第一堂课就取得"开门红"，学校领导放心了。

坐在后排一位高挑个的年轻姑娘，看来不到二十岁。一直没轰没闹，偶尔打个抿嘴，一双大大的眼睛一直盯着讲台，盯着老师。他那迥异于众的神态，给世磐老师留下较深的印象，查查座次表，知道她叫钟羽。

一个周末的下午，人们都下班了，世磐老师叫住他："钟羽，带上你的作文到教研室来一下！"一会儿，钟羽来了，老师看了她的作文，边评边改，然后要她重新抄过才交上去。这次作文，获得了语文老师的好评，大大调动了钟羽学习语文的积极性。从这以后，政治课或语文课的问题，钟羽都来请教世磐老师。

一个周末下午，仲秋的夕阳给校园罩上一层金辉，树叶在飘落，菊花却傲然盛开，偶有山雀在枝头叽咕絮语，操场上却是龙腾虎跃，好一派美丽和谐的风景！世磐同三位女生坐在水池边六角亭上天南海北地闲聊。

已是黄昏，一个女生走开了；一会儿，另一女生也走开了。钟羽没问，老师没留，亭间只剩下陈、钟二位，直到玉兔东升，他俩才依依告别，各自返回。

当夜，钟羽辗转难眠，思潮翻滚：小陈老师可爱不是？你看那举止，多儒雅！那谈吐，多讲究！模样儿嘛，不高也不矮，不瘦也不胖，一双大眼睛脉脉含情。至于本事嘛，人家年纪轻轻就已经是中专老师……"唉！"她叹息一声，人家瞧得起我们这号傻丫头吗？

世磐那边也半夜无眠。二十二岁的小伙子，正是青春旺盛期，春潮涌动。钟羽姑娘虽不是花容月貌，却也楚楚可人；学习成绩不是一流，但当班上生活委员却显得相当能干。而且她似乎也对我有意，我切不可糊涂，辜负姑娘芳心……

"你说巧不巧?"世磐想到这儿,不禁扑哧笑出声来,"她有两个妈,我也有两个娘。我爸进大城当了太医,就丢下农村发妻,另娶我娘娘;钟羽的老爸中途同原配——钟羽妈离异,另找一位过后半身。我和她,家庭情况小异而大同,看来我俩有这个缘分!"

两人经过一番"思想斗争",都决定相向而行,他俩靠得更拢了。

那年份,中学是不准师生恋的。学校领导分别告诫过世磐老师和钟羽同学,他俩并没有刹车。不得已,钟羽被提前结束培训,返回原校;世磐老师被调出重庆师范学校,根据他的要求,调到离钟不远的袁家岗某完中,改教高中语文。

这样处理,大大促进"陈钟合璧"。他俩不再是悄悄恋爱了,而是堂而皇之、明明白白、风风火火地爱,谁也不会阻挡,谁也阻挡不了。钟羽二十岁生日那天,他俩买了十来斤水果糖、瓜子、花生、几十张门票、茶票,在亲友及同事们簇拥下,在文化宫五星亭宣告结婚了!

世磐老师是从名校"下放"来的,完中领导十分器重。他结婚之后,给安排一套三居室的宿舍。钟羽成了走读老师,上下班得走几十分钟的马路,回家的趟路还得爬坡。她无怨无悔,心里甜甜的,两口子的感情如胶似漆。

第二年,钟羽就生下一个小子。世磐给起名"陈忠",寓意"陈钟结合"的硕果。钟羽邀请被负心老汉离异的外婆来家照料外孙,让她有个安身之所。其后十年间,钟羽又生了四个女儿及一个儿子,全由外婆一泡尿、一泡屎地拉扯大,钟羽毫无后顾之忧地教她的书。他们家,妈妈好,外婆更好!

世磐安家以后,老爸——玉堂大夫退休了,来投靠这最懂事的老二。世玕工作了,世颖、世燕两个妹妹也随父来到二哥家,好大一家子呀!好在老中医有点退休金,还能给人看病处方,因而收入不亚于钟羽。三个人的收入养七八口人，在外婆的操持下，紧绷绷地过得去。

世颖初中毕业后，也考进重庆师范学校，毕业后，先同钟羽在一个小学教书，后来居然也调到世磐所在的那所中学教初中语文。一直在那儿教到退休，世燕初中毕业时闹"文革"了，下放到南江当知青，知青返城回来时，已安家了，有一份较好的工作，一个幸福的家庭。姐妹俩的成长，除老爸外，主要得力于世磐二哥。

世磐是一点也不理家务的，全心扑在工作上。由于功底扎实，博闻强识，普通话、板书都蛮好，教课很受学生欢迎。

1960年全市（包括所辖巴、綦、江北三县）完中高考第一次分科排队，掀起了大搞升学率的高潮。当年暑假，高三语文老师集中到沙坪坝备课，"务虚"之后，领导组要搞一堂高质量的观摩课。经过排查，选中了世磐老师。世磐欣然受命，经过一个星期的准备和试讲，观摩课出台了，讲的是古典名著《神灭论》。好家伙！背景交代清楚，词义准确，紧紧抓住唯心和唯物两条路线斗争这个纲，分析精湛，各项基本功都很扎实，获得广泛好评，从此名噪巴渝。这时的世磐老师年仅二十八岁，还是一名超龄团员！

那时还未分设大渡口区。九龙坡区也只有袁家岗、九宫庙、土桥、南泉等地的四所完中。邻近的巴县，也只有三所完中。巴二中太远。巴三中、巴一中同九龙坡的四所完中的高三语文科自动组成"联合教研组"，每两周举行一次集体备课，轮流做东。做东的语文组必须奉献一堂观摩课，供大伙儿评议研究，同时预议下两周教材的重点难点。世磐同巴三中的族兄世品老师都是联合组的积极分子，兄弟俩献的课都属佳品。

这个有益的联合研究组织，大约历时三年。

重庆师范学校五十年代已搬到北碚区团山堡,规模大多了。"文革"后戴帽办了两年制的"高师班",名牌老师世磐受聘重返母校,教高师班语文课。历经磨炼的钟羽老师,也调去做专职班主任。世磐上大专语文,同样得心应手,深受学生欢迎。毕业学生中,有的后来成了作家、编导、优秀教师、机关干部,桃李满门,大都是世磐老师的"粉丝"。

这时,他俩的孩子都不小了,1977年12月,长子忠一举考上重庆师范学院。长女(老二)秀一举考进重庆大学。半年后,老三、老四两个女儿分别考进重庆卫校、重庆机械学校。老五(女儿)和幺儿子分别上高中、初中。老太爷——玉堂大夫早在六十年代去世,外婆却还健在。这位劳苦功高的姥姥,在外孙们都已长大成人的时候,九十多岁了,才心满意足地魂兮归去。

世磐是个多面手,才华横溢,不但工于教书,还是作家,主要搞文艺评论,写散文,也搞点文史研究。著作不丰,但涉及面广。还擅长象棋,在袁家岗工作时,还是文化宫象棋裁判哩!

世磐到团山堡"重师"以后,担任该校民盟支部主委,因此也是区政协常委,还受聘于市档案馆。中师不设教授,世磐职称为"高级讲师"。

年过花甲之后,世磐身体越来越胖,艰于走路,但坐功好,只动脑动笔,仍然不做一点儿家务事。这样一来,健康情况每况愈下,年过古稀就不行了。女儿煜是九院干部,央求医院多方医治,也无法逆转,终于在七十三岁时逝世!

六个儿女:大学生二,中专生二,高中生二,躬逢盛世,人人都有工作。其中最出色的,当推长女陈秀。重大毕业,"文革"后第一批正规大学毕业生,是国家的宝贝,陈秀被分配到北京某机械工业部。

爱人姓贾，成都科大毕业生，也分到北京。他俩结婚后不久，贾调驻香港，秀因此调到深圳，后来双双到了加拿大，成了"外籍华人"。据说，待孩子长大后，陈秀落叶归根，回国定居。

钟羽还健在，工资不菲，儿女们还不时"进贡"。古稀老妪了，请一保姆陪伴，天天打麻将，倒也潇洒！

历尽劫波的才子——和鸣

——凤凰于飞，和鸣锵锵。女皇城下，大块文章

綦邑北区名儒利时老师①告别杏坛回归故里时，庞氏夫人已生了莹、玲、瑢、彦四个女儿及儿子世杭。加上李氏夫人留下的大女儿世璃，利时老共五女一子。他想：五女不嫌多，一子却嫌少，能再生一个幺儿就好了！

嘿嘿，好哇，真是天从人愿！回到老家之后的第三年，年过半百的利时老喜得宁馨儿。老头笑得合不拢嘴，夫人漾起了酒窝。玲姐高兴地说："这下子不再溺爱二哥（世杭）了！"彦姐也说："二哥不敢欺负我们了！"姐姐们全都稀奇老幺，把他当星宿看待，争着抱他背他。世杭心里直乐："这下子好了，会让我出门七学了！"

利时老给老幺起名"世锵"，号"和鸣"，把小儿子当成凤凰了！

在哥哥姐姐们相继上学、工作之后，和鸣六岁时发蒙了。和杭哥当年一样由父亲口授，从《三字经》开始，继而《千家诗》《幼学琼林》《四书》……直教到 1950 年。除读书外，写毛笔字也是必修课：临摹颜、柳大字，也临老父的小楷、行书。自己还在老父藏书楼上翻到一本《芥子园画传》，闲时在毛边纸上临花鸟虫鱼，偶尔兴起，就在

_____

① 利时老师：第二章已单独立传。

窗户纸上、墙上画这些玩意儿。姐姐们吵，父母却听之任之，而自己则怡然自乐。

新中国成立以后，世品五哥带他去思齐小学读四年级。语文冒尖，算术却不行，努力追赶，半期考试才得 56 分。老师见他学得认真，给打及格，并鼓励他加油。和鸣受到鼓舞，更加努力，跟得上大伙儿了，仍不如语文那么好。

土改以后，没钱上学了，家中也没人干农活，和鸣休学回家。这时家中只有四人：老父已年过花甲，眼已失明，只是成天念佛。母亲和自幼残疾的世璃姐，只能打点儿帮手，和鸣成了"主要劳动力"。天哩，才十二岁多点的娃儿，能种什么庄稼呢！难活重活只能请人；上屋的世耀四哥尽可能帮忙搞一下。邻居们都同情这家人，纷纷伸出援助之手。好心人为他担忧，和鸣却不知人世不知愁，依然快乐。短衣、赤足、藿食，在老房子跳进跳出，无聊时，就在毛边纸上画画，钻进老父藏书楼读书：《三国》《聊斋》《夜雨秋灯录》，见书就读，甚至啃《二十四史》。你见过孔夫子的高足——颜回吗！小小和鸣却有些儿相似。"人不堪其忧"的遭遇及丰富多元的阅读，对少年和鸣的心灵塑造及其对文学艺术的爱好，产生了深刻的影响。濛垭子弟中的"文化人"，鲜有这种经历！

1953 年春，思齐校老师捎信来，叫和鸣去上高小，免除他的学费。这时最关心家人的瑢姐已经过工资调整，可以每月给家中寄点钱，于是和鸣去上了五年级。路远，中午不回家，靠带去的炒胡豆、粑红苕填肚子，回家后再吃稀饭泡菜，点灯做作业。

读书不苦，冬腊月落雨天或下雪天上学最苦。没有胶鞋，赤足上路，小小的脚板踏在铺满冰雪的泥路上，有如刀割，痛彻心扉。待双脚都已从麻木到活便时，已快到学校了。到了教室，换上布鞋，双脚

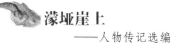
感到特别温暖。这种体验，颇有哲学意味，"苦尽甘来"，贯串和鸣一生！

眼见可以小学毕业，一方耆宿利时老师在他的书房正襟危坐与世长辞了！少年和鸣当此大事，心胆欲裂。母亲、璃姐、锵儿，寡母孤儿，在世耀哥的帮助下，埋葬了老人家，小小和鸣又遭逢失怙之痛！

1954年秋，和鸣考进綦江中学，算是生活中一次跃进。如此贫困，如此艰难，居然能上中学，他特别珍视。上学开支，由瑢姐负担，他无忧无虑地集中精力学习，初二时进入前三名。他参加初中部漫画比赛，获一等奖；作文比赛，获二等奖。美术老师还选了他一幅漫画，参加"大西南六一少年儿童美展"。进入綦中之后的和鸣又一次否极泰来！

这时，世璃大姐病故，家中只剩下老母孤身一人，于是瑢姐回来接母。和鸣请假回去，由他写好放弃老家田地房屋的契约，让母亲亲手交给村长。一代名儒陈利时的家从此在红星村消失，只留下一抔孤冢！

初中毕业那学期，"反右"已经开始。少年和鸣看着报纸上的有关文章，一头雾水。农村土改时候，他实在太小，浑然不知；现在人长大一点，对此国家大事，也似懂非懂，自知出身不好，谨言慎行，埋头读书罢了。

中考那几天，因贪游泳，感冒了，发烧，头痛，考得一塌糊涂。自知考不上高中，不等通知，便到万县世瑢姐处去了，自学一年，翌年考入万县二中高中。

说来不巧，他快入学时，贵州省遵义地区宣传部长带队来万县招中专学生，名额较多。和鸣若去考，是大有可能录取的，他如上了中专，既减轻了瑢姐的负担，又等于预定了工作岗位，那该多好！但他的初中文凭，已存万二中教务处，那边不让退学。可惜呀，多么好的机会！

瑢姐见他有情绪，安慰他道："上不成中专不要紧，只要你好好读高中，你李哥哥（姐夫）说，二天我们供你上大学。"和鸣这才安下心来，专心致志地学习。走读，住在瑢姐家里。

高中读了半个学期，学校开始"大办钢铁"。钢铁炼不出来，高一年级的同学们就围在土高炉边漫无边际地闲聊。和鸣的文史知识远远超过侪辈，逐渐成了中心人物，劳动之余，男同学大都围拢来听他海阔天空地神侃。兴之所至，有时他还来点相声、评书，要像不像，逗得同学们哈哈大笑。经过几个月"大办钢铁"，和鸣已经不是言行检点的"小老夫子"，而是一个多才多艺爱出风头的活跃分子了。

快要期末考试了，一天晚自习前，和鸣走向教室，看见廊下围着一群人，原来是本班女生黎某和二班男生章某正在开玩笑打闹，像散打，又像摔跤，那男生居然击打女生胸部，玩闹快到"沙皮①"的地步，黎某脸都红了。

铃声响了，大家进入教室。和鸣一时兴奋，走上讲台，清一清喉咙，装腔作势地："我宣布一个最新消息：全国散打冠军今晚已经产生，男方冠军是隔壁章某某②，女方冠军是我班黎某某③，大家鼓掌祝贺！"

掌声未停，情绪激动的黎某拍案而起，手指和鸣："姓陈的小子，你记倒起，这事没完！"

全班都乱了，人们充满兴奋、激动、担心，和鸣伸一伸舌头，一

---

① 沙皮：伤了和气了。
② 章某某：原名记忆不详。
③ 黎某某：原名记忆不详。

时无语。

这周星期六放学以后，和鸣走到校门口，见黎某约了好几个女生站在校门外。和鸣晓得她要生事，但只能上前走。相距两米远时，黎某喊声"一、二、三！"女生们一齐向他吐口水，乱七八糟地骂："小流氓！""山旮旯来的穷小子也敢欺负人！""小瘪三！""小混蛋！"……辱骂声有如狂风暴雨横扫过来。和鸣气极了，但看那"狗多为王"的阵势，他强忍住愤怒径直走了。走远了，他才擦去身上、头上的唾沫，牙齿咬得嘣嘣响，心道："小女子，你也记倒起！我不过开个玩笑，你竟搞如此下作。我得捞回来！"

下学期开学了，和鸣画完了黑板报的插图，天擦黑了才信步回家。无意间，看见前面走着的竟然是女生黎某，顿时怒从心上起，捡起路边一根木棒朝她肩背打去，只听她惨叫一声倒下，和鸣仓惶逃跑了！

黎某受了重伤，进了医院。

和鸣却进了监狱，以"故意伤害罪获刑两年"。

在看守所时，一警员对他说："小伙子，你们学校打电话来说，你和郑某某①画的画，入选四川青年美展，叫告知你。"

"唉！"和鸣叹息一声，这一棒，把才艺、前途都打掉了，全怪我读书不求甚解，胡用了江湖小说"君子报仇……"那一套！

和鸣不愿影响叔鹏姐夫的令名，要求远地服刑，于是被送往川北剑南煤矿劳教。两年矿工生涯，和鸣完成了一个青年学生向体力劳动者的嬗变。刑满后，留厂当钳工。由于文化相对较高，又肯钻研，机修技术日精，成了技术骨干。该矿 VS－50 型采煤机组，他是主创人之一，获省科技奖。他创制的轮子坡重锤自动道岔，既安全，又提高了

---

① 郑某某：原名记忆不详。

效率，再一次获奖。

"好样的，锵弟！"瑢姐来信鼓励，"勇于改造自己，又勤于奉献……"但是，当钳工，搞工业，毕竟不是他的宿愿，1980年，不惑之年的和鸣考上川北教育学院函授中文专业，边工作，边学习，终于圆了大学梦。毕业后，正式转行当了技工校教师，教语文机械两个专业。他第一天登上教学讲台时，感触良多：当教师了，这可是太阳底下最光彩的事业，是浴火重生，是子承父业！苦心培育小弟的瑢姐该扬起眉毛，杏坛耆宿的老父当含笑九泉，他们的小老幺和鸣如今有出息了！

1989年，和鸣评上四川省优秀教师，多篇论文在省系统研讨会上获奖，评上讲师职称。

1996年，和鸣退休了。自从到剑南女皇城后，他一直挤时间搞点儿文艺，不时有诗文发表，有画参展。他的诗，入选该市"青年诗人诗选"。他是一些报刊的专栏作家。他的散文、随笔多为行走文学，小品佳作《飘水潭》《奇异的树根桥梁》均发表于上海《新民晚报》，濛垭陈氏宗谱也曾选入（见宗谱23页）。

六十多岁后，和鸣喜欢上了剑南的白花石，于是又刻制白花石砚，自刻自藏，或赠懂行的好友。

和鸣二十九岁结婚。夫人徐久芳，威远人，漂亮，贤惠，能干，把家务料理得井井有条。两个儿子都已结婚生子，各自成家。和鸣年过古稀后，移居女皇城一座八层楼上，因而自号"卧云"。常与夫人河滨垂钓，柳浪闻莺。依然摆弄白花石，画几幅国画小品，也"偶有文章愉小我"。闲散，淡泊，宿命坎坷而文化富有，如斯而已！

"领头雁"的小雁们

——青出于蓝，三洲两洋，飞得更高更远

"世"字辈的"领头雁"瑾瑜先生和贤惠慈淑的常薇夫人育有三男四女。除儿子大龙童年殇逝之外，其余五只小雁大都翅膀强劲，飞得更高更远。

大女儿永健，童年时活泼、聪明、爱笑，样儿乖，很逗人喜欢。进入小学后，逐渐感到学习吃力了，成绩后退。经医院检查及母亲提供的情况，原来永健是头一胎，分娩时难产，是产科医生用抱钳取出来的。就是这一钳，孩子脑部受到损伤，一般生活无碍，动脑筋的事就跟不上其他孩子了。

她比二妹多花一倍的时间艰难地高中毕业，居然在"大跃进"的1958年考取西南农学院的蚕桑系，太不容易，也太让人高兴了，尤其是常薇，见到女儿的大学录取通知时泪如泉涌，母女俩22年前曾经一同在生死线上挣扎呀！

永健进入高校学习，困难更大了，很多知识学不好，成绩跟不上，心头一急，脑病加重了。她平时也嘻嘻哈哈的，很爱为同学们服务，养蚕等实习课，她也干得蛮好，一提笔考试就不行了……学校只得同家长联系，建议永健休学就医。

这一休，就长期休下去了，两次申请复学，体检都通不过。

"通不过，拉倒！"永健这样想，"我肯信只有大学毕业才能活人？"

她进过民办厂当工人，大江涨水时，她勇敢地同男职工一起下到江边给工厂拖器材，受到广播表扬。

她当过保育员，嘻嘻哈哈，很招孩子们喜欢。一个孩子尿尿了，她一性急，打了孩子一下，孩子哭了，家长不依，被辞退了。

世品五爸给她介绍一个中年丧妻的老师，她同全家人都认可，往来半年多，那老师见她病情无好转，吹了！

弟弟妹妹大都工作了，父母到二妹三妹处"逍遥"去了，二龙、三龙在上大学，只有她同四妹在家。快三十岁了，该自己找婆家了。于是经街道办的人介绍，草率地收拾一个背包，就离家同一个从内江转行回来的厨师结婚。四妹阻拦不住，只有写信告知父母。

那汉子还不错，劳动者嘛，心肠好，对永健很巴适。一年后，生了一个胖小子。瑾瑜夫妇回到万县时，升格当外公外婆了。

二女儿永康，自幼会读书，成绩好，十八岁从当时重庆名校清华中学毕业，并考入北京航空学院。

1960年，从北航毕业。上大学时，与同学徐承民相识，进而相恋，并于毕业一年后结婚。徐分到四川达县航天系统从事国防科研工作，八十年代评为高工，研究员，曾获航天部科技成果奖，1992年开始享受国务院特殊津贴，属国家级专家。

永康从北航毕业后，在北京理工大学和兰州工业大学任教十余年，1970年，转到老徐所在单位从事研究工作，八十年代评为高工，并作为"064基地"知识分子代表当选达州市人民代表。

1992年退休后，加入"重庆市知识分子联谊会"并担任理事，这是由市委统战部领导的高知专家组织的，永康是其中的活跃分子。

永康不但在工作上是干材，在家也是孝女。调来达县不久，就把

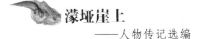
瑾瑜夫妇接到她家奉养，老徐对岳父母也热忱对待。将心比心，永康对承民的老人也很孝敬。

徐父是威海一带的老游击队员，具有渔民和战士的直率性格。他有两儿一女，女儿远嫁河南，二儿子承民在四川，大儿在同一个村。老爷子不愿同大儿子住在一起，家中有什么好吃的，宁可老远呼叫心爱的孙子过来一同吃，为的是跟大儿媳合不来。可老头却特别喜欢永康，称赞她懂事，孝心好。几次到达县老二家来，一住就是一年半载，两亲家也彼此尊重打得拢堆。

永康育有两个女儿，都各自成家，她早当外婆了。

三女儿永枢。从小聪明乖巧，是父母掌上明珠。从中学到大学，成绩一直优异，深受教师喜爱。她是成都工学院化工系高分子专业的高才生，毕业后，分配到北京东郊中国建筑材料研究院工作。她业务能力强，工作兢兢业业，单位领导颇为赞赏。

四川大学著名教授、工程院院士徐僖特别喜欢永枢。他有一次去北京开会，抽空去永枢单位见其院长黄士伦，半开玩笑半认真地说："陈永枢是我的得意门徒，你可不能亏待她哟！"

三十多年来，永枢主要从事混凝土外加剂研究，是外加剂专家，中国混凝土外加剂委员会成员，高级工程师，曾出国参加专业会议和访问。退休前由黄院长介绍加入中国民主建国会。

由于在北京安家，多次恭请父母去玩，抽空陪他们游览首都名胜，陈氏亲属如玉英姑姑及表弟汉星等是她家常客，其他亲友凡登门造访的，她也都热情接待。三姑娘永枢继承了乃父瑾瑜先生的"义门"家风。

丈夫王象明，辽宁人，高工，研究员，小水泥方面的专家。八十年代，援外工作近两年，还到过其他国家访问、讲学。

他们有一个女儿，大学毕业后，因留学关系，已移居海外，这是瑾瑜先生第三代首先漂洋过海的乳雁。

四妹永廉，是兄妹七人中的殿军，1944 年生于遵义。一岁时，瑾瑜先生调任万县福美支行经理，四妹同全家人到了万县，在万县上小学中学。高中毕业时，正逢政策上重新强调家庭成分，她未能考取大学。

她严格要求自己，谨言慎行，一方面协助母亲料理家务，同时又勤奋自学，通过考试，她当了运管站会计。她为有了一份自食其力的工作高兴，认真负责地干，有关方面反映良好。

这时，一位清华大学工程物理系毕业的广东人分到万县地区广播器材厂工作，这是一个很有能力又很老实的年轻人。万县市面不大，没有多久，他同永廉认识了，彼此都有一个好印象，大约一年工夫，他俩走到一起，幸福地结婚了！

他叫蔡映葵。由于水平高，工作积极，职称和职务步步升迁：工程师，高工，副厂长，厂长，研究所副所长，电子学会副会长，政协委员……永廉也调进地区广电局任会计，通过自考获大专证书。评为会计师。

五十多岁了，映葵申请落叶归根，获准调回广东汕头广播电视局。永廉也就提前退休，带着孩子迁往汕头。

他们的独生子蔡和熙，也毕业于清华大学，其后又获汕头大学计算机软件硕士，二十九岁时，即通过公开竞聘，担任广东省邮政信息局副局长。外孙和熙是"领头雁"第三代小雁中的精英分子。

可惜大龙五岁时即不幸夭亡！偶然给大儿子一个爱称——"大龙"，尽管他走了，人们还是把其后的两个男孩叫做"二龙""三龙"。

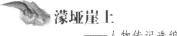

其实二龙名永义，三龙名永前，都生于贵州遵义。

哥儿俩的身材，脸型都酷似其父，不是双胞胎，却胜似双胞胎。在南浦小学时，有的老师也辩不清，常喊错名字。义、前兄弟俩都在南浦小学发蒙，后来又同上一所中学。

永义于1958年高中毕业，考入兰州大学数学力学系。毕业后留校任教。1984年，赴法兰西国家信息与自动化研究所做访问学者。回国后擢升副教授、教授。九十年代初，受聘于烟台大学，从事数学教学和研究。在国内外著名学术刊物发表过数十篇论文，出版专著一部，多次获奖，评为省级优秀教师，选入《世界数学家名录》。

妻子傅自晦，南浦小学同学，中学进的万县女中，四川师范学院数学系毕业。先当中学教师，同永义结婚后进入兰州教育学院任教，1993年调入烟台大学数学与信息科学系，逐渐晋升为副教授，教授，多次获数学科研奖。

他们有两个女儿。大女儿陈喜雪，北京医大毕业，留校在附一院当医生，其后获北医大博士学位。2004年去日本做访问学者，在国内外著名学术刊物发表多篇著作，现为北医大副教授，副主任医师。多种荣誉，多次获奖。爱人米卫东，北京口腔医院副主任医师。

二女儿陈云竹，北京外经贸大学国际企业管理专业毕业。1999年赴美国留学，获硕士学位。现在美国格林公司总部工作。爱人也在同一单位作技术经理。

永义及其女儿，是"小雁"群中飞得高远的。但有一点与其翁"领头雁"不同，他（她）们只是一家单飞，没有同陈氏乡亲有任何交往，他不懂得濛垭崖上！

这一点，同几个姑娘大不相同。四妹永廉远道回重庆参加老母骨灰与父墓合葬仪式后，想到此番离别，从此远隔天涯，恐怕难以再回故乡了。她约请参加葬礼的二姐、三姐一同回老家——濛垭崖上看看。

两位姐姐热忱响应，她们带上相机，两个胶卷，若干糖果香烟，回到还是新中国成立前夕母亲带着她们回去小住月余的故乡，濛垭崖上老房子。

下午到达以后，姐妹仨一家家拜访，敬烟散糖，畅叙家常，并给父老乡亲们照相，给濛垭的山水林木照相，给祖父——法官松乔扫墓拍照……两个胶卷都照完了。回城洗好后，又托陈伟带回分送各人各家。乡亲父老交口称赞：这姐妹仨不愧是瑾瑜先生的女儿！

是的，那种情怀，正是瑾瑜先生的秉性，陈氏义门的遗风！

可惜三龙永前，风华正茂时不幸离开人世！

三龙比二龙小一岁多，1961年才考进四川大学物理系。正当毕业时刻，赶上了"文化大革命"，应届毕业生暂停分配，留校参加运动，单纯、热情的永前热血沸腾，响应伟大领袖的号召，全身心投入运动，并作为"八·二六"驻重庆小组的代表，同重庆"反到底"并肩战斗。

当武斗升级形成混乱局面的时候，他逐渐冷静下来，淡出"造反"狂飙，来到父母和亲人们中间。"重庆小组"更换了头头，永前成了逍遥派。两年间，同父亲一道走亲戚，回故乡，感到一身轻松。偶尔也回川大看看，保持着低调联系。

大学都毕业了，永前没有女朋友吗？是的，没有。有一个小秘密父母都知道。那就是读高中阶段，他爱上了万县地区名压群芳的傅自晦。当他难以抑制向傅表白时，自晦诚恳地对他讲："三龙，你们哥儿俩都对我好，可是你比我小，我只把你当弟弟，我爱的是你二哥。"

还有什么话说呢！既然她爱的是我亲哥哥二龙，我当然只有终止单向思恋。他撤退了。

但是情愫这东西真怪，理性退出，不等于心底丢开。伊人倩影相当长时间仍留在心里，以致在川大总是清心寡欲，让不少姑娘为此却

步。作孽呀，感情这东西！

直到 1968 年，各地建立"革委会"了，各级毕业生分配了。组织上想到永前"驻"过重庆，父母都在重庆，就把他分到重庆一家机械厂。他高兴地去了。谁知到厂不久，重庆掀起了"清查'五·一六'"的"批清运动"。由于派性，永前在成都地区"八·二六"是主流，在重庆却成了清查对象。

连续几个星期的小会批，大会斗，一个新进厂的小青年，全场没有一个熟人，没有一点关系。一些善良的老工人虽然动了怜悯心，但也弄不清他的来龙去脉，也就没有采取援助行动。

小伙子非常孤立。他弄不懂"史无前例的"大革命，竟然整成了你整我，我整你的混乱局面。他看不清未来将如何演变，也看不见孤立无援的自己是否还有前途。他迷糊了，万念俱灰。他接通电源，摘下灯泡，把中指插进灯头里……

可惜呀，永前原本是一个高才生，一个优秀青年！

十年动乱结束后，永康找到厂里要求落实政策。厂里退还一切黑材料，给永前的父母一些抚恤金。

小雁三龙呀，你本可以一飞冲天，却意外铩羽，留给亲人的是无尽的遗憾！

乡村小院曹家河

——春光明媚，山美水美人更美

从新盛场下场口往县城方向的大路走，不到五里路就是有名的幺店子——团坝子。曹家河比团坝子近一点，在左后方的一片台地上，从大路转入林间小路，几分钟就到了。

这是一座常见的乡村小院，粉墙黑瓦，长五间。背靠小山丘，竹木繁茂；房前一块三合土平坝，是晒粮食和孩子们嬉戏的场地。面对一溜水田，下端有口堰塘，清汪汪满塘水，早晨罩上一层薄雾，偏东雨后常升起一道彩虹。濛垭三房后代——老爷子毓煌常坐在地坝边的条石上，或者堂屋门前的大圈椅中，衔着叶子烟杆，观赏田园风光。

药剂师

毓煌老汉有三个儿子：老大老三都住在场上，都糊上了鸦片瘾，靠开馆子艰难度日。

老二名世华①，号昌卿。他虽有号名，却从不用它，守住辈分名，以便接传曹家河香火。他不嗜烟酒，厚道，勤勉，凭借祖传的中药铺和三十石田租，毕恭毕敬地奉养双亲。家业是太老爷子创建的，楼坊

---

① 世华："陈老黑"也叫世华。按辈分字起名，多用好字眼，相同的名字就多。

沟毓辉大伯分去一半，老爸这一半已丢失三分之二了，曹家河这个根基，他可要好好守住。

昌卿世华（后文只叫"世华"）1907年生，十七岁时娶妻冷作英，十九岁时大儿子永富就出生了。冷作英比世华大三岁，贤惠、勤俭、刻苦。生永富之后，1932年生女儿永金，1934年生儿子永贵，1937年生儿子永刚，1939年生儿子永强。好福气，富、贵、刚、强，再加一千金，该够了吧！1947年，四十三岁的冷作英又生了一个老幺儿永肖，这才煞住了。

好个冷作英，二十一年间，生了五男一女。全是她一个人拉扯，并包揽了一切家务，让世华丢心落肠地经营他的药铺。毓辉大伯也竖起大拇指称赞这个侄媳妇："贤内助呀，大好人！"

世华当然也不错。平时就张罗他的药店，抓药，捡药，制药……需要到重庆进药时，他选转角场才去。天不亮，就背起背篼打起灯笼出发，从新盛到号房，走贵州下重庆的"通大路"，一百五十里，当天赶到，两头黑。在海棠溪歇鸡毛店，第二天尽早过江购药。东家挑，西家选，一要品质好，二要价钱公道，差不多搞一天，又才过河住店。第三天，背起药材往回走，妻子或儿子往往到龙岗地段接他。回到家时，已二更天了！

这么辛苦，抓药却绝不抠门儿，总是让戥子杆微微翘起。前来抓药缺钱的，可以赊账；穷困患者可以无偿抓药。由于货真价实，尽管场上也有药铺，上门抓药的仍然不少。

世华虽然不是医生，从多年抓药中也摸到一些门道，因此遇穷困人家患病的，甚至送药上门，先试着用，逐渐见成效，缺钱看病的也就把他当太医了。当然他还是以抓药为主，不处方，问病给药也十分谨慎，一辈子没出事故。

由于人缘好，三十多岁时，上头派他当副保长。他就带领村民修桥补路，由村民出份子，不够的，常常自掏腰包补上。副保长要负责拉壮丁，他不愿干这事，不到一年，他就坚决辞掉了这劳什子。幸好，由于时间短，新中国成立后，没把他当做"伪保长"看待，个人成分给评为"药剂师"，家庭却评为地主。这个家庭成分，影响了孩子，反倒是他的大哥、三弟都是场镇居民，因为他们早已没有地租。

老村长

到了1952年，世华大的四个子女先后都蹦出去了，曹家河这个摊子总得要人守呀，于是留下了才十三岁的老四——永强。

这时永强已经从新盛中心校毕业，即使没钱上初中，要考全公费的綦江师范的初师是完全能够考上的。但是这时，父母都已不再年轻，还有一个才五岁的小弟弟永肖，药剂师的中药铺又不能丢，永强若是也往外蹦，那么多人分的田地谁来种呀？几个学生的零星开销，一个小药铺怎能支持呀？从小懂事的永强听懂了爸爸的诉说，打消了也去考綦师的念头，才十三岁的小娃就留下来同老娘一起种庄稼。

曹家河那股田产以前是由佃户租种的，世华和子女们谁也没有种过庄稼，解放那年永强才十岁，只是帮妈妈打过猪草，整秧田时踩过秧田板，挞谷子时捡过谷吊，都是不费力气又挺好玩的活。现在要正儿八经种庄稼，一切得从头学起。药剂师老爸也只好一边抓药，一边同"四娃"干农活，也不熟行，力气也不够。挖了半天红苕，累得够呛，晚上洗脚时，不禁长吁短叹。冷竹英给他递揩脚帕时禁不住扑哧一笑："干农活儿恼火吧，黄瓜才起蒂蒂，日子长哩！"

世华猛一惊醒，咦！她半辈子劳动惯了，粗细都来得。如今二老已去世，那副担子搁了，不如请她当家，肯定比我能干。他站起身来对着竹英长长地做了一揖："我说娘子呀，从明天起，曹家河就由你当

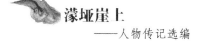
家，我和两个娃保证听你安排，拜托了!"

"要得! 要得!"永强连声附和，五岁多的永肖，也拍起了小巴掌。冷作英甜甜地说："大家商量着办吧，庄稼活我多用点心思；对外还得我们药剂师撑持哩!"

于是土改以后的曹家河，又有章有序地运转了，少年永强成了种地的主力。

该犁冬水田了，两个大人和永强都犁不成，只好推了豆花，备杯水酒，请原来的佃户田大爷打工。永强一咬牙，下了水田，跟在田大爷后头认真观看。犁了两沟，小家伙要求试一试，田大爷一旁指点，犁起来还像那么回事。只是回转时拖不起铧，毕竟年纪太小，由"师傅"搭把力才倒过来了。好小子，半天工夫，基本上得行了。只是被冬水泡了半天，发烧了!

发烧不要紧，有药剂师哩! 只歇了半天，第二天又跟着田大爷学。几块冬水田犁完，耐劳吃苦而又脑瓜子聪明的永强，已能独立犁田了。地坝边那块门栓田就是田大爷有意留在后头看着他犁完的。

一年过去，永强已锻炼成一个真正的庄稼汉，人也长到一米六几，他们家的农活不再请人了，他用不了多少力就能对付，于是他进了农中，永肖也上小学一年级。

十五岁的大小伙子，懂得家境艰难，读书机会难得，格外努力，各科成绩都很好，学校和乡里都很欣赏他，毕业后，让他到团坝子民办校当工分老师。团坝子离家很近，他一边当老师，一边当农民，教书认真，农活儿也误不了。年已半百的父母就是他的后台，也是他的帮手，永肖小弟也能打猪草，捞松毛柴草了。

由于教书负责，几年后，乡里派他到马家槽教小学，后来又调到分水小学。前景看好，只因家庭成分差，迟迟不能转正。教了两三年小学，上头要求民办教师各村回各村，他又回到曹家河。

这时，正是公共食堂喝大锅清水汤的时候，年过半百的药剂师已挺不住了，成了弱不禁风的虚老头，中药铺已关门大吉。冷作英硬朗些，但也不如当年，世华多亏她照顾，要不然，骨头早打鼓响了。这下子好了，儿子回来了，成了顶梁柱。永强安慰老爸说："爸，我再也不'出门'了，我侍候你，你会慢慢康复的！"

1961年春，公共食堂撤销，农村又慢慢缓过气来。

二十过头的永强，该找对象了。田大爷给介绍一个农家姑娘，在新盛场一家茶馆相亲。这时的永强，一米七的高挑个，枣子脸，眉清目秀，说是庄稼人，又像个"秀才"。姑娘动心了，可是，姑娘的哥哥是参过军的，嫌永强家庭成分不好，不同意，吹了！听说那姑娘还偷偷抹了眼泪水。

撤了大食堂过后，永强当了生产队的记分员。他受过成分不好的气，工作干得认真细致，人人夸奖，没干几年，就当上生产队会计，勉强算个干部了。这时又有人给他提亲。这姑娘模样儿不错，还读过民校。人家愿意，但是世华老汉说："莫着急，她家成分也不好，臭在一堆，生个娃来也难有出头之日，等一下吧！"老汉这么一打挡，啊，又吹了！

这一岔，就是"文化大革命"，啥都乱套了，永强的婚事也没人提了。他也不在乎，一半心思用来照护好父母，尤其是已年过花甲体质较差的老爸；另一半心思就放在会计工作上。

本生产队有个叫代世成的小姑娘，排名老二，样儿很乖，在团坝子上过学，挺机灵的。社员们看过电影《柳堡的故事》之后，也叫小代"二妹子"。一堆一款的，免不了沾亲带故。他爸喊药剂师老表，她也就叫永强四表哥。闲来无事，常来曹家河串门，看四表哥编鸳篼，

看他捕黄鳝煨来给表伯爷补身子，有时还帮表伯娘淘红苕，宰猪草，挺活便的！临到吃晌午，她一溜烟就走了，留也留不住。

"代家二妹子好乖呀，真逗人喜欢，可惜才十四岁！……"冷作英不止一次地赞叹。

"妈，你说些啥呀！"永强接过话，"比我小一半哩，再说，人家是贫农！"小一半，会长大的，连封场就有一个"背大的媳妇"。二十几岁的单身汉杜六，太穷了，捡了一个几岁的孤女，背起她上坡，背起她赶场，照护她十来年，成了甜蜜的好夫妻。

能干的冷作英，知道的事儿还不少，摆这个龙门阵来鼓励儿子。永强也甜甜的乐了。其后二妹子来玩，他也殷勤一些，留不住她吃饭，也要估倒给她一个柴火烤的炰红苕。

七十多岁的田大爷主动给两家牵红线了，代家的老爷爷脑壳摆得像拨浪鼓："那朗个要得，我们是贫下中农，他家成分高，干不得！"

二妹子被禁止到曹家河了。可是代老爷子咦，你拴不了孙女儿的脚。不去曹家河没啥；团坝子，河滩上，堰塘坎，田塝塝，哪里都能见到四表哥。

他俩都按自己的家境生活着，阳光下的约会却从来没有断绝。进入八十年代，老贫农代爷爷去世了，已四十一岁的永强同二十七岁的世成姑娘终于喜结连理了！

新媳妇进门，给七十多岁的药剂师提了精气神，身板逐渐硬朗起来。这几年，也难怪老爷子焦心，老五永肖都已在场上修家用电器，有两个娃了，老四还是个光棍！

永强和代家二妹子的马拉松婚恋，在曹家河一带传为美谈。

时来运转，随着改革开放的春风，1983 年，四十多岁的永强被选为大队会计。

由于公正、勤奋，1986 年，永强光荣地参加了中国共产党。

改革开放以后，不讲家庭成分了，都是人民共和国的公民。永强品质好，表现好，热心为群众服务，1989 年五十岁时，群众推选他当了村长，并获县"敬老好儿女"金榜奖。

地主家庭出身，七八年间"连升三级"，居然当了人民政府的村长！年过八旬身体极度衰弱的药剂师激动不已，他坚持在老伴的扶持下，在堂屋神龛前烧香，敬酒。当晚，他也浅浅地喝了一杯。第二天早晨，老伴端开水蛋去时，发现他已经"走"了，嘴角还挂着微笑。

永强安葬好老爸，侍奉妈妈更细心了。代世成也是一个全能的女当家，永强得以放心抓他的村长工作。群众信任他，几次连选连任。2002 年撤乡建镇，邻近两村合并，永强仍连任村长，还兼支部书记。多次评为先进工作者和优秀党员。直到 2004 年，六十五岁了，连任十五年的老村长——永强才光荣地退下来。

妈妈冷作英，直到九十五岁高龄，1999 年才去世。

女儿兴燕，儿子兴波，都在广东惠州打工。永强晚婚，子女都属"80 后"，正年轻有为，让他们闯练去吧！

家中只有永强老两口儿，看住曹家河百年老屋。

摄影艺术家

永强的大哥，新中国成立前即已工作，一直干财会，基本上住在永城。

姐姐和二哥、三哥，都在文教口，其中最具特色的要数三哥永刚。

永刚笔名陈波，1937 年生，綦师中师 57 级毕业，分配到东溪区。先后在书院街、永久、大安、镇紫等中小学执教三十余年。

青年时，他体弱多病，一米六八的个头，体重才 78 斤，走路靠拐

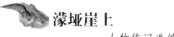
棍，在乡村小学工作，经常要爬坡上坎，困难呀！

永刚1961年第一次接触照相机，很感兴趣，节衣缩食买了一台。心想闲时摄摄影，可以调养身心，也可以为教育事业服务。

他是教师，中心工作是教学，只有节假日才玩一玩摄影。学校有重要活动时拍点资料，例如运动会、课间操、文艺表演、演讲比赛、农忙双抢、义务修路等等，不一而足。

后来，他的摄影艺术逐渐扩大到为毕业学生、为调动老师拍照，其后更进一步扩大到社会上。他为双脚截肢用双手走路的残疾人林光甫拍照，换来了公社给他一笔救济款。林家极其穷困，父母多病，姐姐也是残疾人。永刚多次送给林家衣物及现金，并为他家拍多张照片向政府和社会呼吁，使其获得资助，生活状况略有好转。

他为三台村的一个农民拍一张照片，用来做证据，赢了一场官司，挽回了经济损失。

尤为可贵的是永刚为困难学生拍登记照一律免费，为农民工培训拍证件照，为八十岁以上老人拍纪念照，也酌情减免费用。遇到特别困难的人，他尽力资助，三十年间累计不下壹万元。

由于健康状况欠佳，永刚在五十三岁时提前退休了。这下子好了，有充裕的时间玩他痴迷的摄影了。他拓宽摄影范围，尤其钟情于风光摄影，在镇上，在近郊，在田野，凡有可取的都拍下来。到郊外摄影，不慌不忙，轻行慢步，既运动，又吸氧，咦！身体状况逐渐好转，再也不用拄拐杖了。

几年工夫，永刚拍了数万张照片。《大金银洞瀑布》《古渡》《太平桥》三幅作品发表后，被重庆电视台雾都夜话拍电视剧《杜建国回家》时用做背景画，将古镇风光传扬出去。这事启发了永刚，他挑选若干风光照制成风光音乐片《东溪谣》，在镇闭路站多次播放。他还为重庆广电集团在东溪拍摄的 120 集大型电视剧《乡里人家》提供图片。

镇上也趁热打铁，将永刚所拍的古镇风光制成 2004 年和 2005 年日历画 3000 张，遍送境内外有关人员，并流向全国。中央电视台《乡村大世界》栏目也来拍东溪古貌，永刚积极配合，千年古镇东溪终于在全国露脸，其后得以获批"重庆历史文化名镇"、"中国历史文化名镇"。

永刚常和友人自驾摩托到处旅游，伺机拍摄。到贵州红色古城拍遵义会议旧址；到著名风景区金佛山拍了《东方醒狮》《千年树猴王》等奇特照片。尤其是作为《东方醒狮》背景的狮子山，从整个形态来看，包括额、鼻、眼、嘴，都极像一头雄狮！拿破仑曾称中国为"东方睡狮"，一经醒来，将震惊世界。永刚特将照片题名《东方醒狮》，博得行家交口称誉。

2004 年 8 月 2 日，一片似龙彩云向古镇龙华寺飞来，约 2 分钟消失。永刚摄下这瞬间即逝的奇景。此时恰是龙华寺修复石刻盘龙之时，如此巧合，真是不可思议！我们的摄影艺术家情不自禁地吟唱："太平盛世祥龙现，东方醒狮出山！"

这两幅神来之作，获得艺术界同仁击节赞赏。

永刚从 1961 年买第一台黑白照相机以来，至今已换相机 18 部，其中已淘汰 10 台。"他拍的照片累计起来已超过了他的身高。"（见重庆电视台《天天 630》采访解说词）他的作品几百幅次发表在多种报刊上，多次在国内参展并获奖。收集成册的有《千年古镇——东溪》专集。

永刚两次出席北京颁奖会：第一次被授予"2007 中国艺术年度人物""共和国杰出艺术家"称号及勋章。第二次被授予"2009 年推动中国艺术发展最具影响力人物""全国五一时代英模"称号及勋章。

他是"中国摄影艺术协会""世界华人文学艺术界联合会"等多个相关协会会员。不少作品入编《中国摄影家全集》及《全国摄影艺术精品大典》等大型画册。

摄影艺术家陈永刚是曹家河的儿子！是濛垭子弟的翘楚！是濛垭崖上的骄傲！

妻子张家琼也是市级先进教师。

孪生儿子兴勇、兴华，都在工业战线，成长得不错。

注：《乡村小院曹家河》重点是两个儿子，故按"永"字辈排篇章顺序。

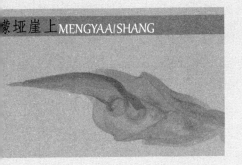

蒙垭崖上 MENGYAAISHANG

尾 声

春节团拜会

濛垭陈氏春节团拜会，起于 1995 年，由"陈老黑"发起，积极参与的有世梁（福祥）、世新、兴林等。按五大房排序，每房轮流主办，上一次预告下一次的地点和主办人。

第一次，由家住濛垭老房子的长房第九代孙——永祥（益勤）主办。堂屋门额上挂着"濛垭崖上陈氏宗族春节团拜会"十三个大字的横幅，门上竖贴着"濛垭陈氏历代昭穆考妣神位"。

人们按辈分站成横排，司仪高喊："团拜会开始，主持人就位。"福祥毕恭毕敬地站到神位前，司仪高喊："一鞠躬！二鞠躬！三鞠躬！"人们都虔诚地遵行。"礼毕。鸣炮！"鞭炮声大作。①

鞭炮停息后，福祥说："欢迎族长'陈老黑'讲话！"

世华微笑着上前："父老乡亲们，我只是承一个头，不是族长，并且我也不主张设族长，只要几个主事人就行了。现在国泰民安，陈氏义门有光荣的历史，大家要团结起来，用团拜会这种方式加强联系，互相帮助，遵纪守法，搞好生产，搞好工作，做一个好公民！"大家都鼓掌表示赞成。

随即就是"自由讲话"。大家情绪很高，发言的人不少。大约半小

---

① 拙作《一束野菊花》有类似情节，那儿是虚构，这里是写实。

时，席桌摆齐，典型的农家东道：炒魔芋，萝卜豆豆汤，几份小菜，回锅肉打主力，每桌还有一瓶老白干。

开席后，财务负责人兴林报告：共坐 18 桌，大家出份子，每人五元钱就够了。

自从不兴清明会以后，陈家人多年没有团聚了。这次将近两百人，不分男女，不计贫富，不讲成分。只要是五大房后代，就亲亲热热团聚在一起。团拜会就是清明会，团结会，真是太好了！

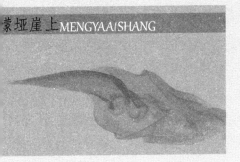

蒙垭崖上 MENGYAAISHANG

附 录

傲霜野菊

——致五舅

　　我的母亲是濛垭崖上陈家幺房的长女，按照爷爷的孙辈大小排序行二，从此在族人都叫她："二姑娘"。她有三个亲弟弟，依次排四、五、六。我四岁离开父亲随母亲回到重庆，从此在我身边最亲的男性长辈是四舅、五舅、六舅。

　　人的自我意识是从自己朦胧的记忆开始的。这几个舅舅就在我的原始记忆之中占有重要地位。最遥远最朦胧的记忆中最抢眼的是我的六舅。1947年，妈妈带着我和小妹去沈阳时，他身着得体的警官服，抱着我穿过珊瑚坝机场停机坪直上客机的形象，永远定格在我的记忆中：英俊、潇洒。我那时正三岁。

　　第二个在我的原始记忆中留下鲜明印象的是四舅。那是1949年的秋收之后，在濛垭崖上的水地坝。

　　乡下人在忙完打谷后，在水地坝大片水田中间隆起的一条石脊梁修成的晒谷坝上，放上一坛咂酒，点燃一堆柴火，吹拉弹唱，饮酒作乐，欢庆丰收。

　　咂酒，那是一种用高粱、玉米等杂粮酿成的酒精度不高但香味馥郁的农家酒。它的饮用方法也很特别。在开封后的酒坛口插进几枝打通了节笆的细竹竿作为吸管，谁想喝就去吸几口，也不防小孩。我上前，把着竹管深吸一口，已是微醺。映着篝火，红红脸膛的一群汉子

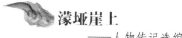
各自忘情地演奏乐器。我看着四舅一会儿打锣擂鼓，一会儿吹唢呐。那咂酒就是仙酿，那音乐就是仙乐。而平时敦厚朴讷的四舅在我眼中也成为才艺多多的艺人，永远留在我的脑海中。我那时五岁，记忆已经牢固。

五舅在我幼儿时期的印象不太鲜明。大概原因是他的形象介于他的兄弟之间，不容易引起孩子注意。

倒有一件小事留在我的记忆中。

重庆解放初期，我母亲在教会医院工作，家中出出进进不少找他的亲戚朋友。对待年轻的男性，我母亲是严禁在家中吸烟的。严格到进门要"搜包包"。有一次被搜包包的人中有五舅。我虽小，也对母亲没有区别对待五舅不以为然，"人家五舅是大学生，还那个……"这是我对大学生的最初的敬意，也是对我五舅的最初的敬意！

随着年龄增长，五舅的魅力逐渐引起我的崇敬。

我们家中亲戚聚会重头戏是吃饭。余兴节目是喝茶、打牌和摆龙门阵。茶是浓淡随意的沱茶。男士们多半是喝沏得涩口的酽茶。打牌则有男士专有的桥牌和有女士参加的麻将。龙门阵与前两项活动并行不误，相得益彰。内容则上至国事，下到家务，珍闻传奇，无所不包。五舅的魅力在于无论人多人少，场面大小，他总是话语者的中心。政治历史、地理风俗、人情世故、时事新闻，只要你提头，他都可以切入，然后头头是道，娓娓道来。他怎么知道那么多？他怎么讲的那么好？他怎么那样引人入胜？他怎么不停地讲话还不断地赢牌？匪夷所思，令人钦佩！吃晚饭后又不打牌的聚会是在冬季。重庆的冬天阴冷，尤其在晚上，手脚都发僵。于是升起一盆旺旺的木炭火，那木炭是用青冈树烧制的。无烟、火旺、经烧，是烧炭火盆的上等燃料。大家围着火盆坐成两圈，内圈是孩子们，个矮不挡着大人们的视线。众人视线的焦点就是五舅。

他润润嗓子，低沉而缓慢地开始叙述故事情节，变换着嗓音模仿着角色进行对话，忽然，他站起身来，离开火盆，慷慨激昂地整篇朗诵主角的独白。火烤着我们，脸面通红，浑身血涌。亲爱的五舅，你的独角戏硬是把一个懵懂的孩童拉进了文学艺术的殿堂。因为你表演的是《雷雨》，是《棠棣之花》，是《屈原》。那荡涤人们心灵的"雷电颂"分明让我感受到苍天的愤怒和灵魂的震撼。愤激而仰天长啸的屈原，凄美而坚强如玉的婵娟，栩栩如生地进入我的心田。这样的熏陶不仅使我热爱上话剧，还让我喜欢上了相关的功课——语文、历史、地理等等，让我在小学、中学读书时对这些功课学得喜爱和轻松，获益多多。副作用是上大学时面对那些工科的课程，就感到枯燥。

五舅的表演天分当然不止于此。记得还是我上初中时到他工作的青木关中学看到他演出话剧。剧本好像是他们自己创作的时事剧。虽然五舅是主角，演得也认真，但是给我的印象不深，毕竟作品不是经典。我周边爱好文艺的人不少，但是我亲自看到能够登台演戏的亲人，五舅是第一人。

渐渐，我长大了。我求学，他工作，见面的机会少了，我却可以给他写信了。书信往还中，五舅填补了我幼年缺失的父爱，也承担起我人文学科的第一个导师。

我出生在抗日战争胜利的前一年。对这个世界刚刚建立起感性观念时，我在重庆迎接了解放。随后一连串的疾风暴雨直到"文革"的狂潮荡涤一切污泥浊水，我对这个世界的初步意识被颠覆了。近三十年的迅猛发展和大规模建设又把我儿时熟悉的故乡——重庆的建筑和环境变得无从认识。

我退休了，不可脱俗地开始怀旧了。一有机会我就会回到重庆寻找我的童年记忆。一切都似乎存在过，一切都难觅儿时的踪迹。我们解放了，我们获得哪些自由？我们前进了，都付出了哪些代价？我们

进步了，在进步的过程中，我们失落了哪些珍宝？我们的家庭，我们的家族在历史的荡涤下，缩小、异变、溶化和融合着，这个过程中我们有哪些喜怒哀乐？我思……我想……

已经耄耋之年的五舅依然笔耕不辍。我先后拜读了他结集出版的《杏坛恋》《一束野菊花》，如今桌上又摆上了厚厚的《濛垭崖上——人物传记选编》手稿。

每当我打开《濛垭崖上——人物传记选编》手稿，从五舅那隽秀的手迹中透出的不仅是浓浓的墨香和淡淡的墨迹，分明还有濛垭崖上那刚犁过的水田透出的泥土的芳香，那生活在教育、财会及医卫岗位上的亲人们的汗珠和眼泪。那色彩，那馨香，令我目眩，令我陶醉，那就是故乡！那栩栩如生的熟悉和不熟悉的人物的鲜活的人生，就是我血脉相连的故乡人，我的亲人！他们正在述说，我思……我想……

轻轻地合上文稿，道一声："谢谢！我亲爱的五舅！"在您的作品前面我哪敢作序！如果不太占篇幅，把我的信附录末尾，是外甥向舅舅致敬！

谢谢您，五舅！

肖景星

2011 年孟春于泉城

［注：附录作者是山东济南大学教授］

后　记

　　我的家族——濛垭崖上陈家，从博武祖到濛垭创业，其独生子焕斗发展为五大房，两百年间，下传到"世"字辈，也是第八代，分布在连封五六个乡，属期綦江东北隅一大望族。

　　大约在 2001 年，我结识了"陈老黑"，应他邀约，连续参加了大庆口、罗家垮两次春节团拜会，使我对家族增加了了解，产生了感情，从此我积极参加团拜会，并成为其中热心的一员。

　　解放前，以濛垭坝子为核心的陈门后代，在綦江的和在重庆的，大概属于三种行业：以瑾瑜、虑能为代表的财会，以利时、用宏为代表的教师，以玉堂、玉英为代表的医生护士。他们都属于知识分子，都是凭劳动吃饭，不坑人，不欺侮人。也许也有个别不肖之徒，但主流是健康向上的。

　　解放以后，又涌现一些从农家小伙成长起来的县、区、乡、村基层干部，都不贪不腐，勤政爱民，可敬可爱。

　　我对濛垭陈氏家族，自来就有好感，到了晚年，特别是亲身感受团拜会团结和谐的"义门"家风之后，这种感情就更加强烈。于是我萌生了写一本书描述这些人物的念头。从 2008 年春天开始，三年多时间，写了二十篇，涉及二三十人，近 15 万字的《濛垭崖上——人物传记选编》。基本上是写实，但又有适当的虚构，描塑正面形象。所写人物，有的比较丰满，有的显得单薄，这是由于笔者与之熟悉程度不同所致，他们原本都是丰富多彩的。

感谢世江弟为此书作序，赞誉有加，受之有愧。外甥肖景星对母系亲属一直具有深厚感情，也惠赐宏文《傲霜野菊》，并虚怀若谷，自请作为附录。恭敬不如从命，《菊》文就排在后面了。

咏坚谨识

2011 仲夏